謀略

警視庁追跡捜査係

堂場瞬一

ハルキ文庫

JN283776

角川春樹事務所

目次

謀略

警視庁追跡捜査係

第一章

市田保美《いちだやすみ》は焦っていた。簡単に人の誘いにつき合っちゃ駄目だ、と悔いたが、時間は巻き戻しようもない。「軽くカラオケ」と誘われ、行ってみたら、延々四時間。確かに最近、ストレスが溜《た》まっていたから、発散にはよかったと思う。店を出た時には気持ちが軽かった。だけど——。

日付が変わってしまった。自宅へ向かう道程《みちのり》は暗く、この時間になると人通りも少ないので、心細くてたまらない。かといって、タクシーに乗るほどの距離ではないので、歩くしかなかった。うちの父親も、通勤のことぐらい、ちゃんと考えてくれればいいのに。自分だって毎日会社へ行っているのに、駅から家までの距離は考えなかったのだろうか。湾岸地区の真新しいマンションそのものは気に入っていたが、夜遅くなると、この街は歩くのが怖い。

駅前にはささやかな繁華街があり、その辺りはまだ人出があった。酔っ払いばかりなのは鬱陶《うっとう》しかったが、少し離れて暗い夜道に足を踏み入れると、こちらにぶつかりそうな勢いで歩いて来る酔漢さえ、頼りがいのある存在に思えてくるのだった。

もう、やだ。唐突に涙が零《こぼ》れそうになる。不安の理由は分かっていた。ほんの一月《ひとつき》ほど前、この近くで殺人があったのだ。しかも自分の知人。両親はさんざん心配していたが、だからといって何か手を打ってくれたわけではない。「遅くなったらタクシーで帰って来い」とは言うのだが、それは保美の気持ちが許さなかった。あまりに近いと、運転手にも申し訳ない。何で変なところで律儀なんだろう、と自分でも不思議に思う。

時間をかけて大通りを歩くより、ショートカットしていく方が絶対いいんだよね、と自分を納得させようとした。運河沿いの細い道を行けば、二、三分は早く家に着く。決心し、橋を渡り終えたところで左に折れた。綺麗《きれい》にタイル敷きになった遊歩道に降り立つと、その暗さにぞっとする。節電のため照明も落とされており、ほとんど暗闇《くらやみ》だった。運河沿いに建つビルから漏れ出る灯《あか》りだけが頼りの帰り道。生臭い風が水面を渡り、顔を撫《な》でていくのも気に食わない。引っ越してから初めての夏が間近だが、これからもずっとこういう臭《にお》いに悩まされるかと思うとうんざりする。思わず身震いしてから、明るさを求めて携帯電話を開いた。夜に小さな灯りを投げかける液晶画面に安心しながら、歩調を速める。ヒールがタイルを打つ音が単調に響いた。他に聞こえるのは、自分の息が弾む音ぐらい。すぐ側《そば》を広い道路が走っているのに、世界中に自分一人、という感じがした。

顔が強張《こわば》るのが分かる。背中を丸め、やや前屈《まえかが》みになって、さらに歩くスピードを上げた。六月、蒸し暑い夜で、額に汗が滲《にじ》んでくるのが分かる。

ふと、歩くリズムが乱れているのに気づく。何かおかしい……自分のものではない足音が、[illegible]後ろに聞こえる気が[illegible]の事件の犯人は、まだ捕まっていない。

めてしまったら？　同じ場所で二度、同じ事件が起きるなんて考えられないけど、最初の成功で犯人が味をしめていたとしたら。保美は思わず身震いした。成功って何よ。人を殺すことに、成功も何もないじゃない。

息遣いを感じた。すぐ後ろを、鼻息荒く誰かがついて来るような感じ。嘘《うそ》……本当に、誰かが跡をつけている？　思わず涙が溢《あふ》れそうになり、唇を噛《か》み締めた。周囲を見回したが、逃げ場はない。タイル敷きの側道は真《ま》っ直《す》ぐ先まで続いている。右側にはマンションが建ち並んでいるが、側道沿いにフェンスが張り巡らしてあるので、逃げこめない。左側は運河。こちらにもフェンスがあり、高さは自分の背丈とさほど変わらない。

無意識のうちに、走り出していた。誰かの足音、息遣いが、今やはっきりと聞こえる。妄想よ、と自分に言い聞かせた。怖がっているから、存在しないものの存在を感じるんだから。そんなに何度も、同じような事件が起きるわけがない。ここは東京なのだ。安全度から言えば、世界中の街でトップクラス。そういえば、アメリカから来ているグループ会社の女性社員が、「夜十時を過ぎて女の子が一人歩きできる街なんて、アメリカにはない」と感心していたっけ。多分アメリカだけではなく、世界中どこでも同じだ。一見安全に思える街に住んでいると、防犯意識が低くなるのだろうか。どうして普通に大通りを歩いて帰らなかったのだろう、と悔いると、本格的に涙が零れてくる。バッグを肩にかけ直し、全身に力を入れて、必死に走った。もうすぐ。もうすぐこの側道から出られる。明るい大通りへ行けば——。

いきなり、がくんと前へつんのめった。左の脹脛《ふくらはぎ》に痛みが走り、転びそうになるのを慌てて踏ん張る。靴は脱げてしまったが、何とか這《は》いつくばらずに済んだ——何故《なぜ》なら、誰かが腕を引っ張ってくれたから。

助かった、という気持ちよりも、恐怖が先走る。どうして？　誰かいるとしたら後ろだと思っていたのに、何故横から腕を摑《つか》まれたの？　相手の指先が、むき出しの腕に食いこみ、痛みが走る。思わず悲鳴を上げようとした瞬間、何かで口を塞《ふさ》がれた。そのまま体が持ち上げられる。少しひきずられた後、背中に衝撃と痛みが走った。薄れ行く意識の中、ああ、川と側道を隔てるフェンスにぶつかったんだ、と分かる。どうして？……自分の用心の足りなさに後悔しながら、保美は意識を手放した。

最後に思ったのは、「何で私？」だった。

似ている。調書を読めば読むほど、西川大和《にしかわやまと》はその思いを強くした。二つの事件の手口は、そっくり同じである。これはどう考えても、一度成功した犯人が味をしめ、二度目も同じ手口で被害者を襲ったとしか考えられない。犯罪者は、基本的に馬鹿だ。一度上手《うま》くいけば、それこそが唯一無二の方法だと思いこむ。ところがそこにこそ、警察がつけ入る隙がある。盗犯の場合、特にその傾向が顕著だ。鍵《かぎ》の開け方など、侵入の手口に特徴が見られれば、犯人を把握するのは容易である。

書類から顔を上げ、西川は向かいに座る沖田大輝《おきただいき》に目をやった。足を組み、だらしなく椅子《いす》に背中を預けて、ぼうっとした視線を壁に投げかけている。一定のリズムで体を左右に揺らしているのは、頭の中で鳴っている音楽に合わせているのだろう。この揺れ方からすると、たぶん三拍子のスローバラードだ。

「沖田」

「何だよ」

呼びかけると、だるそうに言って、沖田が視線を投げかけてくる。相変わらず、粗野な顔つき。座って仕事を始めても、五分と持たない。特に調書を読みこむような地味な仕事は、大の苦手だ。しかし、まだここへ来て一日目、しかも午前中だぞ——文句を呑《の》みこみ、西川は丁寧な口調で忠告した。

「こっちの調書、読んでおいてくれよ」自分が今まで目を落としていた調書を、テーブルに滑らせる。二つの長テーブルをくっつけて置いてあるので、途中のつなぎ目で調書が止まってしまう。沖田が無視したので、西川は立ち上がって腕を伸ばし、改めて調書を沖田の前に投げた。

「だるいよ」沖田は調書を見もしなかった。

「これを読まないと始まらないだろうが」

「お前が読んで、教えてくれればいいじゃないか。その方が早い。俺は読むより、人から聞いた方がよく頭に入る」

「俺はお前の先生じゃない」

「じゃあ、秘書ってのはどうだ?」沖田がにやりと笑った。「秘書のいる生活って、どんな感じなのかね。便利なのか、口煩《くちうるさ》くて困るのか、一度、経験してみたいよ。できれば若い女の子で。ああ、お前が女装する必要はないぜ。気持ち悪いから」

「いい加減にしろ」西川は平手でテーブルを叩《たた》いた。足の長さが揃《そろ》っていないのか、テーブルがかなり大きく揺れる。慌てて両手を広げて揺れを押さえ、ついでに立ち上がった。

「仕事で来てるんだから、給料分は働け」

「普段、給料分以上に働いてるぜ」

面倒臭そうに言い、沖田が耳の後ろを掻《か》いた。欠伸《あくび》を一発。西川の苛立《いらだ》ちは頂点に達した。

「調書を読むのだって、仕事のうちだろう」

「ちゃんと一通り読んできたよ。これ以上は必要ない。それより、調書を読む専門の人間がいてもいいだろうが。それこそお前とかさ……俺はちょっと、出てくるぜ」

立ち上がった沖田が、隣の椅子の背にかけてあったコートを手にした。

「どこへ」座ったまま、西川は沖田を睨《にら》んだ。

「現場に決まってるじゃないか」コートを着こんだ沖田が肩をすくめる。「現場百回。これが捜査の基本だよ。お前みたいに調書を読んでるだけじゃ、現場のイメージだって摑めないだろう」

「調書には、ちゃんと写真がついてる」西川はもう一枚の調書を取り上げ、軽く拳《こぶし》を握って指の関節で叩いた。「これを見れば、現場の様子も全部分かるんだ」

「写真は写真だ。現場の臭いや気温までは伝わらないだろうが。本物の雰囲気を味わってないと、何も分からないぜ……じゃあな」

「おい！」思わず立ち上がったが、その拍子にテーブルに腰をぶつけてしまった。一瞬、電撃のような痛みが走り、思わずまた椅子に腰を下ろしてしまう。しばらくうつむいたまま痛みに耐えながら、結局いつもこうなるんだよな、と後悔していた。同期で、捜査一課追跡捜査係の同僚でもある沖田とは、一緒に現場に出ることが多いのだが、大抵の場合、早い段階で衝突する。いや、正確には、沖田が勝手なことを言って俺を怒らせる。直属の上司の鳩山《はとやま》には、いつも「他の人間と組ませてくれ」――追跡捜査係には他にも刑事はいるのだ――と文句を言っているのに、鳩山は真剣に考えている様子がない。しばらく前に肝炎を患って長く入院していたこの男は、いつまで経っても本調子にならず、どこかぼんやりしているのだ。医者にはきつく禁酒を申し渡されているのだが、無視している疑いがある。命を賭《と》しても酒を呑みたいのかね、と呆《あき》れることもしばしばだった。

せめて三井《みつい》さやかが一緒なら、と思った。強行班から追跡捜査係に配属されたばかりのさやかは、沖田と同じように外回りを好むタイプだが、少なくとも先輩を立てるし、素直である。「ちゃんと書類を読んでから動け」と命じれば、最後のページを読み終えるまでデスクに張りついていられるタイプだ。

沖田には、そういう我慢強さがない。鳩山ががつんと言ってくれればいいのだが……たぶん、言っても効果はないだろう。人間、四十にもなると簡単には態度を改められないものだ。かといって、こっちが諦《あきら》めて沖田の好きにさせるのは、筋が違う。

溜息《ためいき》をつき、ちらりと調書を見やった。わずか一月の間を置いて発生した連続通り魔事件の調書は、膨大なページ数に上る。西川はまず、捜査の時間軸に従って調書を読みこんでいこうと決めた。どんな情報が入ってきて、どんな材料がゴミとして捨てられていったのか。特捜本部の動きを追体験することで、当事者には見えていなかった物が見えてくることがある。それこそが、追跡捜査係に期待される仕事なのだ。沖田のように、本来特捜本部の刑事がやるべき仕事を勝手に引き受ける人間がいるから、現場から嫌われてしまう。

そう、諸悪の根源は沖田だ。

そう決めつけても、気が晴れることはない。分かりきったことであり、今更、という感じが強かった。

それにしても、今回はひどい部屋をあてがわれたものだ。窓が一つもない、狭い会議室。いや、会議室とは名ばかりで、普段は倉庫として使われているのは明らかである。部屋の隅には段ボール箱がいくつも積み重なり、狭いスペースをさらに狭くしている。使われなくなったホワイトボード、壊れたロッカー、古い本などがランダムに置かれており、普通に作業できるような部屋ではない。追跡捜査係が乗り出してくるというので、慌ててここを用意したのだろうが、きちんと片づけておかなかったのは悪意の表れだろう。嫌われ者だと分かっているが、いくら何でもこれではあんまりではないか。こちらは、それほど場所が必要なわけではない。主に書類を読み返すのが仕事なのだから、特捜本部の一角にデスクが一つあれば済むのだ。そういう場所にいれば、他の刑事たちの動きも分かる。

情報を遮断するつもりか、と西川は苦々しく思った。

この特捜本部への派遣を決めたのは、鳩山だった。追跡捜査係の出動は、捜査が長引いた時に限られており、特捜本部から要請がある場合と、こちらから乗り出す場合と二通りある。要請を受けた時には、さすがに綿密な協力体制の下で捜査ができるのだが、追跡捜査係を露骨に嫌う特捜本部もある。要するに、「後から出てきて引っ掻き回すな」ということだ。殺人事件の特捜本部は、全《すべ》て捜査一課長の指揮下に入るのに、同じ一課内の追跡捜査係を、明らかによそ者と見ている人間も少なくない——いや、多い。

もう一度溜息をついてから、調書を取り上げた。ま、誰が何と言おうと、これが俺の仕事だからな。再捜査というか、人の粗捜しをすることで給料を貰《もら》っているのだから……沖田に言った台詞《せりふ》ではないが、給料分の仕事はしなければならない。眼鏡を外し、拳で両目を擦《こす》って気合を入れ直す。さて、と思った瞬間、ドアが開いた。

「高島《たかしま》さん」思わず立ち上がり、軽く頭を下げる。

「よ」高島が愛想良く言って、右手を上げる。以前に比べてさらに腹が突き出し、貫禄《かんろく》が増したようだった。

高島は、西川と入れ替わりに追跡捜査係を卒業し、この芝浦署に転任してきた男である。西川より五歳年上で、今は生活安全課の係長だった。刑事畑から防犯畑への転出は、部署間の人事交流の一環だと聞いている。本人は元々、刑事部のあちこちを転々としてきた男で、特定の部署に強い愛着を持っているわけではないようだった。

「大変だな」近くの椅子を引いて座り、高島が同情の視線を投げかける。

「いや、いつも通りですよ」

「今回は厳しいかもしれないぞ」

「そうですか？」高島の忠告にも、今一つ実感が湧《わ》かなかった。「事件が難しいのはいつもと同じですよ」

だからこそ自分たちが出て行くのだ、とは言わなかった。同じ仕事をしていたとはいえ、高島は既にOBである。後輩に胸を張られても困るだろう。高島の表情が微妙に歪《ゆが》むのを見て警戒し、西川は眼鏡をかけ直した。

「どうかしたんですか」

「一つ、忠告がある。今回は、特捜本部がいつも以上にかりかりしてるぞ」

「どういうことですか」

「どういうことって……」高島がこめかみの辺りを指で擦る。困ったように目を細めていた。「分かるだろう？　お前らに手出しされたくないんだよ」

「いつものことですからそれは分かりますけど、結果を出していないのは間違いないんですよ」

高島が、唇の前で人差し指を立てた。

「そういうこと、絶対人前で言うなよ。俺相手にならいいけど」

「ＯＢだから？」

高島が素早くうなずく。右肘《ひじ》をテーブルについて、体を捩《よじ》るように身を乗り出した。

「特捜を仕切ってるのは、管理官の阿部《あべ》さんだ」

「分かってます。今朝、挨拶《あいさつ》しました」

「表面上は何でもない振りをしてるけど、相当かっかしてるんだぜ」

「見た感じは普通でしたよ」西川は首を振った。「ただ、忙しそうにしていただけで」

しかし指摘されてみれば、少し態度が冷たかった感じもする。挨拶した時も、微妙にこちらの目線を逸《そ》らしていたのではないか？

「あの人がここまでくるのに、どれだけ苦労したか、考えてみろ。それに、管理官として初めて仕切る事件で、プレッシャーも高まっている」

西川は口をつぐんだ。阿部の伝説は、西川もよく知っている。鳩山と同じように肝臓を病み、刑事としてはこれからという四十代に入ったばかりのほぼ一年間、現場を離れざるを得なかったのだ。普通の人間ならそこで出世を諦めてしまうものだが、阿部の執念は尋常ではなかった。酒も煙草《タバコ》もきっぱりとやめ——最近は煙草だけは復活したようだが——本格的な運動を始めて、倒れる前に比べて十五キロの減量に成功した。その結果、再び出世ルートに返り咲き、五十歳で捜査一課管理官の座を掴んだのである。鳩山にはここまでの根性はないだろうな、と西川は皮肉に思った。入院したのは五十の声が聞こえるようになってからだし、そこから気力を奮い起こして、また頑張る気にはなれないだろう。もっとも鳩山の場合、倒れる前からいい加減なところがあったようだから、大してショックを感じていないかもしれないが。

「特捜本部が動いている最中に、管内で同一犯によるものと見られる犯行が起きたんだぞ。不運、じゃ済まされない。上があの人を見る目も厳しいんだ」

「確かにそうですね」西川はうなずいた。

二つの事件は、ほぼ一か月の間隔を置いて発生している。最初の事件が起きたのは、去年の五月十二日。二番目の事件の発生は六月十日だった。犠牲者は二人とも、二十代のOL。帰宅途中に襲われ、殺された上に現金やクレジットカード、携帯電話を奪われていた。殺害方法もほぼ同じ。犯人は後ろから体を抱えこみ、おそらく小型のナイフで喉《のど》を切り裂いている。現場はどちらも血の海だった。そしてどちらの事件の現場も運河沿いの側道で、五十メートルと離れていない。

一つの事件が解決しないことは、ままある。いくら捜査技術が発達しても、万能でないのは当然だ。しかし、明らかに同一犯によると見られる犯行が、同じ署の管内で発生したら、やはり責任問題が生じる。普段よりも多くの刑事が歩き回っているのに、犯人がその隙を突いて犯行を成功させたことになるからだ。刑事部長まで出てきて、「お前らの目は節穴か」と特捜本部で雷を落とし、阿部は必死でその叱咤《しった》に耐えていた、と西川も聞いていた。

「阿部さんにすれば、絶対に自分の手で挙げたい事件だと思うよ」高島がしみじみとした口調で言った。「でも、解決の糸口がないまま、もう半年以上だ。そんなところへ追跡捜査係が乗り出してきたら、かりかりするのは当然だろう」

「それで、こんな部屋しか用意してもらえなかったんですかね」かすかにかび臭さが漂う室内を、西川はぐるりと見回した。ここは倉庫ですらない。この臭いは、「清掃用具置き場」と言った方が、イメージが合う。

「この署に部屋があまりないのは確かだけどな……とにかく、阿部さんを刺激しないように、十分気をつけろよ」

「そこに気を取られたら、本筋の捜査ができなくなります。それにこっちは、別に手柄を持っていこうとは思ってませんから」

「そうか？」目を細めながら、高島が首を傾《かし》げる。「何だか最近、あんたはずいぶん無茶してるって話だけど。沖田と組むようになって、人が変わったのか？」

「まさか」西川は即座に否定した。「何も好き好んで、あいつと組んでるわけじゃないですし。ぶつかってばかりですよ」

「ほう」高島の唇が歪む。あまり笑わない人間が、無理に笑おうとしているようだった。

「てっきり、気が合ってるから、いつも一緒に仕事してるんだと思ったけどな」

「冗談じゃない。組ませる鳩山さんが悪いんですよ」

「あのオッサンのせいにするんじゃないよ……ま、せいぜい気をつけてな。俺に泣きつかれても、フォローできないから」

「……ご忠告、どうも」

余計なことだ、と思う。手助けする気がないなら、こんなことは言わなければいいのだ。かえってこちらを不安にさせ、それを見て喜んでいるようなものではないか。

溜息をつき、部屋を出て行く高島の背中を見送る。とにかく、自分の仕事をしよう。調書を広げた瞬間、薄く漂う臭いが気になり始めた。まず、マスクを手に入れるか。この近くにコンビニエンスストアがあっただろうかと思いながら、立ち上がる。


マスクをして、自分の息の臭いを嗅《か》ぎながら、西川は本格的に調書の読みこみに取りかかった。

五月十二日、最初の事件の被害者は、浜田千夏《はまだちなつ》、二十五歳。襲撃現場から徒歩五分ほどの所にあるマンションで一人暮らしをしているＯＬである。ＩＴ企業の総務職。ＪＲと地下鉄を乗り継いで六本木にある会社に勤めており、この日の帰宅ルートもいつも通りだった。

ただし、時間が遅かった。仕事は大抵午後六時過ぎには終わり、何もなければ七時には家に着く。しかしこの日は、大学時代の友人たちと食事をして遅くなり、駅に降り立った時には既に日付は変わっていた。東日本大震災の後で、街は節電のために暗かったはずである。

一緒に食事をした友人たちの証言。

「様子はいつも通りだった」

「最近も特に変わったことはなかった」

「恋人はいないと思う」


会社の同僚の証言。

「仕事の上で問題はなかった」

「社内では、人間関係で特にトラブルはない」


現場の様子から見て、千夏は運河の側道を歩いているうちに、いきなり右手の方から襲われ、最初に口を塞がれたらしい。顎《あご》に擦過傷《さっかしょう》が残っていたことから、相手は粗い生地の手袋をしていた可能性が指摘されている。抵抗する間もほとんどなく、運河の手すりに体を叩きつけられたようで、この時に骨折したと見られる跡が、左腕に残っている。千夏がひるんだところで、犯人は後ろから抱きかかえる形で、一気に喉を切り裂いた。数分のうちに、失血死したと見られている。持っていたトートバッグから、携帯電話、それに財布がなくなっていた。クレジットカードや銀行のカードも持ち去られたものと思われるが、どちらも使われた形跡はない。

犯人の遺留品は皆無だった。唯一、被害者の服に、ナイフを拭《ぬぐ》ったと見られる細い血痕《けっこん》が付着していたが、この行為が何を意味するかは分からない。猟奇的なニュアンスも感じられるのだが……。

ナイフは完全に気道を切り裂いていたが、傷口の様子から、大きなナイフではないと見られている。刃渡りは小さいが、鋭く磨き上げられたもののようだ。犯人が、犯行に備えて、夜中に一人でナイフを研いでいる姿を想像すると、西川はぞっとした。

金目当てと考えていいのか——最初に疑問に思ったのは、それである。

被害者は一人暮らしなので、財布に現金がいくら入っていたかは分からないが、犯人がカードを使わなかったのはどうしてだろう。足がつくのを恐れていたのかもしれないが……それよりも、最初から殺すつもりでいたのではないだろうか。もしも金を奪うのが第一の目的だったら、いきなり殺したりはしないはずだ。まず「金を出せ」と脅し、相手が抵抗すれば傷つける、あるいは殺すという手順になるのが、多くの強盗のパターンである。ところがこの犯人は、最初に殺してから金を奪った疑いが強い。これは、日本ではほとんど見られない手口である。少なくとも、西川が個人的に構築しているデータベースに、こんな乱暴な手口は載っていなかった。南アフリカ辺りなら、まず射殺して金を奪う、というのが普通らしいのだが。

発生から二週間、捜査本部は複数の線を追って動いていた。まず目をつけられたのが、被害者の交友関係である。会社、大学。さらには出身地の山口にまで捜査員が飛び、現在、さらに過去の交友関係を洗っていったが、トラブルにつながるような人間関係は掴めなかった。

念のため、調書に出てきた名前を自分の手帳にも落としていく。特捜本部も徹底的に潰《つぶ》したつもりだろうが、人間は平気で嘘をつく動物なのだ。平田真美《ひらたまみ》——高校時代の同級生で、現在、山口県在住の主婦。竹内玲子《たけうちれいこ》——大学の同級生で、同じ会社に入った。ただし玲子は一年で辞め、同業他社に転職している。三田洋介《みたようすけ》——入社してから一時つき合っていた同僚。他に会社の上司、今でもつき合いのある大学時代の友人たち……名前だけは多かったが、調書を読む限り、人間関係のトラブルはまったく浮き上がってこない。

顔見知りを洗うという当初の捜査方針はすぐに揺らぎ始め、強盗、さらに通り魔の可能性が検討されるようになった。通り魔説が真面目《まじめ》に話し合われるようになったのは、何より殺し方が残忍だったからである。確かに、犯人の目的は金より殺しという感じはする。

西川は一度、調書を閉じた。腕組みして目を瞑《つぶ》り、特捜本部の動きを頭の中で追いかける。ここまでは、西川の想像と特捜本部の動きは完全に合致していた。怨恨か強盗。そこに何も見つからないとすると——最後は通り魔になる。

通り魔の特徴として、地域に密着するということがある。わざわざ遠くの街まで出かけて人を襲う人間は少ないのだ。通り魔——しかも性的な動機を持った通り魔は、まず自分が無事に生きのびることを考える。捕まれば、快楽のために犯罪を繰り返せなくなるからだ。そのためには、かって知ったる場所で犯行に及ぶのが一番安全、と考える。逃げ道や逃げこむ場所を確保してから、犯行に及ぶ犯人も多い。そういう行為によって、逆に自分に対する捜査の網が狭まるとは思いもしない。

犯罪者は、基本的に馬鹿なのだ。

強盗、怨恨による殺人、通り魔——当然、一番捜査が困難なのは通り魔である。怨恨による殺人は、点を拾い上げていけば、何とか犯人に辿《たど》り着くことが多いが、通り魔の場合、捜査は目隠しをしたまま広い面を突くようなものである。

捜査が進められる中、第二の事件が起きた。

目を開き、最初の事件の調書を片づけ、次の事件の調書を開く——阿部の苦労も分かるな、とかすかに同情しながら。

被害者、市田保美、二十六歳。家はやはり、現場の近くのマンションである。こちらは両親と同居と、やや条件は違うが、千夏と似たケースなのは間違いない。やはり午前零時過ぎ、人通りが少なくなった時間帯に帰宅途中、運河沿いの側道を歩いていて襲われた。金とカード、携帯電話を奪われたのも同じ。そして、傷の状態がほとんど同じだった。喉を一気に切り裂く手口は、刃物の扱いに慣れた人間の犯行を思わせる。

被害者こそ違うが、ビデオテープを再生するように繰り返された犯行だ。

ここでも、特捜本部には不運があった。機動捜査隊や他の所轄の応援も入って、最初の事件の聞き込みが続けられていたのだが、第二の事件が起きた時は、捜査員は全員、捜査会議のために芝浦署に引き上げられていたのである。もしも街に散っていたら、何とか犯人を捕まえることができたかもしれないが、芝浦署は、現場からは少し離れた距離にある。通行人が遺体を見つけて、一一〇番通報してきたのは、午前零時半頃。捜査会議はとうに終わり、ほとんどの刑事は、署の道場で布団を広げていた。警察は完全に出遅れており、全員が現場に急行した時には、犯人は既に逃亡した後だった。もちろん、その後には緊急配備と徹底した聞き込みが行われたが、犯人は網をすり抜けてしまっていた。

もしも、捜査員が街に散っていたら。現場まで五分かかっていたのを、二分に短縮できていたかもしれない。最初の事件に関する定時通行調査が、二週間前に打ち切られていたのも痛かった。それこそ、最初の事件発生から二週間は、現場付近に制服私服を問わず警察官が張りついていたのだが……「たら」を百回繰り返しても、何も出てこない。後悔が募るだけだ。

ふと、引っかかりを感じた。何かは分からないが、この調書のどこかに不備があるような……慌てて前に戻り、再確認していく。

ここか。

応援に入っていた機動捜査隊員が、現場付近で被害者の靴を発見している。左の靴だったが、倒れている場所からは十メートルほども離れていた。写真で見た限り、血痕はついていないようである。暴れて靴が脱げることは、特に被害者が女性の場合はあり得る話だが、十メートルというのは離れ過ぎていまいか。よほど勢いをつけて足を振り抜いても、そこまでは飛ばないものだ。遺体の様子をもう一度確かめたが、足には傷がない。ということは、脱げたところから倒れていた場所まで、引きずられたわけではないだろう。

問題は、その靴について、十分に検証された形跡がないことである。被害者ではなく、犯人が何らかの工作をしたと考えるのが自然だが……肝心のポイントが抜けているのに気づいて、西川は思わず舌打ちした。

どんな特捜本部でも、完璧《かんぺき》な捜査はできない。最後まで詰め切れない証拠、潰し切れない状況は必ず残る。仕方のないことだが、それが初動の段階であれば、後々大きな傷になって残るケースが多い。初期の揺らぎが、後の大失敗につながったりするのだ。

これは、直接確認しなければならない。立ち上がり、重い気分を抱えたまま、一階下の特捜本部に向かった。階段に満ちる冷えた空気が、体に襲いかかる。古い庁舎の中は、何故か外よりも寒い感じがした。特捜本部に割り当てられた大会議室の前に立ち、一度肩を上下させて小さな溜息をつく。新聞記者がうろついて紛れこむのを防ぐため、ドアはしっかり閉まっていた。ドアの横には「芝浦地区連続通り魔事件特捜本部」の立て看板。これだけは、いつの時代になっても変わらない。おどろおどろしくさえ見える達筆。パソコンで打ち出せば簡単に用意できるのに、何故か常に手書きなのだ。どの署にも、必ず書道の段持ちの人間がいるのだが、こういう看板を用意するために、わざわざ選んで配置しているのかもしれない。

ドアがやけに重く感じられた。最初からこんな風に、気持ちが後ろ向きになってどうする。自分に気合を入れて、一気にドアを押し開けた。昼間なので、ほとんどの刑事は外へ散っており、中には交代で務める電話番の刑事が二人、それに阿部がいるだけだった。

阿部は一番奥のテーブルにつき、腕組みをして難しい表情を浮かべていた。あまり暖房は効いていないのだが、上着を脱ぎ、ワイシャツの袖《そで》をまくり上げている。眉間《みけん》に皺《しわ》が寄り、握り締めたボールペンがしなっているように見えた。いかにも話しかけにくい雰囲気で、西川はドアの所で固まってしまった。二人の刑事がすぐに西川に気づいたが、挨拶するわけでもない。朝一番で挨拶した時にも冷たい雰囲気を感じたが、その時よりもずっと感じが悪くなっている。もしかしたら、阿部が「余計なことは喋《しゃべ》るな」と部下に警告したのかもしれない。特捜本部の責任者は一国一城の主《あるじ》であり、部下は無言で指示に従うものだ。それが完全に間違ったものであっても。

意を決して、西川は歩き出した。こんなに緊張するのも久しぶりだなと意識しながら、とにかく左手と左足を一緒に出さないように気をつけた。三メートルほどまで近づき、声をかけようとした瞬間、阿部の前の電話が鳴る。阿部は西川を見ようともせず、受話器に手を伸ばした。

「ああ、阿部だ……そうか。で、捕まりそうなのか？　よし、粘ってくれ。午後まで時間はある」

誰か重要な証人が見つかったのか。阿部が発している怒りのオーラが、興奮に取って代わったようだった。音を立てて受話器を置き、傍らに控えた電話番の刑事に、「奥園《おくその》が世田谷に回る」と告げた。刑事はそれで合点がいった様子で、すぐに受話器を取り上げて他の刑事と話し始めた。応援を送る算段なのだろう。

阿部が手元の書類に視線を落とす。まだ無視し続けるつもりか……西川は眼鏡を直し、こちらから声をかけた。可能な限りの猫撫で声で。

「何かいい手がかりでも出ましたか」

「大したことはない」阿部が書類を見たまま答える。視線は字を追っているようだが、本当に読んでいるかどうかは分からなかった。西川を無視するための方便にしか見えない。かすかに舌打ちして、やっと顔を上げる。目は細まり、苛立ちが怒りに転化しようとしていた。「何の用だ」

「ちょっとお聞きしたいことがありまして」

「分かってるよ」阿部がまた腕組みをした。太い前腕の血管がくっきりと浮き上がる。

「お前たちは、いつもそうだ。聞きたいことがある——要するに、仲間の失敗を捜しているんだろう」

「捜査に不備がある時はありますから」

阿部のこめかみに血管が浮き、西川は思わず一歩後ろへ下がった。この男の普段の血圧がどれぐらいかは分からないが、いつか脳内出血でも起こすのではないだろうか。いつもこんなにきりきり神経を高ぶらせていたら、眩暈《めまい》にでも襲われそうなものだが。

「うちの特捜が、何か失敗でもしたというのか」

「失礼しました。しかしその事実を指摘すると、自分の命が危うくなる。西川は意を曲げ、「失礼しました。言い過ぎました」と謝った。しかし阿部は機嫌を直す気配もなく、両手を組み合わせて乾いた音で指を鳴らした。太い指と手。がっしりとした肩。病気で一年間も現場を離れていたとは思えないほど、鍛えている。座ったままだと分からないが、たぶん綺麗な逆三角形の体形を保っているだろう。とにかく喧嘩《けんか》しないことだな、と西川は自分に言い聞かせた。だいたい、腕っ節で勝負するのは自分の柄ではない。

「一つ、気になることがありまして」

「ご意見は、ちゃんと聞くべきだろうな」阿部がようやく、西川の顔を正面から見て、射《い》貫《ぬ》くような視線をぶつけてくる。「追跡捜査係は、難渋している事件を解決してくれる。そっちが求めてくるなら、どんな材料でも出すべきなんだろう」

強烈な皮肉に、西川はたじろいだ。阿部にとって追跡捜査係は、自らの立場を危うくする可能性のある存在なのだ。西川にはそんなつもりは毛頭なく、ただ闇に埋もれそうになっている事件を表に出したいだけなのだが、結果的にそれまでの捜査の粗捜しになってしまうことも少なくない――実際、多い。だからこそ、一課の中で嫌われているのは間違いなかった。

「聞きたいことがあるなら、さっさと聞いてくれ。どうせ気分が悪くなるなら、早いうちに解消したいんだ。こっちも忙しいからな」

「第二の事件で、現場に落ちていた被害者の靴のことなんですが」

「何だって？」阿部が手を解《ほど》き、テーブルの上で伏せた。そのまま立ち上がりそうな勢いで身を乗り出す。「片方だけ落ちていた靴のことか？」

「ええ」

「それがどうした」

「市田保美の靴、どうして十メートルも離れた場所に落ちていたんでしょう」

「分からん」阿部があっさり言った。すっぱりと認める態度は潔くもあったが、逆に言えば諦めがよすぎる。さして執着している様子はなかった。「その件が、事件と直接関係あるとは思えないが」

「しかし、謎《なぞ》のまま残っているのは納得できないんです」

「事件と関係あるとは思えない」阿部が繰り返した。「これが特捜本部の公式見解だ」

「その見解は不動ですか？」少しだけ勇気を振り絞って西川は訊《たず》ねた。

「何だと？」阿部が目を細める。

「このまま放置しておいて、まったく問題ないんでしょうか」

「俺たちが何か見逃しているというのか」

阿部の声に、初めて揺らぎが生じた。この男が、何よりも失敗を恐れているのは分かる。実際、事件発生から半年以上が経ち、捜査一課の中では「この捜査は失敗だった」とする空気が支配的になっているのだ。

「そういう意味で申し上げたわけじゃないですよ。ただ、引っかかっているだけです」

「そうか。しかし、これ以上のことは言えない。言うべきことはない」阿部の喋り方には、愛想の欠片《かけら》もなかった。

「最初に靴を見つけた機捜隊員に、話を聞いてみていいですか」

「あいつはもう、この捜査からは外れてるぞ。わざわざ呼び出すのか」

「一番近くで見ている人間ですから。一応、管理官の許可を取っておこうと思いました」

「勝手にすればいい」阿部が鼻を鳴らした。「お前らはお前らで、好きに動いていいことになってるんだろう。一々俺の許可を取る必要はない」

「私たちは、特捜本部のお手伝いをしているつもりなんですが」

「つもり、ね。つもりか」馬鹿にしたように繰り返し、阿部が椅子を回してそっぽを向いた。西川が立ち去ろうとしないので、首だけを捻《ひね》って凝視する。「もう分かったから、出て行ってくれないかな。特捜は忙しいんだ。あんたにはそうは見えないかもしれんが」

「失礼しました」言って、西川は踵《きびす》を返した。言いたいことは幾らでもあったが、無用なトラブルは避けるべきである。一つ、教訓を得たな、と思った。沖田を、この男と二人きりにしてはいけない。互いに本音をぶつけ合い、爆発してしまうのは必至だ。別に沖田がどうなろうが知ったことではないが、自分にとばっちりが及ぶのは耐えられない。

　問題の機動捜査隊員はすぐに摑まったが、仕事の関係ですぐには出頭できないという。

どうせ書類書きに——世間にはあまり知られていないが、警察官の仕事の八割は報告書の作成だと言っていい——手間取っているだけなのだろうが、無理に呼びつけることもないと思い、西川は十二時半の出頭を約束させた。時間が余ったので、少し早目に食事を済ませようと、署を出る。そのまま、現場の方へ歩いて行った。現場まで行くと、約束の時間には戻って来られないだろうが、しばらく仕事をする街の雰囲気を肌で感じておいて、悪いことはない。

ＪＲ田町《たまち》駅の東側——芝浦付近は、比較的新しく整備された街である。元々運河沿いに大小の会社が建ち並ぶ地域だったのだが、高層マンションの建設ラッシュが進んで、街の光景は一変してしまった。ほとんどの建物が新しく、極めて人工的な雰囲気である。街のランドマークは、駅のすぐ近くにある芝浦工大だ。山手線の向こうには慶應大や戸板女子短大もあるので、実は周辺一帯が文教地区でもある。そして、運河とモノレールが街を貫いている。

田町駅の東口からは、真っ直ぐ広い道路が伸び、その左側は、古ぼけたビルが建ち並ぶ、小さな飲食店街になっていた。時間もないので、立ち食い蕎麦《そば》屋に入り、天ぷら蕎麦でそそくさと昼飯を済ませる。口の中が脂っこくなり、家から持参しているコーヒーが早く飲みたくなった。やはり妻特製のコーヒーが、自分の口には一番よく合う。

署に戻ると、呼び出した機動捜査隊員の高橋《たかはし》は既に到着して、西川たちにあてがわれた部屋の前で待っていた。

「ずいぶん早いじゃないか」出遅れを悔いた。これでは精神的に優位に立てない。

「予定より早く終わりましたので」がっしりした体格の、長身の青年だった。見た目はいい。いかにも信用できそうなタイプで、将来は本人が希望する部署に行けるのではないか、と思った。機動捜査隊は、大抵の若い警察官にとって腰かけのようなものである。体力があるうちにしか、ここでの仕事はできない。

「申し訳ないな」

ドアを開け、室内へ誘う。一度外へ出たせいか、ゴミ置き場のような臭いが再び気になってきた。しかし高橋は、平然とした表情を崩さず、一礼して西川の後に続く。空いている椅子を指差し、「座ってくれ」と言うと、「失礼します」と深々と頭を下げた。そうしながら、西川が座るまで座ろうとしない。ずいぶん固い男だな……やりにくいかもしれない、と西川は覚悟を決めた。こちらも真面目に行こう。こういう男は、少しでも茶化したら突然頑《かたく》なになるかもしれない。

一瞬間を置き、すぐに切り出した。雑談でその場の空気を温める必要はない。

「二番目の事件のことだ」

「はい」

高橋がぴしりと背筋を伸ばす。学生時代から本格的に剣道をやっていたタイプだな、と思った。

「あの時君は、現場で被害者の市田保美の靴を発見している」

「どんな感じだった？」

「はい」

「はい？」

口調に戸惑いが忍びこんだ。個人的な「感想」を聞かれたのが意外だったのかもしれない。西川は両手を組み、少しだけ身を乗り出した。

「事実関係は、調書で分かっている。聴きたいのは、君個人の印象だ。あの場所に靴が落ちていたことを、どう思う？」

「どう、と言われましても」高橋の顔に困惑の色が広がる。「私は見つけただけですから。手も触れていません」

「それは当然だし、正しい処置だけどね……」西川は、高橋の印象を修正した。真面目一辺倒なだけで、想像力や応用力のない人間なのかもしれない。刑事にとって、適切な推理につながる想像力は非常に大事なのだが……「A」を単なる「A」として片づけないで、もしかしたら「B」かもしれないと疑うことで、別の側面が見えてくる場合もある。

「遺体から十メートルほど離れたところに、靴が落ちていました」

「それは分かってる」

「左の靴でした」

「それも調書に書いてあるな。どんな靴だったか、覚えているか？」

「ヒールの高さが七センチのパンプスです。国産メーカーのもので、本人が渋谷のデパートで買ったことは確認されたはずです」すらすらと答える。

「それは公式見解、だな」

「はい？」

「調書を見れば分かることを聴くために、忙しい君をわざわざ呼んだわけじゃない。その靴を見て、何か疑問に感じたことはないか？　その場にあることがおかしいとか、不自然な状況だとか……」

「靴は靴です」高橋の顔は強張り始めている。どうして自分がここに呼ばれたのか、分かっていない様子だった。「何か問題がありますでしょうか」

「ないよ」西川は思わず首を振った。言われたことはやるが、それ以上はノータッチというタイプか。靴を見つけたことだって、特に手柄とは言えないだろう。現場にいれば、落ちている靴ぐらい、誰にでも見つけられる。「血痕は？」

「ありませんでした」

「壊れてなかったか？」

「それもありません。汚れもなかったです」

「どんな風に落ちていたんだ」西川は、調書に添付された写真を思い浮かべた。横倒し。左側を下にして、ただ転がっていた。まさに、無造作に放《ほう》り投げた格好である。

「横倒しです」

ふと思いついて調書を広げ、小さな写真を凝視する。最近少し老眼も出てきたのか、近くが見えにくくなってきた。現場の側道には、小さなタイルがびっしりと張られている。大きさは十センチ角ほどか。次いで、靴の写真を何枚か確認した。現場に落ちていたものではなく、様々な角度から撮影されたもの。

「靴のヒールは？」

「ヒール、ですか」

「そうだ。写真だとよく分からないんだが、ヒールも綺麗だったか？」

「……そう思いますが」

何のことか分からない様子で、高橋が首を捻った。それぐらい察してくれよ、沖田ならすぐに反応してくれるはずだ——あまりにも鈍いのに嫌気が差して、喧嘩仲間のことを思い出してしまう。

「傷はなかったんだな」

「まったくなかったとは言いませんよ。靴なんて、普通に履いていれば傷つくじゃないですか」前言を少しだけ訂正した。

「つまり、普通についたわけじゃない傷はない、と」分かりにくい言い方だったかな、と反省したが、高橋は質問の真意を理解したようだった。

「新しい傷はありませんでした。少なくとも自分が見た限りでは」

「タイルは確認したか？」

「そこまでは……しかし、躓《つまず》いた形跡はないと思います」

「それは？」

「自分の印象ですが」高橋がにやりと笑った。

西川は納得して――五十パーセントほどだが――うなずいた。タイル張りの歩道では、女性の靴のヒールが引っかかってしまうことがよくある。大抵は、それで靴が脱げてしまうほど凹凸《おうとつ》の深い張り方はしていないのだが、何かの拍子で片方の靴だけが脱げてしまうのは珍しくないだろう。ただし、写真を見た限りでは、この側道の具体的な感じは分からなかった。何しろ遺体の発見直後、夜中に写されたものだから、質感に乏しい。

「逆に、きちんと調べたのか？　躓いた形跡は絶対にないと言い切れるのか？」

「それは……」高橋が口ごもる。

「どうしてこの靴のこと、もう少し詳しく調べなかったんだろう」

「それは、自分には分かりません。手伝ったのは、初動だけでしたから」

「遺体から十メートルも離れた場所に落ちていたのは、変だと思わなかったか」

「犯人に引きずられたんでしょう」高橋があっさりと結論を口にした。「後ろから抱えられて、引きずられる……抵抗しているうちに脱げた、と考えるのが自然です」

「そうかもしれない」可能性はないな、と思いながら西川は答えた。

「違うんですか？」

「よく考えてみろ。女性物の靴でも、どこかに引っかかったりしない限り、そんなに簡単には脱げないんだよ。そうじゃないと、普通に歩けないだろう。脱げたのには、何か理由があるんだ、理由が……君に宿題を出す」

「はい？」

「どうしてこの靴が脱げたのか、考えてくれ。何も現場を再調査しろって言ってるわけじゃない。考えるだけでいいんだ」

「そんな暇、ないですよ」

「何をしていても、考える暇ぐらいはあるさ」西川は意図的に、爽《さわ》やかな笑みを浮かべた。

「人間の脳っていうのは、俺たちが考えている以上に能力が高いからな。二つや三つのことを同時にこなすぐらいは、何でもないんだ」

「それは、特捜本部からの指示でしょうか」

「いや、俺の個人的なお願いだ」

呆気《あっけ》に取られたのか、高橋が口をぽかりと開ける。しかし、文句を言わないだけの忍耐強さはあったようで、きちんと一礼して立ち上がった。部屋を出る時に一度だけ振り返り、何か言いたそうにしていたが、結局一言も発さずに去っていく。

あれは期待できそうにないな――溜息をつき、両腕を天井に向かって突き上げた瞬間、またドアが開いた。高橋が戻って来たかと思ったが、部屋に入って来たのはさやかだった。

「おはようございます」頭を下げると、後ろで束ねた髪が跳ねる。

「おはようって、もう昼過ぎだぞ」西川はわざとらしく腕時計を見た。

「一日の最初の挨拶ですから、おはようでいいんじゃないですか」

「ああ……どうした？」

「視察です。係長に言われて」

「視察じゃなくて、手伝いだろう。君はもう、うちの正式なメンバーなんだから、いつまでもお客さんのつもりでいられたら困るよ」

「分かってます」言いながら、茶色い紙袋をテーブルに置く。「差し入れです。コーヒー、買ってきました」

「ああ」そういえば、食後のコーヒーをまだ飲んでいない。妻のコーヒーの方が絶対に美味《う》味《ま》いのだが、さやかの好意を無にすることもできなかった。さやかが取り出したカップから一口飲み、まだ口中に残っていた脂を洗い流した。

「西川さん、いつも奥さんのコーヒー、持ってきてますよね」

「外で買うともったいないからな」

「美味《おい》しいって評判みたいですけど」

「誰がそんなこと、言った？」

「西川さんの噂《うわさ》話をする人なんて、追跡捜査係に一人しかいないでしょう」

「そうだろうな」沖田の噂話のタネにされる人生……最悪だな、と思ったが口には出さなかった。

「そのうち、コーヒー、ご馳走《ちそう》して下さいね」

「それはいいけど……今日も持ってきてるし。でも、まずはこのコーヒーを飲んでからだ」西川はカップを顔の高さに掲げた。「せっかくここまで来たんだから、ついでに一仕事してくれないか？」

「何でしょう」さやかが身構えた。

「大したことじゃないよ。少し地べたをはいつくばってくれればいい。それより君、今日はどんな靴を履いてる？」

「普通ですよ」

「ちょっと見せてくれ」

戸惑いの表情を浮かべながら、さやかが西川の前に進み出た。黒い、ヒールの低いパンプス。足の甲は結構深く覆われるタイプだ。いきなり走らなければならないことも多いので、どうしてもこういう靴になってしまうのだが……。

「ヒールの高いパンプスがよかったんだけどな。七センチぐらいあるやつ」

「そんな靴、持ってませんよ」

「勝負所で使う時はどうするんだ？」

「靴で勝負するわけじゃないですから……それで、何なんですか？」

「タイルの引っかかり具合を試してもらおうと思ってたんだが」

さやかが首を傾げた。

第二章

何でこんな場所を選んでわざわざ歩くのかね、と沖田《おきた》は首を傾《かし》げた。今は昼間だから、事件が起きた側道も明るく開放的な雰囲気だが、街灯の間隔から見て、夜中は相当暗くなるのは簡単に想像できる。いかに近道とはいえ、若い女性がこんな道を一人で歩く神経が理解できなかった。あるいはこの辺に住む人たちにとっては、普通の抜け道なのか。

特に危険なのが、橋の下を通る小さなトンネルだ。あそこは、夜になると真っ暗になるはずで、誰かが潜んでいても気づかない可能性が高い。犯人は、あの辺りに身を隠していて、じっとチャンスをうかがっていたのだろうか。

沖田は、二人の犠牲者が歩いたルートをそのまま辿《たど》ろうとしていた。駅の東口から真《ま》っ直《す》ぐ歩き、橋を渡りきった所で側道に下りる。側道は遊歩道として整備されており、そこそこ幅があって歩きやすい。手すりの所々にプランターが引っかけてあったが、今は冬で、全《すべ》て枯れていた。緑色のクラシカルなデザインの街灯は、運河のフェンス沿いに、ほぼ十メートル間隔で並んでいる。事件発生当時、節電で街灯の点灯は間引きされていたはずだから、かなり暗かっただろう。右側には雑居ビルやマンションが建ち並んでいるが、そこから漏れ出る灯《あか》りも、それほど明るさを提供してはくれなかったはずだ。

マンションか。運河に向かって窓が開いている部屋もあるから、誰かが事件を直接目撃していたかもしれない。しかし当時、目撃者探しは徹底して行われたはずだ。それで何も記録が残っていないのだから、誰も現場を見ていなかったと考えていいだろう。残念だが、こんなものである。都会の真ん中で起きた事件でも、常に目撃者がいるとは限らないのだ。自分の周囲に無関心というわけではなく、たまたまその時間に誰もいない空白地帯ができるのは、珍しいことではない。もしかしたら通り魔というのは、そういうタイミングを敏感に察知する特殊能力でも持っているのだろうか——本当に通り魔なら、だが。

沖田は下に視線を落としながら、側道を東へ向かって歩いて行った。ほどなく、モノレールの高架下に出る。そこまで来ると、ようやく空が開けて明るい雰囲気になった。通り魔も、この辺りでは被害者を襲う気にならなかっただろう。

それにしても、何もこんなルートを歩かなくてもいいのに。確かに、大通りを歩くより何分かは早く、家に辿り着けるかもしれないが。用心が足りないな……特に保美《やすみ》は、一月《ひとつき》前に事件があったのを知らなかったのだろうか。ニュースぐらいは見ておくべきだし、仮に見なかったとしても、街の噂《うわさ》を耳にすることぐらいはあったはずだ。あるいは、そういうことを忘れてしまうほど、急いでいたのか。確かに遅い時間だったし、一刻も早く家に帰りたくなるのは分かるが……彼女の行動をどう理解していいものか、沖田は判断しかねた。そういう話は、家族から事情聴取して調書に落ちているかもしれないが、それを読む気にはなれない。警察官というのは、独特の文章で調書を書くものである。沖田は自分自身、そういう文体の調書を書きながら、人の調書を読むのが大嫌いだった。まあ、いい。どうせ後で、西川が嫌味を織り交ぜながら内容を解説してくれるだろう。

沖田は結局、市田《いちだ》保美の家まで足を運んだ。まだ新しい、高層マンション。見上げると首が痛くなるほどの高さだった。湾岸地帯に特有の、生活感の感じられない建物で、歩いている人がほとんどいないこともまた、その感覚を加速させる。何なんだろうな……東京は、時代が複雑に折り重なった街である。江戸開府前の、小さな漁村の雰囲気を残した場所が東京湾沿いには今でもないわけでないし、江戸から明治にかけて完成した江戸文化の名残を伝える街もある。その一方で、埋立地にゼロから作り上げられた新しい街もたくさんあり、そのどれもが「東京」なのだ。

しかし、新しい街はどこでも、生活の臭《にお》いがない。さすがに完成してから四十年になる多摩《たま》ニュータウン辺りになると別だが、湾岸地区に生活臭が根づくには、まだ長い時間がかかるだろう。

早めに家族に会っておこうか、と思った。残された両親のうち、父親は今も変わらず会社に勤めている。専業主婦の母親は家にいるはずだが……何となく気乗りがせず、引き返すことにした。話を聴くにしても、もう少し新しい材料が欲しい。空手で刑事が訪ねて行っても、向こうもきちんと対応してくれないだろう。半年。微妙な時間だ。傷が癒えるはずもなく、事件は解決しないまま、家族は中途半端な状況に置かれている。もちろん、犯人は捕まるはずだと信じているだろうが、できれば刑事とは——あるいは誰とも——会いたくない時期のはずだ。

まあ、いい。焦って突っ走って、誰かを傷つけても何にもならないのだから。踵《きびす》を返し、側道を歩き始める。陽射《ひざ》しは薄く、湿っぽい風が運河の上を渡ってきて、体を芯《しん》から冷やした。

追跡捜査係の仕事で一番難しいのは、季節を感じ取ることである。特に今回の事件のように、発生から半年も過ぎて現場に入ると、当時とは当然、季節も変わってしまっている。事件発生は五月と六月。春から梅雨に変わる季節で、今とはまったく違っていた。つまり、当時の環境を身をもって感じることはできないのだ。本当は、被害者や犯人が吸っていたのと同じ空気を吸い、環境を共有したいのだが、これぱかりはどうしようもない。少なくとも、季節が一巡りしない限りは。

そして一巡りした頃には、手がかりはさらに薄れている。

同じルートを引き返した。もう少し現場を見てみよう。それにしても、今年は暖冬のはずなのに、今日は結構冷える。コートの襟を立て、ポケットに手を突っこんで、つい猫背になってしまった。一瞬強い風が正面から吹きつけ、目に涙が滲《にじ》む。霞《かす》む視界の中で、誰かが側道にはいつくばっているのが見えた。三井《みつい》？　あいつ、何やってるんだ。広がったコートの裾《すそ》がタイルを擦っている。沖田は溜息《ためいき》を一つつき、歩調を速めて彼女の許《もと》に歩み寄った。

「三井」

呼びかけると、さやかが顔を上げる。ぱっと笑みを浮かべたものの、わずかに戸惑いが混じっているのを沖田は見逃さなかった。

「何やってるんだ」

「ちょっとここを調べてるんです」

「それは見れば分かるけど、何を今さら」

「タイルです」

確かにタイルぐらいしか、見る物はないだろうが……そう思ったが、沖田は口には出さなかった。さやかはレスポンスがいい方だが、今日はどうにも反応が鈍い。自分でも何をやっているか、分かっていないのではないかと思った。

「被害者の靴、覚えてますか？」

「どっちの事件だ？」

「二番目です。市田保美さん」さやかが立ち上がり、コートの裾を叩《たた》いて汚れを落とした。

また強い風が吹き抜け――この側道は風の通り道になってしまっているようだ――枯れ葉が渦を巻いて吹き上げられる。

「靴がどうした」被害者の靴のことについては、特に記憶がない。

「被害者――市田保美さんの靴が、ここに落ちてたんですよ」

「靴ぐらい、落ちるだろう。相当暴れたはずだぞ」

「遺体から十メートルぐらいのところだったんですけど」

沖田は黙って首を捻《ひね》った。それは確かに妙である。運河沿いの手すりまで歩み寄り、周囲をぐるりと見回した。マンションと雑居ビルの位置、それに橋からの距離を目測で測り直し、少しだけ橋に近づく。

「被害者が倒れてたの、この辺だよな」

「沖田さん、ちゃんと覚えてるんですか」

「一応、それぐらいは押さえてるさ」

「資料なんか全然見ないかと思ってました」

「それじゃ、ただの馬鹿だ」沖田は唇を歪《ゆが》めてうなずいた。「嫌いなだけで、やらないわけじゃない」

「それは西川《にしかわ》さんの仕事、ですね」

「そういうこと。あいつはインドア派だから、ずっと引きこもって調書でも読んでればいいんだ。俺は、調書で人の粗捜しをするような趣味はないからな……で、靴があったのは？」

「まさにここなんですけど」さやかが調書のコピーを見てから、地面を指差した。「もちろん今は、何の跡もありませんけどね」

「十メートルか」沖田は目測で、自分と彼女の距離を測った。「そこに、何か残ってたのか？　靴以外に」

「なかったみたいですよ。私は調書をちゃんと読んだわけじゃないですけど」

「靴があった場所は、最初の襲撃現場じゃないのかね」

「どうでしょう。暴れたら必ず証拠が残るわけでもないですからね」さやかが自分の言葉にうなずいた。「土の上ならともかく、タイルですし」

「争ってれば、何か落ちてもおかしくないけどな。イヤリングとか」

「被害者は、ピアスの穴を空けてたんです。ピアスをしていたら、簡単には落ちませんよ」

「そうか……で、お前、そもそも何でこんな所にいるんだ？　今回の捜査には参加しないはずだったじゃないか」

「西川さんに言われたんですよ」さやかが頰《ほお》を膨らませた。「ちょっと顔を出したら、この現場を調べて来いって」

「あいつも偉くなったもんだねえ」沖田は腕を組んで皮肉を飛ばした。「自分では現場に来ないで、お前にパシリをやらせてるわけだ」

「まあ、別にいいですけど」さやかが唇を尖《とが》らせる。「仕事は仕事ですから」

「何もあいつの言いなりになることはないんだぜ」

「下っ端ですから、しょうがないですよ」さやかが肩をすくめた。「でも、半年も経《た》ってから、現場で何とかしろって言われても、困りますよね」

「半日経ったら、現場は完全に変わるからな」鑑識の連中が「真空密閉」などと冗談を飛ばすのをよく耳にする。その現場を切り取り、密閉してそのまま運んでしまいたい、というのだ。そんなことはできないが故の妄想。特に外の現場の場合、風が吹くだけで、状況が変わってしまうことがままあり、連中を常に悩ませる。「それで、何か気づいたか？」

「いや、そんな簡単には」

「ちょっとここに立ってみろよ」

沖田は手招きしてさやかを呼びこんだ。小走りで近づいて来たさやかが、沖田の横に並ぶ。沖田は少し動いて、彼女の後ろに立った。

「この位置で、被害者が喉《のど》を切られた」タイルには、かなり大量の血痕《けっこん》が残っていた。

「そうですね」さやかの髪が少しだけ揺れる。背後を取られたまま、犯行の状況の説明をされるのは、あまりいい気分ではないだろう。

「被害者の身長、どれぐらいだった？」

「百五十五センチ」

「お前は？」

「百五十四センチ」

「だいたい、同じぐらいか。ちょっと、靴を蹴飛ばしてみろよ」

「ええ？」首を捻って後ろを向き、不満そうに目を細める。「何で私が」

「俺がやっても、実験にならないだろう」

「そうですけど……しょうがないですね」

沖田が少しだけ下がると、さやかが左足を浮かせて靴を半分ほど脱ぎ、ＰＫを狙《ねら》うサッカー選手のように、思い切り足を引いた。そのまま綺麗《きれい》に蹴り抜いたが、靴は高く上がっただけで、二メートルほど先に落ちてしまう。

「難しいですね」片足で飛び跳ねながら靴を拾いに行く。

「いや、どれだけ遠くへ飛ばすか競争してるわけじゃないんだから」沖田は苦笑した。さやかは、ちょっと突《つつ》くとむきになる嫌いがある。

「もう一回やってみますね」

同じ位置に立ち、さやかがまた足を振り抜いた。低い弾道で五メートルほど飛んだが、実際の現場の状況にはほど遠い。

「ああ、もういいよ」また片足飛びで拾いに行こうとしたさやかを制し、沖田は靴を持ってきてやった。軽い靴だが、これぐらい飛ばすのが限界なのか。靴を渡し、「今ので、どれぐらいの力だった？」と訊《たず》ねる。

「百パーセント近いですよ。十メートル飛ばすには、かなりのコツが必要だと思います。練習しないと」

「火事場の馬鹿力でも……」

「難しいんじゃないですかね」さやかが沖田の台詞《せりふ》を引き取った。

「被害者の靴、どんな感じだった？」

「私の靴よりは重いと思いますけど、重いのと軽いのと、どっちが遠くまで飛ぶかは分かりません。それも実験しますか？　靴を二種類揃《そろ》えて」靴を履きながらさやかが訊ねた。

妙に反抗的な口調になっている。

「それは必要ないだろう。やっぱり、最初にあそこで脱げたと考えるのが自然じゃないかな」

「西川さんも、それを気にしてたんです」靴が落ちていたとされる場所まで移動して、さやかがしゃがみこんだ。「ヒールが、タイルのつなぎ目に引っかかったんじゃないか、とか」

沖田も、彼女のすぐ隣でしゃがみ、タイルの表面を掌《てのひら》で撫《な》でた。滑り止めのためなのだろう、ざらざらした感触である。十センチ四方ほどのタイルが整然と並んでいるが、つなぎ目の深さは一ミリか二ミリしかない。全体には、ほぼ平らと言っていいだろう。女性の靴の細いヒールでも、簡単に引っかかりそうになかった。

「それはなさそうだな」結論を口にして、沖田は立ち上がった。腰を伸ばし、中央部分が高くなって緩やかなアーチを描いた橋を見上げる。二人組みの中年男が、不審気にこちらを見ているのに気づいた。こんな所で何をしているのか、と疑っているのかもしれない。

「こんなタイルじゃ、靴は引っかからないだろう」

「そうだと思います」

「仮に犯人と揉《も》み合って脱げたとしたら、犯人は十メートル近く、被害者を引きずっていたことになる。それなら、何か跡が残りそうなものだけどな」踵《かかと》とか。引きずられたらパンストに穴が空くか、そうでなくても、擦《こす》った跡ぐらいは残るはずだ。不自然な跡であり、誰かが気づかないわけがない。

「そういうのはなかったみたいですね」

「じゃあ、どうして殺害現場と靴が落ちていた場所が、十メートルも離れていたか、だ」

「犯人がやったんですかね」

「それは分からない」沖田は首を振った。それにしても、例によって西川は細かい所に気がつくものだ。とはいえ、実はどうでもいい話なのかもしれない。合理的に説明がつかなければ、どうしても深く突っこみたくなるものだが、実はまったく事件に関係ない可能性もある。切り捨てるか、さらに深く調べるべきかは悩ましいところだが……概して、西川は細部にこだわり過ぎる。それが捜査の流れを阻害することがあるのも事実だった。

「この件、どうしましょう」

「西川には、分からないって言っておけばいい。本格的に実験しても、たぶんはっきりしないだろう」

例えば、さやかを被害者と見立て、犯人役の刑事と現場で揉み合いをさせる――事件を再現する形で、靴がどうなったか実験することはできるだろう。だが、犯人が捕まらず、目撃者もいない以上、再現は不可能である。靴の謎《なぞ》は、犯人を捕まえた後で、現場で説明させるしかない。

「西川さん、それで納得しますかね」さやかが首を捻った。

「納得してもらうしかないだろう。分からないんだから、どうしようもない……それよりお前、これからどうするんだ」

「西川さんにコーヒーを奢《おご》ってもらう約束になってるんですけど」

「何だ、それ」

「現場を調べてきたら、奥さんのコーヒーを……」

「ああ、あれか」西川がいつも魔法瓶に入れて持ってくるコーヒーは、沖田も飲ませてもらったことがある。時間が経っても味がびくともしないのが驚きで、その辺のコーヒー専門店よりはるかに美味《うま》かった。「お前が警察を辞めて、奥さんと一緒に喫茶店でも開けばいい」とからかったことがある。当然、思い切り嫌な顔をされたが。

「というわけで、私は一度特捜本部に戻ります」

「ああ」こっちを手伝ってくれる気はないわけか。まあ、誰かの助けなど、最初から期待していないが……さらりと一礼して現場を去るさやかの後ろ姿を見送りながら、沖田はまたコートの襟を立てた。


殺害現場近くのこの運河沿いには、いくつものビルが建ち並んでいる。橋を渡り切った辺りにあるのは雑居ビルで、居酒屋や喫茶店、歯科医院などが入居している。沖田はまず、一番橋に近い位置にある喫茶店での聞き込みから始めた。

「ああ、あの事件ですね」鼻の下にささやかな髭《ひげ》を蓄えたマスターが、カップを拭《ふ》きながらうなずいた。他に客がいないので、暇を持て余していた様子である。喫茶店のマスターは、極端な話し好きか無口か二手に分かれる、というのが沖田の持論だ。このマスターは、前者のタイプのようだった。

「覚えてますか?」

「もちろん。この辺、大騒ぎでしたから。二件も続けて起きてねえ」五十歳ぐらいのマスターの目が、少年のように輝き始めた。喉元過ぎれば熱さを忘れる——この店でも、散々客の口に上った話題のはずだ。それを懐かしく思い出しているのだろうか。自分に関係なければ、凶悪事件は最高の話題になる。

「当然、事件を直接ご覧になってはいないですよね」

「うち、夜は八時までなんで」マスターが窓の方に目をやった。窓に張ったシールはこちらから見ると裏になっているが、営業時間が朝八時から夜八時までなのは分かる。

「この辺で、痴漢とかが出たりすることはなかったですか?」

「聞いたことないですね」マスターが首を捻る。カップ磨きに納得がいったのか、カウンターに慎重に置いた。

「夜は暗そうだし、結構危ない感じもしますけどね」

「でも十時ぐらいまでは、結構人が多いんですよ。ここを近道にする人はいますからね」

「真夜中を過ぎると?」

「さすがに減りますけど、完全に無人になるわけじゃないですよ」

「その時間じゃ、店はもう閉まってるでしょう。よくご存じですね」

「いや、この上に住んでるんで」マスターが人差し指を天井に向けた。

「じゃあ、事件の時、自宅にいたんじゃないですか？　そっちで何か見てませんでした？」沖田は身を乗り出した。

「いやあ」マスターが頭を掻《か》いた。「最初の事件の時は、ちょっと呑《の》みに行ってましてね。次の日が定休日だったんで。帰って来たのは十二時過ぎだったんですけど、大騒ぎになっててびっくりしましたよ。警察が封鎖してるものだから、家に入るのにえらく時間がかかって。二回目の事件の時は、もう寝てました」

「そうですか」沖田はカウンターを離れ、窓際の席に座った。少し身を乗り出すと、現場が見える。犯人の大胆さをどう考えていいか、沖田には分からなかった。側道沿いにはビルが林立しているうえ、近くの橋からも見える位置なのだ。犯人は、目撃されるのを恐れていなかったのか……カウンターの方を振り向き、マスターに訊ねる。「被害者の人、この店に来たりしませんでした？」

「ないと思いますよ……ああ、でも、分からないなあ。新聞なんかに顔写真は出てたけど、確か二人とも、中学生ぐらいの頃の写真だったんじゃないですか。顔って結構変わるでしょう？　特に女の人は」

最近は、新聞やテレビも被害者の顔写真をあまり使わなくなった。人権に配慮しているという事情もあるだろうし、手に入りにくくなっているのも事実である。勤務先の会社などが取材拒否するのも珍しくなく、三十歳の被害者の顔写真として、中学校の卒業アルバムのものが使われることもある。

「そうですね」

沖田はスーツの内ポケットから手帳を取り出し、挟んでいた写真をマスターに示した。まず、保美。彼女が勤めていた会社から借り出した社員証用の写真で、髪型なども特に変わっていない、と聞いている。

「これが最近の写真なんですけどね。二件目の事件の被害者です」ふっくらとした頰。長く伸ばした黒髪。丸い鼻に愛嬌《あいきょう》があり、真面目《まじめ》な写真のはずなのに、笑っているように見えた。

マスターが腕組みをし、カウンターに置かれた写真を見下ろした。

「いやあ、分からないですね。見覚えはないです」

「こちらはどうですか」浜田《はまだ》千夏《ちなつ》の写真を並べて置く。保美と同じく、会社からの提供を受けたものだった。

「いや、うーん……申し訳ないけど……」

唸《うな》り声が出る。真剣に見ている様子は分かったが、期待薄だな、と沖田は内心諦《あきら》めた。

「ごめんなさい。どっちの人も、見た記憶はないですね。だいたいうち、若い女の子なんか来ないですよ。近所のオヤジたちの溜《た》まり場で、その他には、昼飯の後にサラリーマン連中が休憩に寄るぐらいだから」

それで、禁煙ではないのか。沖田は店に入った瞬間から、店内に染みついた煙草《タバコ》の臭い、それに各テーブルに置かれた灰皿に気づいていた。ちょっと休憩するか。歩き倒して疲れているわけではないが、寒さによるダメージがある。それにこの捜査は、長引きそうだ。最初からあまり気を入れて走り出すと、途中で息切れしてしまうかもしれない。最近ようやく、「適当なペース配分」ということについて考えるようになってきた。

「マスター、コーヒーをもらえますか」沖田はカウンターにつき、まず財布を取り出した。刑事の中には、聞き込み中は水分をとらない、と決めている人間もいる。トイレ休憩を避けるためだが、沖田は喫茶店などで話を聴く時には、時間があればコーヒーを飲むことも少なくない。店の人間と少しだけ距離を近づけるためだ。ただし、何故《なぜ》か金を受け取ろうとしない人間もいるので、必ず最初に代金を払ってしまうことにしている。

「ああ、お金は後で――」

「受け取らない人もいるんですよ。そういうの、賄賂《わいろ》みたいで嫌ですから、先に出しておきます」にやりと笑い、カウンターに置かれたメニューを見る。コーヒー、ちょうど五百円。五百円玉を一枚取り出し、カウンターに置いた。「美味いコーヒーをお願いします」

「すみませんね、役に立つ話がなくて」恐縮して言ったマスターが、コーヒーの用意を始める。ポットを火にかけ、ペーパーフィルターに粉を量り入れた。一杯ずつ、フィルターを使って淹《い》れているわけだ。こういう店は、大抵美味い。

コーヒーが落ちるのを待つ間、沖田はぼんやりと窓の外を見た。本当に誰も目撃者がいないのか？　多くの窓――恐らく千枚単位の窓が、運河の両側にある。それなのに、目撃者が見つからないのはどうしてだろう。すぐに三つほど、理由を思いついた。
一、本当にたまたま、誰も見ていなかった。
二、見ていたが、警察とかかわり合いになるのを恐れて、だんまりを決めこんでいる。
三、特捜本部が怠慢で、潰《つぶ》しきれていない。
「一」や「二」ならまだ納得できるが、沖田は「三」の線を疑っていた。どうもこの特捜本部は、調子が狂っているのではないか。個々の刑事の能力に関係なく、どこかずれたまま捜査が進み、いつの間にか本筋から外れてしまうことは珍しくない。そうなってから、間違いを認めて引き返すのは難しいものだ。大抵の事件は、ひどく簡単なもので、現場を丹念に追っていけば犯人につながるのだが……最初の段階で何か見落としてしまうと、肝心の証拠は永遠に手の届かない場所へ去ってしまうことも多い。

溜息をつきながら、沖田はこれからやるべきことを頭の中で整理した。徹底した聞き込み、それしかない。おそらく特捜本部の刑事たちが見逃した事実、証言を追って、徹底的にこの運河の両岸を潰しまくるのだ。追跡捜査係の仕事について、あれこれ文句を言う人間は多い――いいとこ取りだとか、簡単な事件しか手がけない、とか。しかし実態は、特捜に入った刑事たちよりもずっと、靴底をすり減らしている自負がある。

実態を知らない人間ほど、あれこれ想像をたくましくして文句を言うものだ。

そういう想像力は、事件を推理するために使うべきなのに、無駄が多過ぎる。

橋の田町《たまち》駅寄りのたもとには、古びたオフィスビルがある。美味いコーヒーで気合を入れ直した沖田が目をつけたのは、そのビルだった。現場のほぼ正面、真夜中でも、まだ仕事をしている人はいただろう。そういう人間を見つけられれば……その狙《ねら》いの背後に、特捜本部に対する不信感があることに気づいて、沖田は苦笑した。先に現場に入って苦労していた刑事たちに対して含むところはないが、最近は少し考えが変わってきたと自分でも思う。そもそも、追跡捜査係があるような警察は不幸なのではないか。発生直後に全《すべ》ての事件を解決できれば、自分たちは不要なのだ。もっと捜査技術が向上すれば、追跡捜査係は解散、俺も強行班に戻れる。こういう、人の粗捜しをする仕事よりも、やはり初動の興奮の方がいい。だいたい、俺がこんな所にいるのが間違っているんだ——追跡捜査係に異動してきて以来、ずっと抱き続けてきた不満が、急に膨れ上がってくる。いくつも難しい事件を解決し、それなりに充実感もあったが、自分の居場所はここではないという薄い不満は、ずっと燻《くすぶ》ったままだった。

そういう考えは、ひとまず置いておこう。

気持ちの切り替えは得意な方ではないが、捜査の最中に愚図愚図しているのは、自分には似合わない。気持ちを新たに、沖田はオフィスビルに入っている会社や事務所を片っ端からノックし始めた。

まず、二階の中央付近にある税理士の事務所に入りこむことができた。無理を言って、窓から外を見せてもらう——デスクの上に身を乗り出すようにしなければならなかったが、予想通り、事件現場はよく見えた。少し見下ろす格好になり、街路樹の枝が影を作っていたが、あそこで何か揉め事があれば、間違いなく視界に入るはずだ。このビルの二階から三階に入っているオフィスは、ほとんど同じ条件だろう。

「ここから何か見えてませんでしたか？」

沖田の質問に、若い事務員は頰を引き攣《つ》らせた。無造作に伸ばした髪が揺れる。

「見てません……前にも、他の刑事さんに話しましたけど」

一応、特捜本部も怠慢をしていたわけではないのだ。沖田は納得しながらうなずいた。

「それは承知してますけど、もう一回、よく考えてくれないかな」相手との年齢差を考えて、少しだけくだけた口調で訊ねた。あまり丁寧にやり過ぎると、かえって馬鹿にされたように思うものである。「ここにはいたんですか？」

「そうですね」

「ずいぶん遅い時間だったけど」

「仕事が遅いんですよ」半ば自棄《やけ》になったように、事務員が口を尖らせた。「いつもそんなもんです。終電に間に合わないのも、珍しくないですよ」

「それは大変だ。でも、朝は普通に始まるんでしょう？」

「九時です」

沖田はかすかな同情を覚えて首を振った。毎日九時から真夜中まで仕事をしていたら、いくら若くても、疲れは確実に蓄積するだろう。刑事も、同じように大変だと思われがちだが、実はそうでもない。確かに忙しい時は、ずっと家に帰れないような日が続くが、そうでなければ案外淡々としているのが実態である。捜査一課の刑事も、特捜に入っていない時は例外ではなく、ひたすら事件の発生を待ちながら、書類整理で時間を潰していることも少なくない。もっとも東京の場合、継続している特捜本部が多いから、常にその動きに縛られているし、追跡捜査係にも仕事が絶えないのだが。

「それで、普段はこの席に座ってるんだ」

「そうですね」

不思議な作りの事務所で、事務用のデスクは、窓に対して直角に並んでいる。ちょうど教室のような配置だ。事務員たちは、それぞれの背中を見る格好で座ることになり、仕事の効率がいいのか悪いのか、さっぱり分からない。空いたスペースには細長い折り畳み式のテーブルが並んでおり、そこで会議や共同の作業をこなすのだろう。

「ちょっと、座ってみていいですか」

「いいですよ」不承不承ながら、事務員が認めて立ち上がった。

椅子《いす》を引いて腰を下ろしてみるとすぐに、座り心地の悪さに気づく。普通の事務用の椅子なのだが、クッションがへたっており、硬さが尻を刺激する。こんな椅子に何時間も縛りつけられて仕事をしていたら、間違いなく腰をやられるだろう。この事務所がどれぐらい儲《もう》けているかは知らないが、長時間労働を強いるなら、福利厚生のためにも、椅子ぐらいはちゃんとしたものを導入すべきだ。

窓に顔を向けてみる。座っている方が、現場はよく見える。誰かがいれば、顔も判別できそうなほどだった。今はブラインドが上がっているせいもあるが……。

「あの事件の時、このブラインドは？」

「上がっていたと思いますよ。冬は寒いんで、夜になると閉めますけど、あの時期はだいたい開けてますね」

しかし、「あの日」にどうだったかは分からないわけだ。当然である。半年以上前のことをはっきり覚えているような人間など、いないのだ。そういう前提で話を聴かないといけない。

「で、特に何も見ていなかったわけだ」沖田は人差し指で窓ガラスに触れた。凍りつくような冷たさが指先から伝わる。

「すみません……」事務員がうなだれたが、すぐに顔を上げた。「でも、仕事している時は、外なんか見ませんから」

「まあ、そうだよな」気を取り直して質問を変える。「普段も、そんなに外は見ないんだ」

「そうですね。まあ、昼間は気分転換に見たりするけど、夜にあんな所を見ても、何も見えないでしょう」

「そうかな？　街灯もあるし、人通りも多いし、結構よく見えるんじゃないですか」

「人が歩いてるのを見たって、仕事は終わりませんよ」

「そりゃそうだけど」

疲れきっている事務員をこれ以上揺さぶるのも気が引けて、沖田は質問を打ち切った。礼を言って事務所を辞去し、他のオフィスも訪ねて行く。しかしどこでも、「見ていない」「覚えていない」という答えが返ってくるだけだった。どうにも頼りないが、そう簡単にいくわけがないと、自分に言い聞かせる。

会えるだけの相手に会い、ビルを出た途端に、また寒風に叩《たた》かれる。身震いして、コートの前を閉めようとした瞬間、携帯電話が鳴り出した。西川の名前がディスプレイに浮かんでいる。

「何か用か?」

「そういう言い方、ないだろう」西川がぶつぶつと文句を言った。「上がって来いよ。どうせ、何も摑《つか》めてないんだろう?」

何で分かった、という言葉を吞みこむ。あいつの前では認めたくない。

「何か用事があるのか」

「あのさ、お前が外で仕事をしたいのは分かるけど、まずちゃんと調書を読めって。どこに問題があるか切り分けないと、対策の立てようがないぞ。何も分からないで、ただ歩き回ってるだけじゃ、効率が悪くて仕方ないだろう」

「歩かないと、何も動き出さないぜ」

「状況を把握しないで動いていたら、砂浜から一粒の砂を拾い出すみたいなものだぞ」

上手《うま》いこと言ってる場合か。頰が緩んだが、首を振って気合を入れ直す。

「一々指図するな。俺には俺のやり方があるんだよ」

「じゃあ、何か摑んだのか？」

「気の早い男だな。まだ始めたばかりじゃないか」

「鳩山《はとやま》係長も、珍しくこっちに来るそうだからさ。その前に、ちょっと打ち合わせをしておこうよ」

「オッサン、どうかしたのか？　現場に来るなんて、あり得ないだろう」

「何のつもりかは知らないけど」

「何かあったんじゃないか？」沖田は訝《いぶか》った。

「分からん。それとお前は絶対、阿部《あべ》さんと話をしない方がいいぞ」

「何で」

「お前とは合わないから」

「朝、挨拶《あいさつ》した時は普通だったぜ」ただし、嫌な予感はしている。あの狭苦しい部屋をあてがってきたことが引っかかっていた。

「さっき話したんだけど、阿部さん、俺たちを徹底的に嫌ってるよ」

「俺たち？　西川さんだけの話じゃないのかね」沖田は皮肉をまぶして言ってやった。

「お前は理屈っぽいから、色んな人に嫌われるんだよ」

「お前に言われたくないね」西川が憮然《ぶぜん》として反論した。「お前みたいにデリカシーのない奴こそ、阿部さんのお眼鏡にかなわないんじゃないか」

「別に、阿部さんの下で仕事してるわけじゃないから、関係ないだろう。だいたいあの人も、大人気ないんだよ。倉庫みたいな部屋を押しつけやがってさ。普通にしてくれればいいんだよ、普通に」

「……とにかく、阿部さんとも少しきちんと話をしないとまずい」

「靴の件か？」沖田は探るように切り出した。

「ああ……三井と現場で会ったそうだな」

「気にし過ぎると失敗するぞ」

「ご忠告どうも。とにかく、一度上がって来いよ」

さらりと言って、西川は電話を切ってしまった。沖田は舌打ちをして、携帯をしまった。まあ……あいつの言うことにも一理ある。運河の両岸に並ぶビル群を見て、気持ちが萎《な》えてしまうのも事実なのだ。どんな仕事でも物理的な限界があるのは確かで、現場付近を虱《しらみ》潰しにするだけでも、多くの刑事が何日もかかるだろう。

西川は「話をしない方がいい」と言っていたが、阿部とご対面といくか。気が進まないが、特捜本部がどうして失敗したのか、責任者の口から聞いておくのもいい。

そんなことを冷静に自己分析している現場指揮官など、いるはずもないのだが。

「細かいことを気にし過ぎだな」

阿部が、沖田と同じような感想を口にした。西川は無言でうなずくだけで、反論しない。

どうもこれが、阿部に対する彼の対応策らしい。まあ、何も相手を爆発させることはないから、こっちも黙っていよう。沖田は「休め」の姿勢を保ったまま、後ろで手を組んだ。

「お前らの仕事が、人の穴を探すことなのは分かってるが、それを一々報告してくれなくていい。いい気分じゃないぞ」

「承知しました」

西川が神妙に頭を下げる。何が「承知しました」だ。俺はこんな台詞、生で聞いたのは生まれて初めてだぞ、と沖田は白けた気分になった。

「沖田」

突然声をかけられ、沖田は半分口を開けた間抜けな顔つきで顔を上げてしまった。それを見た阿部が、小さく舌打ちする。

「お前、いつも勝手に走り回ってるそうだが、うちの刑事たちの努力を無駄にしないでくれよな。こっちが当たってる関係者もいるんだ。そういう連中を、変に刺激したくない」

「じゃあ、動く時は、一々お伺いを立てればいいんですね」

「むしろ、何もしないでいてくれた方が助かる」平然として阿部が言い放った。「できれば、これきりで引いてくれるとありがたいな」

「そんなこと、できるわけないじゃないですか」沖田は思わず、一歩前へ出た。「俺たちは自分の仕事をやってるだけですよ。協力しろっていう話なら、当然協力しますけど、帰れって言われるのは心外ですね」

「こっちは、半年もこの事件とつき合ってるんだ。途中から入ってきて事件をさらっていこうとしても、そうはいかないぞ」

「いや、管理官」西川は、沖田の前に左手を伸ばし、動きを制してから言った。「お言葉ですが、我々は別に、手柄が欲しいわけじゃありませんから」

「俺は認めん!」いきなり怒鳴り上げて、阿部が立ち上がった。顔は紅潮し、夜中に路上では会いたくない、すさまじい形相になっている。「だいたい、追跡捜査係は、余計なことに首を突っこみ過ぎなんだ。自分たちの手柄になりそうな時だけ、仕事を選んでるんだろう」

「管理官、それは因縁ですよ」沖田は、西川の腕を押しのけて前に出た。阿部が座るデスクに、ほとんど腹がくっつきそうになる。「俺たちは、特捜からの依頼で動くこともあるんですから」

「俺は頼んでない」

何なんだ、この男は……沖田は怒るよりも先に、呆《あき》れてしまった。自分だけの王国を作り、そこに人を立ち入らせない——そんなつもりで特捜本部を運営しているのかもしれないが、だったらこの半年間以上の停滞に関して、どう責任を取るつもりなのか。事件の節目は一週間、一か月、三か月、半年とよく言われる。そういうタイミングで何か新しい証拠や証人が見つかる確率が高いのだが、それは捜査員が節目で気合を入れ直すからである。しかし半年が過ぎてしまうと、事件の解決率はぐっと下がる。この男が、そういう状況に焦りを感じているのは間違いないのだが、それをこちらに対する怒りに転化するのは筋違いだ。

「俺たちも、自分で仕事を選んでいるわけじゃないですから。上司の指示に従っているだけですよ」

「ふざけるな」阿部が両の拳《こぶし》を握り締める。

「ふざけてません」沖田は肩をすくめる。

「沖田、その辺で……」西川が遠慮がちに割りこんできた。「事実を言ってるだけです」

「はっきりさせておいた方がいいんじゃないか？　こっちはこっちで、正式な仕事として手伝いに来てるんだから。それなりの敬意を払ってもらうのが普通じゃないのか」沖田は、西川に向かってまくしたてた。

「お前らに払う敬意はない！」阿部が怒鳴った。

「滅茶苦茶《めちゃくちゃ》ですね」次第に怒りがこみ上げてくる。「事件が解決しないから苛々するのは分かりますけど、もう少し大人になって下さいよ」

「何だと」急に声が低くなる。「お前、自分で何を言ってるのか、分かってるのか？」

阿部の怒りに比して、沖田は急激に怒りが引いていくのを感じた。駄目だ、これは……相手にしていたら、こっちは疲れるだけだ。

「何を言ってるかぐらい、分かりますよ」

「いいか、大人しくしてろ。邪魔をするな。別室で書類をひっくり返してるだけならいいが、こっちのやることには口出しするな！」

「それは特捜本部の総意ですか？　それとも管理官の個人的な考えですか？」

「俺が、この特捜だ」阿部が拳を固め、胸を叩く。

「ということは、ここまで事件が解決していないのは、全部管理官の責任なんですね？」

黙っていようかと思ったが、とうとう爆弾を落としてしまった。どうも、この男と話していると、一言言わずにはいられなくなる。気合が入り過ぎて空回りしている様は、哀れでさえあった。過去のいきさつから、やる気だけが先回りしてしまうのも理解できないではなかったが……自分に降りかかってきた火の粉は振り払わなければならない。それは怒りや同情とは別の問題だ。

「貴様、どういうつもりだ」阿部の頬が痙攣《けいれん》し始めた。

「まあまあ、管理官」西川が割って入ったが、顔色がよくない。元々、争い事を好まない男なのだ。「こいつも別に、悪気があって言ってるわけじゃないですから。単に話の流れですよ」

「お前らはいつも、流れでやってるのか！」

「いや、ですからこれは別に……ただ話をしてるだけでしょう」困りきった様子で西川が言った。「そんなにかっかしないで下さいよ」

「誰が怒ってるんだ」

「だから、管理官が」西川と阿部の諍《いさか》いになってきたので、今度は沖田が割りこんだ。

「ふざけるな」阿部が低く押し殺すような声で言って、沖田に目を向ける。

ふざけるなはこっちの台詞だよ。そろそろ止《とど》めの一撃をとも思ったが、背後から聞こえてきた間抜けな声で緊迫感が一気に破裂して消散し、沖田は思わず溜息をついてしまった。

「いやあ、どうもどうも」

振り返ると、鳩山が額の汗をハンカチで拭《ぬぐ》いながら立っていた。


「ひどい部屋だな」依然として額に汗を浮かべている鳩山が、室内を見回した。

「これで、特捜の連中の、俺らに対する扱いが分かるでしょう」沖田は白けた口調で言って、乱暴に椅子に腰かけた。椅子が二つしかないから、残る一つは西川と鳩山の争奪戦になる。西川が遠慮したのか、デスク一杯に広がっていた書類を片づけ、空いたスペースに尻を引っかけるようにして座った。鳩山が「よいしょ」とかけ声を出しながら椅子に腰かける。洋ナシ形で下半身が大きい体型なので、尻が椅子にすっぽりはまる格好になる。

「お前ら、少しは抑えろ」

「私は何もしてませんよ」西川がそっぽを向いた。

「そうか？　お前の方がひどい言い方だったぜ」沖田は思わず突っこんだ。

「お前に言われたくない」

「案外、喧嘩《けんか》好きだったりしてな」

「まさか」西川が首を振り、鳩山に視線を向けた。「それで係長、何でこちらへ？」

「やばそうな雰囲気がしたからな。予《あらかじ》め、阿部管理官のご機嫌伺いをしておこうと」

「へえ、気が利くじゃないですか」西川が笑いながら言った。沖田を見て、予想通りだろう、とでも言いたげに素早くうなずく。

「上司を馬鹿にするんじゃないよ。これぐらいのこと、普通だろう」

沖田は心の中で鼻を鳴らした。この男は基本的に出不精で——体重のせいだ、と沖田は思っていた——滅多に警視庁の外へ出ない。沖田たちが所轄に置かれた特捜本部に貼《は》りつけになっていても、そこを訪れることはほとんどなかった。

「いいタイミングだっただろう？」にやにや笑って、鳩山が自賛する。「一触即発のピンチから、何とか助けてやったんだぞ」

「別に、ぶん殴ってやってもよかったんですけどね」

沖田がさらりと言うと、鳩山が苦笑しながら「おいおい」とストップをかけた。椅子を回して沖田に視線を向け、「物騒なこと、言わないでくれよ」と忠告する。

「でも係長も、阿部さんはおかしいと思うでしょう」罪を共有しようと、沖田は言った。

「そうは言うけどな、あの人が焦る気持ちはお前らも分かるだろう？　人生、なかなか真っ直ぐ行かないもんだよ。ようやくここまで来たんだから、ヘマしたくないと思うのは自然だろう」

「実際には、ヘマしてるじゃないですか」沖田は思いきり足を伸ばし、テーブルの下に潜りこませた。失敗とか成功とか、どうして皆下らないことを気にするのだろう。出世を考えている人間は、やはり常に点数を考えているのだろうか。あるいは、そうでなければ出世できないとか。「半年経ったんですよ。このままお宮入りの可能性、高いでしょう」「お前がそれを言ったら、自己否定になるだろうが」鳩山が溜息をついた。「お前の仕事は、解決しそうにない事件を解決することじゃないか」

「別に、好きでやってるわけじゃないんで」肩をすくめると、黒い思いが心に忍びこんでくるのを感じる――放っておけばいいじゃないか。今回はどうも、今一つ気合が入らないのだ。

「ま、阿部さんには俺からよく言っておくから。衝突しないで、上手くやってくれよ」

「この件、本当に解決できると思ってるんですか？」

鳩山が目を細めた。丸く肉づきのいい顔の中に、目が埋まってしまう。

「この係の仕事はな、『できない』と思ったらそれまでなんだよ」

おやおや。このオッサンは、いつからこんな説教をするようになったのだろう。追跡捜査係に配属されたのだって、肝炎で入院した後のリハビリのようなものなのだ。変に気合を入れられたり、説教されたりすると、妙な気分になる。

「それで西川、見通しの方はどうなんだ」

俺じゃなくて西川に聞くのか。少しだけ不満が頭をもたげてきたが、何も言わなかった。大人になるっていうのは、こういうことだよな……ただ話をスムーズに流すための、沈黙の効能を知る。

「どうも、穴がいくつもありそうですね」西川が近くの調書を引き寄せた。それと、何枚ものメモ。この男はメモ魔、記録魔で、それ故腰が重いのだ。あるいは、腰が重い分、何か文字で残しておかねばならないと思っているのかもしれないが。

「例えば？」

「現場にあった被害者の——二番目の事件の被害者ですが——靴が、そのまま放置されていたこととか」

「何だ、それ」

「あー、西川？」沖田は忠告を発した。「その件、今は気にしなくてもいいんじゃないか」

「説明してるだけだろう」むっとして、西川が言い返した。鳩山に視線を向け、話を続ける。「被害者が倒れていた現場と、靴が落ちていた場所が十メートルも離れていたんですよ。これっておかしいでしょう。引きずられた形跡もないのに、靴だけが離れた場所に落ちているのは明らかに変だ。事件の再現が、完全にできてないんですよ」

「そんなの、犯人を逮捕しないと無理だろう」沖田は反論した。「当事者は二人しかいないんだぜ。それで片方は死んでるんだ。実際にどういう状況だったか、推理するだけ無駄なんだよ」

「推理しないと、何も動かない。ただ漫然と歩き回ってるだけじゃ駄目なんだよ」西川が釘《くぎ》を刺した。

「またそれかよ」沖田は立ち上がった。こいつの言い方には、本当に苛々させられる。

「お前も少しは現場を歩けって。靴をすり減らせよ。同じ空気を吸ってれば、分かることもあるんだぜ」

「それで沖田先生の、今日の収穫は？」西川が肩をすくめる。「何もないんだろう。まず、状況を整理しないと。俺たちの仕事はそこから始まるんじゃないのか」

「屁理屈《へりくつ》だけじゃ、事件は解決しないぜ」

「まあまあ」

　鳩山が割って入る。この男の「まあまあ」を何十回聞いただろう、と沖田は苦笑した。それだけ、自分と西川が頻繁に衝突している証拠なのだが。

「とにかく、穏便にな。人を怒らせて仕事をしても、いいことは何もないぞ」

「分かってますよ」

「それより、三井は使ってもいいんですか」西川が訊ねた。

「ああ、構わないよ。今は他に何も抱えてないから。あいつもそろそろうちの仕事に慣れてきたし、いい勉強になるだろう」

「じゃあ、気合づけに、最初に飯でも誘いますか」沖田は携帯電話を取り出した。

「飯って何だよ」西川が胡散臭《うさんくさ》そうな視線を向けた。

「飯だよ、飯。どうせ夕飯は食べるんだから。お前もつき合えよ。いつも奥さんの飯じゃ、飽きないか？」

「大きなお世話だ。お前こそ、早く嫁さんの飯が食えるようになれ」

「それこそ大きなお世話だ」なかなか進展しない響子《きょうこ》との関係をからかわれると、苛立つ一方、どこかにやけてしまう自分がいる。四十過ぎて、こんな気持ちを持ってしまう自分もどうかと思うが、やはり気持ちは簡単には制御できないものだ。

第三章

捜査に穴が多くなる時は様々な理由があるが、今回はやはり、阿部《あべ》のキャラクターによるところが大きい、と西川《にしかわ》は結論づけた。功を焦るばかりに、ちょっと気になったところに首を突っこみ、代わりに大事なポイントを見失ってしまったに違いない。

「西川、暗い」

「暗いです」

沖田《おきた》の因縁に同調したさやかの声に、西川は顔を上げた。

「そうか？」

「また考え事してたんでしょう」

「四六時中考えてるよ」西川はこめかみを指先で突《つつ》いた。「考えてないと、どんどん馬鹿になるから」

「何か、俺に言いたいことがあるのかな？」沖田が睨《にら》みつけてきた。

「いや、別に」

ビールのジョッキを引き寄せ、一口だけ呑《の》む。既に気が抜け始めていて、爽快感より苦みが勝った。

「そんな、ちびちび呑んでたら、ビールだって可哀想《かわいそう》ですよ」さやかが茶々を入れる。

「何だよ、それ」

「ビールは一気にいかないと」さやかが残ったビールを呑み干した。豪快な喉《のど》の動きを見ながら、そういえば彼女はかなりの酒豪だったのだと思い出す。このメンバーで呑みに行く機会はあまりないから、つい忘れてしまいがちなのだが。

「呑んでる時ぐらい、仕事のことは忘れろよ」

沖田が煙草《タバコ》に火を点《つ》ける。こいつ、好き勝手に煙草が吸いたいので、個室を用意するように店側と事前交渉したのではないか、と西川は疑った。沖田が顔を背けて壁の方に煙を吐き出し、ウィスキーの水割りを一口啜《すす》ると、ふっと溜息《ためいき》をついて片膝《かたひざ》立ちになる。太い右膝を抱えて、しきりに煙草をふかした。仕事のことぐらい忘れろ、と人には言いながら、こいつも考えているのは仕事の問題だ。それぐらい、長いつき合いで簡単に分かる。ちなみに恋人の響子《きょうこ》のことを考えている時は、わずかだが目尻が下がる。

「でも、不思議ですよね」さやかが割って入った。彼女が一番呑んでいるはずだが、酔った感じはまったくない。「大変な事件ですけど、手がかり、いくらでもありそうじゃないですか」

「立て続けに二回、だからな」西川も同調した。同様の手口による、連続通り魔。物証はないにしても、犯人へのアプローチ方法はいくらでもあったはずだ。

「立て続けに二回、だからだよ」沖田が白けた口調で反論する。

「何だ、それ」

沖田は答えず、厚揚げを口に運んだ。大ぶりに切ってあるのを一口で頬張《ほおば》ったので、しばらく言葉が出ない。ようやく飲み下すと、ウィスキーで口を洗い、煙草を一吸い。もったいぶったやり方は、自分を苛立《いらだ》たせるためであるのは、西川には分かっていた。

「連続殺人なんて、滅多にないじゃないか」

「いや、ある」

「目立つからそう思うだけで、データとして役立つほどはないだろう」沖田が指を折って言った。「戦後だけ見れば、小平事件、大久保清事件、後は東京埼玉連続幼女誘拐殺人事件ぐらいだ。最後のやつは外してもいいかもしれないな。被害者が子どもばかりだから、ちょっと特殊過ぎる」

「全部、性的な動機があるんですよね」さやかが合いの手を入れた。

「征服欲とか、そういうことも絡んでるんだろうが……結局、今言ったような事件には、明確な共通点がないんだ。だからデータも取れないし、過去のケースとしても参考にならない」

「まあ、そうなんだけど」西川は曖昧《あいまい》に返事をした。日本の科学捜査で最も遅れているのが、心理学的アプローチである。犯人の行動だけを見るのではなく、心理的分析で犯行の深部に迫る——そういうやり方を胡散臭《うさんくさ》く見る刑事は多いのだが、本場のアメリカでは一定の成果が上がっているのも事実である。西川自身は、ほとんど信用していなかったが

――心理学が学問かどうかも疑っている――誰かが研究を進める分には構わないと思っていた。何かの役に立つ可能性があるなら、何でもやってみるべきだ。

「で、西川先生の見通しはどうなのよ」グラスの縁越しに、沖田が目を細めて西川の顔を見る。

「何とも言えないな。特捜がいくつか見落としていることがあるけど、その中に決定的な証拠があるという保証もない」

「えらく自信なさげだな」

からかうように沖田が言ったが、そういう彼自身も、どこか不安そうにしている。今回の捜査が上手《うま》くいきそうにないことを、早々と察知しているのだろう。平然としているのはさやかだけだが、こちらはあまり事情が分かっていないのだ。

追跡捜査係の仕事をしていると、どうしてそれまでの捜査が上手くいかなかったか、何となく読めるようになるものだし、自分たちが結論に辿《たど》り着けるかどうかについても、勘が働くようになる。最初から負け戦を覚悟していたら何もできないが、そういう予感は馬鹿にすべきではない、と西川は思っていた。変に何かに固執すると、肝心なことが見えなくなり、引き際を失う――今の阿部が、ちょうどそういう状況ではないか。

「で、うちの捜査方針はどうするんだ？　俺は、書類と睨《にら》めっこは嫌だぜ」沖田が鋭い声で不満を叩《たた》きつける。

「駄目だ。まず、調書」

「またそれかよ」沖田が鼻を鳴らす。

「最初に調書を読まないと、何も分からないじゃないか」同じようなやり取りの繰り返しに、いい加減うんざりしてきた。「特捜の穴を捜して、そこを埋める……いつもやってることだろう」

「そういうのは、得意な人間がやればいいんだよ。お前に任せた。な?」立て膝の姿勢から、いきなり胡坐《あぐら》をかき、深々と頭を下げる。まったく誠意が感じられなかった。

「お前な……」

「何か見つけてくれたら、ご指示の通りに動きますよ」

「それまでどうするんだよ。ただぶらぶらしてるだけじゃ、何も見つからないぞ」

「何の考えもなしに歩き回ってるわけじゃないぞ」沖田が表情を引き締めた。「今日も、ちゃんと目撃者捜しをしてたんだ。お前から電話がかかってこなかったら、まだやってたよ。阿部さんとぶつかることもなかったし」

「阿部さんの件は、お前の個人的資質に問題がある」

「問題があるのは、俺じゃなくて阿部さんじゃないのか」沖田が目を細めた。「あの人、誰とでも喧嘩《けんか》になりそうだぜ」

「鳩山《はとやま》さんは上手くあしらってた」

「あのオッサンは、人間じゃないから。マンボウだ」

いきなり、さやかが甲高い声を上げて笑い始めた。両手を叩き合わせながら、腹の底から笑っている。啞然《あぜん》として見ているうちに、目尻から涙が零《こぼ》れて、頰に細い水路を作った。

「そんなに笑う話か?」言った沖田が戸惑っている。

「だって、マンボウって……そのものずばりじゃないですか。係長って、何か動物に似てると思ってたけど、魚だったんですね。目が丸くて小さくて、おちょぼ口で……体型も」

言われて見ればその通りで、西川もつい噴き出してしまった。沖田だけがぴんとこないのか、首を傾《かし》げている。さやかが携帯をいじり、どこかから画像を見つけてきて沖田に示す。それを見ても沖田は笑わなかったが、硬い表情は崩壊寸前だった。頰が震え、肩が小さく上下している。

「おい、マンボウの味噌《みそ》炊きっていうのがあるぞ」西川はテーブルに置かれた「できます」メニューを手に取った。

「えー、まさか、食べるんですか?」さやかの笑顔が引き攣《つ》る。

「物は試しで」

「俺は、そんな悪趣味はないからな」沖田が拒絶した。「絶対に腹を壊す。あのオッサンを消化できるわけ、ないだろう」

「別に鳩山さんを食べるわけじゃないから」

しばらく他愛もないやり取りを続け、結局マンボウの味噌炊きは「却下」になった。さやかが「どうしても鳩山さんの顔を思い出すから」と言ったのが決め手になった。

「被害者の二人、何か共通点はないんですか」マンボウの話題が途切れたところで、ぽつりとさやかが切り出した。生ビールは既に三杯目になっている。「偶然の連続殺人じゃなくて、被害者同士に関連性があるとも考えられるでしょう」

「調書にはなかったな」西川は答えた。

「本当にそうなのか？」沖田も食いついてきた。「無差別に狙《ねら》うんじゃなくて、何か理由があって犯人が二人を襲った可能性の方が高いんじゃないか」

「いや、どうかな……」否定しながら、西川はその考えに囚《とら》われ始めていた。人間はどこでどうつながっているか、分からない。知り合いの知り合いを辿れば、六人目で世界中のどんな人にも行き着く、という話があるぐらいだ。

「特捜は、今のところ、通り魔による連続強盗殺人、という方向に向いてるんだよな」沖田が念押しする。

「それが公式見解だ」

「あの、勉強不足で申し訳ないんですけど」さやかが遠慮がちに手を上げる。「こういう事件——類似事件って、この二件の前後には起きてないんですか？」

「ないな」西川は即答した。それぐらいは既にチェックしている。

「東京以外でも？」

一瞬、言葉に詰まる。絶対にそうだとは断言できない。都内の事件なら必ず気づいているが、他県警の扱いとなると、「絶対に」とは言えなかった。見落としている可能性は否定できない。

「ちょっと調べてみないと、断言はできない。ないとは思うけど」

「三井《みつい》、何が言いたいんだ」沖田が突っこんだ。

「いや、あの、何て言うんですか……」さやかが口籠《くちごも》る。躊躇《ためら》っているのではなく、上手く言葉を選べないようだった。「連続殺人犯って、何で犯行をやめるんですかね」

「さあねえ」沖田が首を傾げる。

「別件で捕まったとか、飽きたとか、死んだとか」さやかが指を折って数え上げていく。

「怖がってるってのもあるだろうな。警察が乗り出しているのが分かれば、捕まるのが怖くなる」沖田が続ける。

「もっと広域で事件を起こすことはないんですかね」

「聞いたことないな」

西川は、二人のやり取りを頭の中で転がした。東京で危なくなったから、他の県で同じような事件を起こす——可能性としてはあり得るが、あくまで可能性だけの話だ。犯行現場が広がれば広がるほど、足がつく恐れは大きくなる。もちろん犯人が、捕まることを恐れずに暴走していれば、どこで事件を起こしてもおかしくないが。

「可能性だけだったら、何とでも言えるさ」沖田がぽつりと言った。「こんな推理をしても無駄だぜ。足で稼げよ」

「でも、何か気になるんですよね」両手でジョッキを抱えこみ、さやかがゆっくりと首を振る。

この件は調べられるはずだ――明日とは言わず、今夜にでも。しかし、犯人がぱたりと犯行をやめてしまっていることを、どう解釈したらいいのだろう。

いつもよりずっと遅く自宅に戻ると、妻の美也子《みやこ》が心配そうに声をかけてきた。

「仕事、大変なんですか」

「いや、沖田たちと呑んできたんだ」

「あら、珍しい」一気に緊張が弛緩する。

「今日から新しい事件に入ったからね。ちょっと景気づけで」コートを渡し、ネクタイを引き千切るように取る。ようやく首が楽になって、酔いも引いていくようだった。「コーヒー、もらえないかな」

「こんな時間にコーヒーなんか飲んで、大丈夫なんですか」

「ちょっと調べ物があるから」


言い置いて、西川は自室に入った。自室と言っても、階段下のデッドスペースを生かして無理矢理デスクを入れただけで、辛うじてドアが閉まるので「部屋」と言える場所だった。眼鏡を取り、両手で目を擦《こす》ってしばらく瞑《つぶ》ったままにしておく。かすかに残った酔いのせいで、集中できなかった。椅子《いす》に体重を預けて体を後ろに倒し、低い天井――階段の裏側――を見上げる。少しだけ異臭がするのは、沖田が吸っていた煙草の煙が服についてしまったからだ。まったくあの男も、いい加減に禁煙すればいいのに。今時、煙草など流《は》行《や》らない。

美也子がコーヒーを持ってきたので、気合を入れ直してパソコンを立ち上げる。警視庁で契約しているニュースのデータベースにアクセスし、事件の前後一年ほどの通り魔事件についてチェックし始めた。漫然と眺めるだけでなく、ノートを開き、ボールペンを構える。

発生日時、場所、被害者、逮捕と項目を作り、一つずつ埋めていく。

通り魔事件は、意外に少ない。被害者が殺されたケースは皆無だった。大阪で、覚せい剤でラリっていた若い男がOLに切りつけた事件。横浜では、酔った中年男が小学生二人を襲った事件があった。少し範囲を広げても、路上強盗が被害者に怪我《けが》をさせてしまった事件が何件かあるぐらいだ。

調査はすぐに終わった。思い直して、さらに一年遡《さかのぼ》って調べてみたが、やはり芝浦の事件と同じようなケースはない。あの二つだけが、同一犯による一連の物だと考えるのが自然だろう。特捜本部の考えがそちらに傾くのも分かる。

だが特捜本部の方針は、西川の心にわずかな引っかかりを生んだ。さやかが言ったことが、今も耳に残っている。「被害者同士に関連性があることも考えられる」。本当に？　しかし、誰もそこに着目して調べていなかったのは間違いない。もしもあの二人に何かつながりがあり、犯人がそこに絡んでいたら。怨恨、痴情のもつれによる連続殺人、という図式も成り立つ。

これは、明日から調べてみる価値はある。特捜本部と同じことをしていても、跡を辿るだけになり、新しい視点は得られないのだから。

　空になったコーヒーカップを持って、リビングルームに戻る。美也子はお茶を飲みながら、テレビのニュースを眺めていた。西川に気づき、すっと視線を移動させる。

「お替わり？」

「いや、もういい」自分でキッチンに移動して、カップを流す。向かいのソファに座り、「竜彦《たつひこ》は？」と訊《たず》ねる。

「部屋」

「それは分かるけど」

「勉強してるんじゃないかしら」

「たまには息抜きさせてやった方がいいんじゃないか？」

「本人がやる気出してるんだから、親があれこれ言う必要はないんじゃない？　携帯、今日も私に預けていったし」

　少し極端過ぎるな、と思った。しばらく前に竜彦は、「勉強中は携帯を預ける」と宣言している。メールやネットで時間を潰《つぶ》したくないから、という理由だった——手元に置いておくと、つい見てしまうから。話を聞いた時、お前は修行僧か、と突っこみたくなったものだ。一人息子は、妙に頑《かたく》なところがある。しばらく前は、サッカー漬けの毎日だったのに。

「何も今から、そんなにむきにならなくてもいいのにな」

「スイッチが入る時って、一生に一度ぐらいしかないいんじゃないかしら。それがいつくるかは、人によって違うと思うけど」

「あいつは、今がまさにその時っていうことか……」

「そういうの、受験の時ばかりとも限らないでしょう」

「そうだな」脂が浮いた顔を擦る。仕事でもそうかもしれない。渾身《こんしん》の力で仕事に打ちこむ時が……あるいは恋愛でもいい。殺された二人は、そういう時期を過ごしたのだろうか、とふと思った。むきになった経験がないと、自分の限界が分からない。ただ、だらだらと毎日を過ごして、あんな最期を迎えたとしたら、悲劇としか言いようがない。

「怖い顔してるけど、大丈夫？」

「ああ」西川は眼鏡をかけ直した。「いろいろ考えることがあってね。君は、一番むきになってたの、いつ頃だった？」

「私？」美也子が自分の鼻を指差した。「どうかしら。覚えてないけど、もしかしたらこれからかも」

「ああ」

「年取ってきて、そういうことがあるときついかもしれないけど。体が気持ちについていかなくなるでしょう」美也子が柔らかく笑った。「お風呂《ふろ》、どうしますか」

「そろそろ入るかな」アルコールはほぼ抜けていたが、熱い湯に入って、もう少ししっかり酔いを醒《さ》ましておきたかった。翌朝にかすかでもアルコールが残っていると、一日中不快になるのだ。

　パソコンをシャットダウンするために、階段下の部屋に戻る。が、急に様々なことが気になってきて、それからまた三十分、データベースの検索を進めてしまった。

　俺が一番むきになったのはいつだっただろう、と考えながら。


　沖田はぼうっとして、掌《てのひら》の上で煙草を転がしていた。さやかは、この事件に関する新聞記事のスクラップに目を通している。ほとんどの情報がデータで手に入る時代になっても、何故《なぜ》か新聞記事だけはスクラップで、という人も多い。さやかもそういうタイプのようだった。

「遅い」沖田がいきなり文句を言った。

「悪い」一応謝り、バッグをテーブルに置く。「ちょっと調べ物に時間がかかったんだ。それと、コーヒーだ」

　いつものより一回り大きい魔法瓶をテーブルに出す。

「二人の分もあるから」

「ありがとうございます」さやかがぱっと顔を輝かせた。「西川さんのコーヒー、本当に美味《おい》しいですよね」

「俺じゃなくて、嫁のだよ」豆を選んで配合を決めたのは西川だが、毎朝実際に淹《い》れるのは美也子である。味は明らかに、彼女が淹れた方が上だった。「準備してくれ」さやかが、テーブルの片隅に置いてあった大袋から、紙コップを三つ、出した。気を利かせて専用のカップや湯呑みを用意してくれる特捜本部もあるのだが、阿部はどこまでも自分たちを無視するつもりらしい。そもそもこんな掃除部屋のような場所を用意した時点で、彼の内面で渦巻く怒りに気づいておくべきだった。

西川はコーヒーを三つのカップに注《つ》いだ。全員ブラック。本当に美味《うま》いコーヒーは味がクリアなので、砂糖もミルクもいらない、というのが西川の持論だった。

「今朝はエスプレッソがいいな」沖田が首を振りながら、紙コップを引き寄せた。自分では淹れないものの、この男はコーヒーには煩《うるさ》い。「これじゃ刺激が足りない」

西川はふと、室内に漂うアルコール臭に気づき、沖田に訊ねた。

「あれからまた行ったのか？」

「そんなに呑んだわけじゃないぜ」慌てて沖田が顔を擦る。

「響子さんのところだろう」

「ああ、まあ……」音を立ててコーヒーを啜りながら、沖田が渋い表情を浮かべる。「セーブしたつもりだけど」

「二日酔いになるぐらい呑んでたんなら、さぞかし盛り上がったことだろうな」皮肉をまぶして言いながら、西川はパソコンを立ち上げた。昨日調べたことは、全《すべ》てメモに整理している。

「三井、昨夜君が言ってたことなんだけどな」

「何でしたっけ」コーヒーを飲みこんでからさやかが言った。

「被害者二人の関係さ。これって、特捜本部がほとんど目をつけてこなかったことだ。もしも二人に接点があったら、事件はまったく違う様相を見せるかもしれない」

「接点、あるんですか」

「分からない」

一覧表を呼び出し、二人にパソコンを見せた。被害者二人の基礎データを比較できるように、一枚のファイルに落としている。

生年月日、出身地、住所、学歴、勤務先。それらは埋まっているが、「趣味・嗜好《しこう》」の欄は空白だ。「交友関係」も、十分埋まっているとはいえない。さやかは熱心にモニタを覗《のぞ》きこんでいるが、沖田は面倒臭そうに距離を置き、目を細めて眺めているだけだった。

「仮に趣味なんかで二人に接点があったとすると、捜査は別の方向に行くんじゃないか」

西川は指摘した。浜田千夏《はまだちなつ》に関しては、ボランティア活動をしていた、という報告があった。

「そこ、空欄じゃないですか」

「だからそれを、君が調べるんだ。沖田も頼む。まず、浜田千夏の方からだ。ボランティア活動について、詳しく調べてくれ」

「お前はどうするんだよ」すかさず沖田が突っこんでくる。

「今回の捜査は、凄《すご》く大規模だっただろう？　調書の量も半端じゃないんだ。これを全部見直さないといけないから……お前が手伝ってくれれば、すぐ終わるんだがな」

「じゃ、さっそく出かけますか」西川の懇願を無視し、沖田はまだ熱いコーヒーを一気に飲み干した。コートを手に取ると、「三井、行くぞ」と声をかける。

「えー、まだ飲んでるんですけど」

「持ってくればいいだろう」

言い残して、沖田はさっさと部屋を出て行ってしまった。苦笑しながら、さやかが後を追う。二人を見送ってから、西川は自分のコーヒーに口をつけた。

二人の犠牲者——浜田千夏と市田《いちだ》保美《やすみ》は、似ているようで微妙に違う。二十五歳と二十六歳で職業は二人とも会社員、住所はごく近く——似ているのはそれだけかもしれない。出身地も家族構成も、人間関係もまったく違うのだ。改めて調書で二人の顔を確認して、その思いを一段と強くする。顎《あご》がシャープで神経質そうな印象を抱かせる千夏と、ふっくらした顔つきのせいで、どこかのんびりして見える保美。

二人とも、仕事はそれほど忙しくなかったのではないか、と想像する。ＩＴ企業というと、徹夜は当たり前、いつ家に帰って寝ているか想像もつかないイメージがあるが、千夏は総務職である。勤務時間はきっちり決まっていて、残業もほとんどなかったようだ。だとしたら、余暇は何に使っていたのだろう。何か趣味やボランティア活動に打ちこんでいたとしても、不自然ではない。

保美も同じようなものだ。仕事はしていたが、それほど熱心に打ちこんでいた、という話はない。殺された日も、友人たちとカラオケに行って遅くなり、事件に巻きこまれたのだ。遊ぶ余裕は十分あっただろう。

腕組みをし、じっと考えてみたが、それだけで何かが分かるはずもない。さらに調書を読みこみ、見落としている点を探すか……そう考えていると、控えめなノックの音がした。

「どうぞ」声をかけると、ドアが細く開く。追跡捜査係の新顔、庄田基樹《しょうだもとき》が顔を見せた。

「どうした」

「応援に行くように、係長から指示されました」何故か戸惑っている様子だった。

「そうか……座れよ。コーヒー、飲むか」

「いただきます」

「そこの紙コップ、取ってくれ」

庄田が差し出したコップに、コーヒーを注いでやった。庄田はしばらくコーヒーを見ていたが、やがて意を決したように「砂糖とかミルクとか、ありませんか」と訊ねた。

「俺は、コーヒーはいつもブラックなんだ」

「ああ」ひどくがっかりしたように言い、庄田が椅子を引いて浅く腰かける。どこか頼りなく見えるのは、長身でひょろりとした体形のせいだろう。渋谷署にいた頃、西川たちと一緒に仕事をして、それがきっかけで追跡捜査係に異動してきた。どういうわけか、同時期に異動してきた同期のさやかが一方的に嫌っている。係の中では誰でも知っている話なのだが、鳩山はそれを承知で投入したのだろうか。だとしたら、あまりにも無神経過ぎる。好き嫌いで仕事のパートナーを選ぶべきではないが、ゆっくり人間関係を醸成することも大事なのに。

「何を言われてる？」

「西川さんの手伝いをするように、と」

「三井は沖田について一緒に回ってるから、そっちは心配するな」

「はい」ほっとしたように吐息を漏らし、コーヒーを一口飲む。

若手二人の関係には、西川も頭を悩ませていた。ほぼ一方的にさやかが嫌っている状態で、庄田としては「何で俺が」という被害者意識が強いだろう。

「あの二人は今、浜田千夏の方を追ってる」西川は捜査の方針を説明した。「最初の事件の被害者だ。それぐらいは知ってるな」

「はい」

「二人の被害者の間に何か共通点がなかったか、捜すんだ」

「通り魔じゃないんですか」驚いたように目を見開き、庄田が訊ねる。

「特捜はそういう方針でやっているけど、こっちも同じことをやってたら意味がない。別の方向から光を当てようと思う」

「分かりました」

「とはいっても、無駄に動き回ってても仕方ないからな。午前中はここで調書を読んで、事件の概要を頭に叩きこんでくれ。何かヒントになりそうなことがあったら、外へ出てもらう」

「はい」

やる気が見えないとも言えるが、素直なのはこの男の美点だ。文句ばかり言っていて、何もしない人間がどれだけ多いか。

「じゃあ、そこの調書から始めて。今回の特捜は、書類が多いぞ」

「分かりました」

庄田が調書を引き寄せる。特に文句を言うわけでもなく、メモを用意しながら読みこみ始めた。よしよし。素直で真面目《まじめ》なのが一番だ、と西川は満足した。

ふと、この男は今までの人生で一番熱くなったのはいつだろう、と思った。不思議なものだ——夕べの美也子との些細《ささい》な会話が、まだ頭に残っているとは。もしかしたら自分も、熱い時代がくるのを待ち望んでいるのだろうか、と西川は訝《いぶか》った。


最初の手がかりらしきものは、昼前に見つかった。神経衰弱のようなものだと思う。どこかで見た文字が、別のページに突然現れる。その結果、全然関係ない二つの事実が、突然結びつく——今回、キーワードは「ボランティア」だった。

「庄田、浜田千夏の調書を見てくれないか」

指示され、庄田が慌てて手元の調書をひっくり返し始める。

「確か、三番の調書の五枚目ぐらいだったと思う」

「本当ですか」疑わしげな口調で庄田が言った。そこまで細かいことを覚えているわけがない、と疑っている。

「見てくれ」

庄田が調書を改める。すぐに当該のページを見つけ出し、苦笑を浮かべる。

「六枚目でした」

「ニアピンだな」西川は指を鳴らした。「そこに、『CSP』というボランティア団体のことが載ってるだろう」

「あります」

「市田保美も、同じボランティア団体に所属していたみたいなんだ。活動時期がはっきりしないいんだけど」

「……こっちもですね。詳しいことは書いてありません」

「引っかかるな」西川は顎を撫《な》でた。「一緒に活動していたかどうかはともかく、共通点が出てきたぞ。このCSPっていう団体について、ちょっと調べてくれないか」

「ボランティア団体のこととか、どうやって調べればいいんですか？」

そんな下らないことを一々聞くな、と怒鳴りつけたくなったが、我慢して丁寧に説明する。

「まず、ネットで調べてみろよ。ちゃんとしたボランティア団体だったら、ホームページぐらい持ってるはずだ。それが分かったら、直接電話を突っこむなりして聞いてみろ。必要なら、向こうに出向いてもいい。特捜本部でパソコンを借りる」この部屋には、西川のパソコンしかない。

「分かりました」

指示を終えて、西川は一つ息をついた。冷めてしまったコーヒーを飲み干し、もう一杯飲んでおこうか、と考える。大きめの魔法瓶を持ってきたから、まだ余裕がある。ネットにつながるパソコンを借りるため、特捜本部に向かった庄田の背中を見送りながら、忠告し忘れたのに気づく。余計なことを言うな、怒られたらひたすら頭を下げておけ、と。

昨日の今日で、阿部の機嫌が直っているとは思えない。溜息をついて、西川は熱いコーヒーをカップに注いだ。

よし、一つつながった。西川は壁の時計を見上げた。昼食をどうするか考え、ひとまず飛ばすことに決める。話が上手く転がっている時は、手を休めてはいけない。

庄田は簡単に、CSPについて調べ上げてきた。NPO法人として設立されており、所轄庁の東京都へも確認したという。手回しのいいやり方に、西川は笑みを浮かべた。少し鈍いところがあるが、鍛えればそれなりに使えるかもしれない。

CSP――カンボジア・スクール・プロジェクト。読んで字のごとく、カンボジアに学校を作ろうというボランティア活動で、十年ほど前に、元教員、青年海外協力隊のOBらが中心になって立ち上げたらしい。浜田千夏は大学時代から、ボランティアサークルの延長のような形で、ここに参加していた。

「取り敢《あ》えず、電話で聴いてみるか」西川は、この部屋に一台だけ引いてもらった電話の受話器を取り上げた。事務所の電話番号は、庄田が既に調べ出している。

呼び出し音が二回鳴ったところで、よく声の通る女性が電話に出た。西川は、小さなマンションの一室が事務所になっている様子を想像した。

「CSP、滝川《たきがわ》です」

「警視庁捜査一課追跡捜査係の西川といいます。代表の竹村《たけむら》さんをお願いしたいんですが」

「竹村は外出していますが、いかがいたしましょうか」

「戻られますか?」

「二時に戻る予定です」

「では、その時間に直接伺います」

「あの——」

「そちらに在籍していた浜田千夏さんのことでお話を伺いたいんです。それだけ伝えていただければ、結構ですから」

西川は相手の返事を待たずに電話を切った。こういう失礼なことはしたくないのだが、あまり情報を与えると、警戒させてしまう。

「よし、行こう」

西川はコートを取り上げた。不思議そうに、庄田が西川の顔を見上げる。

「CSPに行くんだよ。彼女の様子の聞き込みだ」

「あ、はい」慌てて庄田が立ち上がる。

レスポンスはイマイチか。二歩進んで一歩下がって……こんなのはよくあることだ、と自分を納得させる。若手を育てるのに最も必要なのは、忍耐力なのだ。


想像していた通り、CSPは、品川にあるマンションの一室に事務所を置いていた。家賃は大したことはないだろうが、善意だけで成り立っているNPOが、こうやって常駐の事務所を構えるのは大変なことなんだろうな、と感心する。庄田と一緒に慌てて食べた昼食のカツカレーを胃の中で持て余しながら、西川はインタフォンを鳴らした。すぐに太い男性の声で「はい」と返事がある。

「お忙しいところすみません。警視庁捜査一課の西川です」

「どうぞ。開いてますよ」

ドアに手をかける。室内の暖気が流れ出てきて、冷え切った体をふわりと温めてくれた。狭い玄関には、靴が二足。中は広めのワンルームだが、廊下はなく、玄関に入るとすぐに部屋になっているので、それほど広くは感じられない。

ほぼ正方形の部屋を、雑多な什器《じゅうき》が埋め尽くしていた。正面、窓のある壁には、デスクが二つ、並べて置かれている。右側の壁には天井まで届く棚。そこには段ボール箱がびっしりと詰まり、今にも崩れ落ちそうだった。左側の壁にはもう一つのデスク、それにテレビの置き台がある。小型の液晶テレビの音は消され、午後のワイドショーの映像だけが流れていた。中にいるのは、竹村一人。

「すみません、片づいてませんで」竹村——小柄な初老の男だった——が愛想よく言った。

「とんでもないです」

「ソファもないので……その椅子、使って下さい」

椅子だけは、人数分あった。三人はそれぞれ椅子に座り、何となく正三角形の頂点を占める格好に位置を取る。話を切り出す直前、西川はそれまで視界に入らなかった、部屋の残りの部分を確認した。玄関側に、少し奥まった格好でキッチン、さらに水回りが集まっているようだった。キッチンには生活臭はなく、ガス台には薬缶さえ乗っていない。

「申し訳ないですけど、ここには飲み物の用意もないんですよ」

「仕事で来ていますから、お構いなく……始めさせていただいていいですか？」

「千夏ちゃん……浜田千夏さんのことでしたね」竹村の顔が曇る。「彼女も、結構長くここにいましたから」

「大学生の頃からですよね」

「ええ」体を捻《ひね》って、竹村がデスクのブックエンドから一冊のフォルダを引き抜いた。ぱらぱらとめくり、捜していた部分をすぐに見つけ出す。「大学二年の時に参加してくれて、それから五年です」

「勉強不足で申し訳ないんですが、こちらの活動の内容、詳しく教えてもらえませんか」

「読んで字の如《ごと》しなんですが、カンボジアに学校を建てるためにお金を集めているんです。ご存じかもしれませんが、カンボジアは長く内戦状態が続いて、今でも子どもたちが満足に教育を受けられない状態なんですよ。まず、学ぶ場を作らないと、子どもたちの将来はありません。青年海外協力隊で現地に行っていた若者が、周りの人間に呼びかけて始めたんです」

「竹村さんは？」

「私は、その青年の高校時代の担任です」竹村の笑みが大きく広がった。

「そうだったんですか」西川も笑顔で応じた。教え子と教師、二人で始めたわけか。いい話じゃないか。

「それが十年前です。私は三年前に教員を退職して、今はここで専従です」

「普段活動しているメンバーは、何人ぐらいいるんですか」

「基本、私一人が専従で、イベントがある時にメンバーが集まってきます。中核になって活動しているのは、二十人ぐらいですかね」

「浜田千夏さんも？」

「そうです。熱心にやってくれていましたよ」

「彼女は、どういうきっかけでこちらに参加してきたんですか？」

「元々、大学のボランティアサークルに入っていましてね」竹村が、額の上に撥《は》ね上げていた眼鏡をかけ直し、書類に目を通した。「そこで活動するうちに、うちの存在を知って、参加してくれたんです」

「で、就職してからも続けてきた？」調書にある話だ、と思いながら西川は先を促した。

「そういうことです。土日とか、平日の夜中心に」

「じゃあ、忙しくて大変だったでしょうね」

「いやあ、人間は案外上手く立ち回れるものですよ」竹村がにやりと笑った。「ボランティアっていうのは、無理してやるものじゃないんです。三十分、一時間と無理なく時間を作って、できる範囲でやればいいので……まあ、彼女は非常に熱心でしたけど」

「カンボジアに学校をと言っても、それだけのお金を捻出するのは大変でしょうね」

「そこが悩みどころなんですけどねえ。イベントをやったり、いろいろ頭を絞ってますよ。千夏ちゃんは、リサイクルの方で頑張ってくれました」

「リサイクル？」

「洋服のリサイクル、です。いらなくなった服を集めて、ちゃんと仕立て直してカンボジアに送ってるんですよ。彼女、洋裁が得意だったんです」

「そうですか」

西川は、今まで書類の上でしか知らなかった浜田千夏という女性の姿が、次第にリアルになってくるのを感じた。

「どれぐらいの頻度でこちらに顔を出してましたか？」

「最低、週に一度は。フリーマーケットなんかをやる時は、土日も出てくれましたね」

「もう一つ」西川は顔の前で指を立てた。「市田保美さんはどうですか？」

「保美ちゃん？」竹村の顔が、一気に暗くなった。ここに参加していた女性が二人も殺されたという事実を、強く思い知らされたに違いない。

「彼女もこちらに参加していましたよね」

「ああ、でも、彼女の場合は、千夏ちゃんとはちょっと事情が違うんで」

「どんな風にですか？」

「保美ちゃんの方は、会社の方でそういう制度があるのを利用したみたいですよ。ボランティア休暇って言うんですか……彼女、総務の人でしょう？　そういう制度をちゃんと使うために、自分が率先して参加した、ということのようですね。会社の方でも、そういう制度を生かしていることを、内外に積極的にアピールしないとまずいでしょう」

「ああ、じゃあ、ちょっと不純な……」

「そういうわけじゃありません」竹村が慌てて首を振った。「活動自体は、真面目にやってくれていましたから。ただ、千夏ちゃんと違って、ずっと続けてくれたわけじゃないんです」

「ここに来ていた時期は、いつ頃ですか？」

「そうですね……」竹村がまた書類をめくった。「二年前の五月に初めて来て、一年に少し足りないぐらいだったかな」

「ということは、事件の直前までこちらにいたんですか？　浜田さんが亡くなる寸前じゃないですか」

「いや、寸前というほどではないですね」竹村が慌てて否定する。

「辞めた理由は何だったんですか」

「会社の仕事が忙しくなったっていう話でした。実際は、ボランティア休暇の制度を使い果たしたから、なんでしょうけどね。彼女は、そんなに熱心に打ちこんでいたわけじゃないから」淡々と説明する。決して非難するような調子ではなかった。参加してくれるだけでもありがたい、ということか。

「その間、浜田さんと市田さんが顔を合わせたことはありましたか？」

「もちろん、ありますよ。二人は一緒に、カンボジアにも行ってますし」

「目的は？」

「現地視察です。向こうで受け皿になっている団体とも交流がありましてね。少なくとも二年に一度は、現地を訪ねることにしています」

「そこで何かあったということは……」

「いやいや」竹村が慌てて手を振った。「うちは皆、仲良くやってますから。変なトラブルなんかはありませんよ」

「断定できますか？　一緒にカンボジアに行っていたとしても、いつも誰かに見られているわけじゃないですよね」

「それは……」反論しかけて、竹村が口を閉ざした。

「別に責めているわけじゃないんです。事実がどうなっていたか、知りたいだけで」西川は慌ててフォローした。「実際、トラブルがあったかどうかは……」

「それは分かりません」竹村が力なく首を振った。「何か、疑ってらっしゃるんですか？」

「今の段階では何とも言えませんね」西川は言葉を曖昧に誤魔化《ごまか》した。竹村は、少し敏感過ぎるようだと思ったが、自分の主宰する団体に疑いが持たれているとしたら、こんな風に過敏になるのも当然かもしれない。

「こういう団体ですから、全員が四六時中顔を合わせているわけじゃないんです。できる範囲で参加、が原則ですから、半年、一年と顔を合わせないこともありますよ」

「あの二人はどうだったんですか？　カンボジアへ一緒に行ったほかに、どこかで顔を合わせるようなことはありましたか」

「そうですね。最近だと、フリーマーケットで一緒にやってくれたことがあるはずです。ただ、その辺は確かめてみないと分かりません。フリーマーケットの参加者名簿をつき合わせないと」

「やっていただけますか」西川はきっぱりとした口調で頼みこんだ。こういうことで遠慮してはいけない。

「二人の間に何かあったと疑っておられるんですか？」

西川は黙って首を横に振った。実際に疑っているのは、二人の関係ではない。二人に対する第三者の存在だ。憎み合う二人が同時に殺し合うなら理屈は合うが、二人の死は時期を別にしている。二人と同時にトラブルを抱えていた第三者が犯人ではないか——しかしそれを言えば、CSPの中の誰かを疑うことにもなる。

「あと、できたら、こちらに参加していらっしゃる方の名簿をお借りできませんか」

書類をめくり始めた竹村の肩がぴくりと動いた。ゆっくりと顔を上げ、目を細めて西川を睨みつける。

「うちの人間を疑ってらっしゃるんですか」

「そういうわけではありません」この段階では、「誰でも容疑者です」と言うのが正しい。だが、疑念を持ってこちらを見ている人間に対して、さらに疑いを深めさせるようなことを言うわけにはいかない。

竹村が書類に目を落とした。紙をめくる音、メモを取るためにシャープペンシルが紙を引っ掻く音だけが、やけにはっきりと聞こえる。西川はひどい喉の渇きを覚えながら——カツカレーのせいだ——彼の答えを待った。

竹村がメモを渡す。西川は丁寧に一礼して受け取った。几帳面《きちょうめん》な小さい字で、二つの日付と場所が書いてある。

「こちらが、二人とも参加していたフリーマーケットですね」

相手の怒りをそらすために、西川はわざと軽い調子で訊ねた。

「失礼ですけど、こういうフリーマーケットは、どれぐらいお金になるものなんですか？海外への援助には、相当お金が必要でしょう。しかも学校を建てるとなると……」

「日本とカンボジアの貨幣価値の違いを考えて下さい。こっちで一万円集まれば、向こうでは十万円ぐらいの価値があるんですよ……まあ、フリーマーケットで、そんなにちゃんと金を儲《もう》けようとは思っていませんけどね。むしろ会員同士の親睦《しんぼく》と、宣伝活動の意味合いが強い」

「宣伝、ですか？」西川は首を捻った。

「カンボジアの子どもたちは、こういう窮地にありますよ、助けて下さいと訴えるわけです。向こうで撮影した子どもたちの写真を見てもらったりして。こういうのは、直接目に入るせいか、結構効果があるんですね。あとは、ＣＤが案外売れます」話が自分のフィールドに入ってきたせいか、竹村の口調が滑らかになった。

「ＣＤ？」

「向こうのミュージシャンの」

「そんなの、あるんですか？」

「もちろん。音楽は世界中にありますよ。カンボジアでも民謡とか、ちょっと遅れてロックが入ってきたりとか。そういうＣＤを、千円とか千五百円で売りに出すと、結構買ってくれる人がいるんです」

「新しい物好き、ということですか」

「というより、千円ぐらいで国際援助ができると考えると、人間は簡単に金を出すものなんです」

「ははあ……」積もり積もれば、ということか。

「国際援助、国際交流の基本ですね。理屈ではなくて心に訴えること」

「分かりました」フリーマーケットは賑《にぎ》わうかもしれない。それでも、この事務所を維持していくだけでも大変なはずだ。会員たちの持ち出しになっているのだろうと想像したが、その辺の事情を突っこんで聴くのは控えた。知っていて役に立つことと、明らかに無駄になる知識とがある。この話は後者だ。

西川はメモを丁寧に畳んで、手帳に挟んだ。さらに粘って、会員名簿をもらうと、膝を一つ叩いて立ち上がり、軽く一礼する。

「急に押しかけて、すみませんでした」

「いえ」ゆっくり立ち上がって礼を返しながら、竹村が困惑した表情を見せる。「お役にたてたかどうか」

「ご協力、ありがとうございました」

丁寧に礼を言いながら、西川は竹村を観察した。教育者から、かつての教え子の理想に影響されて、NPO法人の代表に転出した男。世間的には、尊敬を集める立場である。そんな男が事件に関《かか》わっていた可能性は——ないとはいえない。

ＣＳＰの事務所を出ると、西川は立ったまま、竹村が提供してくれたメモの内容を自分の手帳に書き取った。メモは庄田に渡してしまう。

「この二つのフリーマーケットの主催者に当たってくれ」

「当時の様子を聴くんですよね」

「そうだ。何かトラブルがなかったか、確認したい」

「分かりました」庄田は不満そうだった。主催者とはいえ、フリーマーケット全体の様子に目を配っているとは考えられない。見てもいないはずのものを「見ていますか」と聴くのは馬鹿らしい、とでも思っているのだろう。だが、潰しておくべきところは、潰しておかないと。

駅まで行って、庄田と別れる。西川は特捜本部に戻るつもりでいたが、ホームで電車を待つ間に手帳を開くと、二人が揃って参加した、二回のフリーマーケットのことが気にかかりはじめた。最初は一昨年の十月で、二度目が去年の四月、保美が辞める直前である。場所は渋谷のデパートの屋上……そうか、俺もこれに参加していたのだ、と思い出す。とはいっても、足を運んで売り子をやったわけではなく、あくまで間接的な参加だったが。友だちとフリーマーケットに出店するから、何かいらない物があったら出して欲しい――沖田を通じてそう頼んできたのは、あの男の恋人、響子だった。

第四章

ＩＴ企業と聞くと、沖田《おきた》はつい構えてしまう。自分たちとはまったく別の文法に従って仕事をし、生きる人たち。同じような会社で派遣社員として働いている響子《きょうこ》とつき合うようになってからは、そういうアレルギー体質は多少薄れているが、やはり普通の聞き込みよりも緊張するのは間違いない。

巨大なオフィスビルの十五階から十八階を占める会社の受付は、明らかにスペースを無駄に使っている。エレベーターを下りると、正面には湾曲したデザインの受付。その他のスペースには、アトランダムにソファが並べられているが、全体には空白部分の方が多い。左側にショーケースがあり、相手を待つ間に少し覗《のぞ》いてみたが、この会社が何かのソフトウエアを作っているということ以外に、何も分からなかった。

「しかし、無駄だよな」相手は遅れている。沖田は暇潰《ひまつぶ》しに、隣に座るさやかに話しかけた。

「何がですか」さやかは真面目《まじめ》な顔で手帳を覗きこんでいる。

「スペースの無駄」

さやかが手帳から顔を上げ、周囲を見回した。つまらなそうに「ああ」と答え、また手帳に視線を落としてしまう。何となくかちんときて、沖田はさらに続けた。

「受付をこれだけ広くしておく意味って何なんだ？　客なんて、俺たちしかいないぞ。その分仕事場にすれば、フロア一つ分ぐらい節約できるんじゃないか？　家賃だって安く抑えられる」

「都心のオフィスビルの空室率、どれぐらいか知ってます？　入ってくれるなら、いくらでも安くするんですよ」

「日経でも読んでるのか？」

「そんなこと、普通の新聞にも載ってます」

沖田は首を振った。刑事は新聞をよく読むべしと、新人の頃、先輩たちに徹底的に叩《たた》きこまれたものだ。刑事の仕事は、人に会うという点では営業職のようなものでもあり、相手を乗せて喋《しゃべ》らせるという意味では、一種の接待業でもある。だから話を聴こうとする時、天気の話題しかないようでは話が続かない。それに、世の中をよく知ることで、どんな相手にも応対できるようになるものだ、と。新聞は社会の窓、とも言われた。しかし実際は、じっくり新聞を読んでいるような暇はほとんどない。読む時間ができるのは、自分の足で歩き回らずに済むほど出世するか、閑職に追いやられてからだ。

ようやく相手がやって来たのは、受付に話を通してから十分ほど経《た》ってからだった。向こうは三人がかりである。一人だけ年がいった男と、若い男性社員二人。部長とその部下か、と沖田は見て取った。名刺を交換すると、予想は当たっていた。年長の男、笹岡《ささおか》が総務部長、他の二人は総務課員だった。笹岡は「こちらへどうぞ」とだけ言って、一切無駄口を叩かず、先頭に立って二人を案内し始めた。残る二人は、沖田たちの背後についている。何となく、落ち着かない気分になった。

通されたのは、いくつか並んだ応接室の一つだった。低いソファに座り、笹岡と正面から対峙《たいじ》する格好になる。二人の総務課員は、それぞれ左右の一人がけのソファに陣取った。メモだけでなく、ICレコーダーまで用意している。何をそんなに用心しているのだろう、と沖田は訝《いぶか》った。

「警察には何度もお話ししてますけど、まだ調べることがあるんですか」

笹岡が先制攻撃をしかけてきた。IT企業というとくだけた印象があるのだが、この男は襟が固そうなワイシャツに、ネクタイをきっちり結んでいる。社内なのに、背広の上着も着こんでいた。どちらかというと、銀行などで固い仕事をしているタイプに見える。

「事件が解決するまでは、何度でも伺うことになります」

「なかなか解決しませんねえ」皮肉をぶつけてきた。唇が震えているのは、怒りを抑えている証拠だろう。

「残念ながら。ですので、我々がちょっと手伝うことになったんですよ」

我々、という言葉に反応して、笹岡がテーブルに置いた名刺を見下ろした。

「捜査一課……追跡捜査係、ですか」

「事件が動かなくなった時に、援軍で出ていきます」

「つまり、捜査は進んでいない、ということなんですね」

「まあ、そうですね」ちくちくと責める言い方にむっとしたが、笹岡は気づく様子もない。

「早く、何とかしていただきたいですね」笹岡が顎《あご》を引き締める。丸い顎に皺《しわ》が寄り、大きな梅干しのようになった。

「会社として、早期の解決を望む理由は何なんですか」意地悪な質問だな、と思いながら、沖田は言った。社員が一人殺されたからといって、それが社業絡みの犯罪でなければ、どうでもいいと思うのが本音ではないだろうか。むしろ、世間的には早く忘れて欲しい、と願うのが普通だろう。事件に絡んで会社の名前が取り沙汰《ざた》されるのは、迷惑なはずだ。

「いろいろ噂《うわさ》も流れましてね」嫌そうに笹岡が言った。「こういう事件が起きると、ネット上では無責任な噂が出てくるものです。事件を、うちの仕事のことに絡めてみたり……まったく事実無根ですがね」

「放《ほう》っておけばいいじゃないですか」

「そうもいきません。火消しのためには、犯人が早く捕まって、真相が明らかになるのが一番です……こんなことを言ってるのも時間の無駄ですね。ご用件をお伺いします」

「浜田千夏《はまだちなつ》さんの交友関係について、改めて調べ直しています。会社の中での人間関係について、お聞かせ願いたいんですが」

「また、それですか」深い溜息《ためいき》。「さんざんお話ししましたけどね。その件はもう、徹底的に調べられたんじゃないですか」

「他の人間が聴けば、また別の情報が出てくるものですよ」

笹岡が肩を上下させ、上着を脱いだ。ネクタイを緩め、戦闘態勢をさらに強化する。

「とにかくですね、うちの会社としては、お話しできることは全《すべ》てお話ししました。直接事情聴取を受けた社員も多いんですよ。事件の後ですから、ショックは相当なものでした」

「そこは、捜査ですから。ご理解いただかないと」無性に煙草《タバコ》が吸いたくなってきた。この男は、自分たちを籠《かご》の内側に入れまいと、必死に努力している。事件発生直後、そんなに嫌な思いをしたのだろうか……沖田は、阿部《あべ》の顔を思い浮かべた。あの男が刑事たちの尻を叩《たた》いてねじを巻いたら、現場の刑事たちはいつもより厳しく相手に当たるのではないだろうか。そういうやり方が逆効果になることぐらい、分かりそうなものだが。

「会社の方としては、正直言って迷惑なんですが」

「人が一人、死んでるんですよ」沖田は人差し指を立てた。「正確にはもう一人、こちらの社員の方ではないですけど、同じように若い女性が亡くなっています。これは極めて重大な事件ですよ」

「仰《おっしゃ》ることは分かりますけど、こちらとしては、お話しすべきことは全て話したと思っています。何か別の質問があれば、お答えできるかもしれませんが」

沖田は眉根《まゆね》を寄せ、この訪問が失敗だったと悟る。それこそ調書を隅から隅まで読みこんで、漏れている質問を考えてから訪れるべきだった。

この態度にどうやって穴を空けるかと考えていると、隣に座るさやかのバッグの中から振動音が聞こえた。すぐに止《や》んだから、メールの着信だろうと判断する。さやかが素早く携帯を取り出し、確認した。

「西川《にしかわ》さんからです」

「見てくれ」

助け舟か、と思いながら、沖田はさやかがメールを読み終えるのを待った。さやかは視線を上げると、笹岡の顔を真《ま》っ直《す》ぐ見た。

「CSPというNPO団体をご存じですか」

「CSP?」笹岡が首を傾《かし》げる。

「御社から出た情報らしいんですけど、亡くなった浜田千夏さんが参加していたんです」

「そういう話は初耳ですね」

「だったら、笹岡さんからではなく、他の誰かから聴いた話だと思います。本当にご存じないんですか?」

「私は知りません」笹岡が腕組みをした。本当に何も聞いていない様子で、顔には困惑の表情が浮かんでいる。

「会社としては、社外活動には関与しない、ということですか? 立派な社会貢献だと思いますけど。カンボジアの子どもたちのために、学校を建てようというプロジェクトらしいですよ」さやかの口調が次第に速くなった。

「会社の外の話は、ねえ」何故《なぜ》か困ったように、笹岡の言葉の語尾が揺らぐ。

「その辺のこと、詳しく話を聴かせてもらえる人を紹介して下さいよ」沖田は話を引き取った。「社外活動についても知っているような同僚の人、いるでしょう」

「それは、まあ、いるんじゃないですかね」笹岡が渋々認めた。

「大事な手がかりかもしれません。ぜひ、お願いします」

「今すぐは無理ですよ」笹岡はあくまで抵抗した。「少し時間をいただかないと」

「結構です」沖田はもう一枚自分の名刺を取り出し、裏に携帯電話の番号を書いて渡した。「分かり次第、携帯に連絡して下さい。すぐに伺いますよ」

笹岡としても、この依頼を断る理由は思いつかない様子だった。かすかな勝利感を味わいながら、同時に沖田は戸惑いも覚えていた。

ＣＳＰって何だ？

「だから、ボランティア団体ですって」会社を出た途端、さやかが説明する。

「それは、さっき聞いて分かった。何で西川からそんな連絡が入ってきたんだ？」

「調書をひっくり返して分かったそうです。実は、市田保美《いちだやすみ》さんも同じ団体に入っていて」

「接点だな」小さいと言えば小さい。だが、接点なのは間違いなかった。

「調書には書いてあったそうです。特捜は、ＣＳＰには簡単に事情を聴いただけで、あまり突っこんで調べていなかったようです」さやかが皮肉っぽく言った。「でも、やっぱり調書って大事なんですね」

「ちょっとここで休憩しよう」沖田は、今出てきたビルの一階にちらりと目をやった。一角にカフェがある。「そこでコーヒーでも買ってきてくれないか。話を整理したい」

「いいですよ」

さやかが戻って来るまでの間を利用して、西川に電話をかけた。まず、文句を吹っかけてやる。

「何で早く教えてくれなかったんだよ。先に知ってれば、浜田千夏の会社でもっと突っこめたのに」

「さっき確認できたばかりなんだから、仕方ないだろう」西川がすかさず反論する。「CSP本体の方でも、二人が同時期に在籍していたことは認めている」

「お前が自分で確かめたのか?」

「ちょっと散歩がてらにね」

「お前が出歩くとは珍しい」沖田は反射的に皮肉を飛ばした。「雪でも降るんじゃないか」言った瞬間、身を切るように冷たい風が吹き抜けた。空は曇天。雪が降っても珍しくない季節だ。

「いい運動になったよ。それより……」

二人が一時期、同じ団体で活動していたこと、フリーマーケットで二回ほど一緒になったこともある、と西川が説明する。確かに明確な接点ではあるが、沖田はどうにもぴんとこなかった。

「それは分かった……だけど、特捜はそんなことも割り出してなかったのか？」

「それぞれがCSPに参加していることは分かっていた。でも、それをきちんと突き合わせようとしなかったんだ。詰めが甘いんだよ」西川の声に怒りが籠《こも》る。「それで、この件で庄田《しょうだ》を動かしてるからな」

「何で庄田がいるんだ」

「鳩山《はとやま》さんが応援で出してくれた」

「冗談じゃない。あいつと三井《みつい》、犬猿の仲なんだぞ？　一緒に仕事はさせられないだろうが」

「だったら、離しておけばいい。庄田は俺が引き受けるから、お前は三井を頼む」

「幼稚園の引率じゃないんだから」沖田は頬《ほお》の内側を噛《か》んだ。若い刑事と一緒に仕事をするのは嫌いではないが、喧嘩《けんか》の仲裁までするつもりはない。気が合わない相手を、無理に一緒に仕事させる必要はないではないか。追跡捜査係も、人数が豊富なわけではないが、他にも若い刑事はいるのだ。鳩山も何を考えているのか——たぶん、何も考えていない。朝一番に庄田の顔を見て、応援に出そうと発作的に決めたのだろう。まったく、迷惑なオッサンだ。

「ま、細かいことは気にしないで。俺は、市田保美の方をもう少し調べてみるから。で、浜田千夏についてはどうなんだ？　ＣＳＰについて、会社側は何か言ってるのか」

「総務部長は、彼女がそういう活動をしていることさえ把握してなかったよ。何か分かれば、こっちに連絡させるようにしたけど……情報は、社内の他の人間から出たんだろうな」もしかしたら、事件発生直後は、高島は担当者ですらなかったのかもしれない。会社に人事異動はつき物だ。

「結構、結構」鷹揚《おうよう》に西川が言った。「じゃ、よろしく頼むよ」

「何だよ、その上から目線」

「司令塔はこっちなんだけど」

「そんなこと、誰が決めた？」

「お前みたいに、糸の切れた凧《たこ》のような男が司令塔になれるわけないだろう。ここは俺に任せろ」

「尻に根っこが生えないように気をつけろよ」

西川が乾いた笑い声を上げて電話を切った。クソ、気に食わない。あいつのこういうところ――何でも分かったような態度でこちらに指示を飛ばしてくること――が、沖田は大嫌いだった。

電話を切ったタイミングで、さやかがコーヒーを二つ持って戻って来た。沖田と同じようにコンクリートの台に腰かけようとしたが、高すぎて上手《うま》くいかない。傾斜がついて低くなっている部分を選んで、ちょこんと座った。話ができないほどの距離なので、沖田もそちらに移動する。さやかの正面に立ち、コーヒーを飲みながら話し始めた。

「二人とも同じＮＰＯね……」

「そうですね」

認めて、さやかがコーヒーを啜《すす》る。上にホイップクリームらしき物がごちゃごちゃと乗っており、沖田は見ているだけで胸焼けがしてきた。

「この接点、どう思う？　実際に一緒に活動していたのは一年ほどだったみたいだが」

「どうなんでしょうねえ」さやかが首を捻《ひね》る。「それだけじゃ、何とも」

「単なる偶然だろう」

「そう決めつけていいんですか？　もしかしたら、西川さんが見つけ出したから気に食わないとか？」

「考え過ぎだよ」沖田もコーヒーを啜った。気持ちをずばり言い当てられたので、はっきり言い返せない。熱いコーヒーで何とか気持ちを落ち着かせて、「個人的な感情を仕事に持ちこむわけ、ないじゃないか」と反論した。

「個人的な感情だっていうことは、認めるんですね」

さやかが面白そうに言った。こいつ、俺をからかうつもりか……沖田は頭に血が上るのを感じた。

「個人的な感情はあるさ。俺はあいつが気に食わないし、あいつは俺が嫌いだ」

「その一点では、お互いの気持ちは一致してるんですね」さやかがニヤニヤと笑う。

「生意気言うな。気が合わない奴ぐらい、いるだろう。お前だってそうだよな」

さやかの顔が微妙に歪《ゆが》む。嫌な想像をしているのだろう。沖田は、少しからかってやろう、という気になった。

「庄田も、今回の捜査に入ってるからな」

「冗談じゃないです、あんな奴……」瞬時に、さやかの顔が蒼褪《あおざ》めた。

「鳩山係長が、お前らをくっつけようとしてるんじゃないか？」

「まさか」今度は耳が赤くなる――恥ずかしさではなく、明らかに怒りで。

「文句があるなら、係長に直接言えよ」

「分かりました」

さやかがすかさず携帯を取り出す。そんなに嫌っているのか……呆《あき》れて、「待て待て」とストップをかける。通話ボタンに親指を置いたさやかが、不満そうに電話を畳んだ。

「冗談だよ、冗談」

「くだらない冗談、言わないで下さい。本当に嫌なんですから」

「分かったよ、悪かった……ま、お前ら二人は一緒にならないように気をつけるから。庄田の面倒は、西川が見てる」

「厳重に監視するように、言っておいて下さい」

「了解」

にやりと笑って言った瞬間、携帯が鳴りだした。見慣れぬ番号。電話を耳に押し当てた瞬間、笹岡の不機嫌そうな声が流れ出した。コーヒーブレイク、終了。仕事再開の時間がきた。

すぐに会社へ引き返して、笹岡が紹介してくれた女性社員と会うことになった。相手が緊張しきっているのが一目で分かったので、さやかに応対を任せる。先ほどとは別の応接室が用意され、若い総務課員が同席した。沖田に言わせれば、明らかに監視だが……これでは、話す気になっても萎縮《いしゅく》してしまう。仕方ない。何かあったら俺が牽制《けんせい》しよう。そう決めて、沖田はさやかに目配せした。勘がいい彼女は、それで事情を察したようだった。事情聴取の相手――池澤由佳《いけざわゆか》に、仕事の内容などをさりげなく聴き始めてウォーミングアップする。

その場の空気が温まるのを待つ間、沖田は窓の外に目をやった。応接室は高い位置にあり、ソファが低いので、必然的に空しか見えない。寒々とした高い空を見ていると、体が芯《しん》から凍えてくるようだった。

さやかが、きびきびと質問を連ねる。

「千夏さんとは、どれぐらい一緒に仕事をしていたんですか」

「三年、です」

「じゃあ、入社してからずっとですね」

「はい」由佳の声は消え入るようだった。小さな体をさらに小さく丸め、ずっとうつむいている。足にぴったり張りついたカーゴパンツに、ざっくりしたニットのセーター。足元は踝丈《くるぶしたけ》のブーツというラフな格好だった。

「仲、よかったんですか？」

「同期の女子で、同じ部署は二人だけだったんです」

「ああ、それ、いいですよね。職場に同期が一人いるのといないとでは、大違いでしょう？　私は同期がいないから」

いるじゃないか、と突っこみたくなった。だがさやかは、庄田を同期とは認めていないのだろう。

「そうですね。誰かいた方がいいですよね」由佳が顔を上げる。笑顔は少しだけ暗かった。その「誰か」を突然奪われてしまったのだから、気持ちは簡単には癒《い》えないだろう。

「千夏さん、熱心にボランティア活動をやっていたみたいですね」

「あ……ああ」

由佳が曖昧《あいまい》に笑った。視界の隅でそれを見た沖田は、座り直して彼女の顔を正面から見た。気づいた由佳が、また背中を丸める。駄目だ……相手を緊張させてどうする。すっと顔を背け、若い総務課員に目を向けた。彼も目を逸《そ》らせてしまう。クソ、そんなに嫌うなよ。

さやかは沖田の動きを無視して、淡々と質問を続けていた。

「ボランティア活動は学生時代から、と聞いていますが、間違いないですか？」

「ええ、はい、そんな感じで」

「何か、詳しくご存じじゃないですか」

「はい、あの……」

助けを求めるように、由佳が総務課員の方を見た。総務課員は難しい表情で、唇をきゅっと引き締めていた。何の話が出てくるか分からない以上、この段階では止めようがないということだろう。

「会社に関係ないことだったら、喋《しゃべ》っても問題ないですよね」

さやかが念押しする。本当は、会社に関係あろうがなかろうが、喋るべきことは喋ってもらわないと困るのだが。そういう意味では、この場で総務課員が睨《にら》みを利かせているのは、捜査妨害である。「ちょっと外へ出ようか」と声をかけたくなる欲求を、沖田は必死に押し潰《つぶ》した。

「いいですから、教えて下さい」

「はい、あの、学生時代のことなんですけど、後から聞いた話です。私、千夏とは大学は別ですから」

「それで?」手帳から顔を上げ、さやかがにこりと笑った。場の緊張をすっと解《ほぐ》すような、柔らかい笑み。

「学生時代につき合っていた彼から勧められて、一緒にボランティア活動を始めたって言ってました。その後一緒に、その団体に入ったそうです」

千夏は、入社してからつき合っていた恋人がいた。名前も割れている。大学時代の恋人と、社会人になってからの恋人。この二人の関係はどうなっているのだろう。嫉妬《しっと》の存在を、沖田は嗅《か》ぎ取っていた。チェック、と頭の中のメモに書きつける。

「その彼とは、どうしたんですか」

「卒業する時に別れたって言ってました。何か彼、ボランティア活動に熱心過ぎて、就職もしなかったらしいですよ。青年海外協力隊に応募して、卒業してからすぐにカンボジアに赴任したそうです」

カンボジア？　沖田はつい身を乗り出した。さすがに慣れたのか、由佳も今度はちらりと沖田を見るだけだった。三人――殺された二人と、そのうち一人がつき合っていた男性の三人が、カンボジアというキーワードでつながった。偶然とは思えない。

「何か、特殊技能でもあったんですか？」

「柔道三段、だったそうです。それで現地の子どもたちに、柔道を教える仕事で赴任したって聞いています」

子ども。学校。またもキーワードが揃《そろ》う。もしかしたら、カンボジアに出張しなければならないのだろうか――どんな国なのか、想像もつかなかったが。

「別れた後は、全然会ってなかったんですかね」

「それは聞いてませんけど、たぶん……」

「千夏さんがカンボジアに行った話、聞いてますか？」

「ああー、はい。ありました、そんなこと」由佳の声がやや明るくなった。「現地視察とかで、夏休みを使って一週間ぐらい、行ってましたよ。クッキーをお土産に買ってきてくれたんですけど、何だか笑っちゃいました」

「そうですか?」

「カンボジアでクッキーって、何か合わない感じがして。美味《おい》しかったですけどね」

ようやく笑顔が零《こぼ》れる。笑うとなかなか愛嬌《あいきよう》がある顔だった。一つ溜息をつくと、緊張が解けたのか、肩の線が少しだけ落ちる。それを見て、沖田も細く息を吐いた。

「じゃあ、ボランティア活動は楽しくやってたんですね」さやかが先を促す。

「だと思います。そのせいで、結構つき合い、悪かったですから」

「プライベートは、ほとんどそれで潰れていたんですか?」

「そうかもしれません。土日は大抵、そちらに行ってるって言ってましたから。千夏、基本的に真面目なんですよ。地震の時も、率先して寄付金集めをやってましたし」突然、由佳が涙ぐむ。口元を拳《こぶし》で押さえ、「ごめんなさい」と震える声で言った。

静かな沈黙が部屋に満ちる。沖田も無言を貫いたまま、自分の手の甲を見詰めた。身近な人を亡くした人間には、何十回、何百回となく会っている。それこそが、刑事の仕事と言ってよかった。しかしどれほど回数を重ねても、慣れることはない。むしろ、年を取るに連れて、辛《つら》くなるばかりだった。どうしても相手に感情移入してしまい、胸がきりきりと痛む。

　一分ほど経ち、由佳がのろのろと顔を上げた。目が赤くなり、頬が少しだけ濡《ぬ》れていたが、「すみません」と謝る声はしっかりしている。ハンカチを取り出して涙を拭《ぬぐ》うと、何とか微笑《ほほえ》みのような表情を浮かべた。

「辛かったですね」さやかが低い声で言った。

「怖いんです。千夏みたいに、真面目にいろんなことを頑張ってきた子が、あんな風に殺されて。東京って、何があるか分からないじゃないですか。いつもは普通に暮らして遊んで、とっても便利で……でも、一皮剝《む》いたら、いろいろと危ないことがあるんですよね。そういうのを忘れたら、自分も同じ目に遭う気がして、今も気がつくと、周りを見て用心してるんですよ。家に帰る時も、何だか歩くのが速くなっちゃって」

「分かります」

「それに、千夏があんな目に遭ってから一か月ぐらいして、また同じような事件が起きたでしょう？　あの時私、体調を崩して、三日間会社を休んだんです。このまま会社を辞めて田舎に帰ろうかって、本気で考えました」横に座る総務課員をちらりと見た。「辞める」と口走ってしまったことで、自分の将来が不利になるかもしれないと思ったのだろう。

「誰だって、辞めたくなる時はありますよ」

　沖田はつい、口を挟んだ。由佳が不思議そうに首を傾げる。

「俺の場合、相棒と上司がどうしようもない奴でね。一緒にいるだけでもストレスが溜《た》まるんです」

気配を感じて横を見ると、さやかが肩を上下させて笑いを噛み殺していた。お前は……自分だって、庄田とは合わないと、あれほど嫌がっているではないか。

何とか場の空気が解れたので、沖田はそのまま質問を続けた。

「今話に出た、二人目の犠牲者のことなんですけどね」

「はい」暗い目で、由佳が沖田を見る。

「実は、浜田さんと同じＮＰＯにいたんですよ」

「本当ですか？」反射的にそう言ったのだろうが、由佳の目には露骨な疑いの色が浮かんでいた。

「同じ時期に、在籍していました」

「じゃあ、二人は顔見知り……」何かを察したのか、由佳が両の拳を口元に持っていく。両目を大きく見開いていた。

「そうじゃないかと思ってるんですけど、確証はないんですよね。逆に、あなた、何か聞いてませんか？」

「私は、別に……あまり詳しい話は聞いてないんですよ。ボランティアには、あまり興味がないですから」

「そうですか」沖田は顎を撫《な》でた。髭剃《ひげそ》り跡の傷がしくしくと痛む。夕べは結局響子のところに泊まってしまったのだが、彼女の所に置いてある剃刀《かみそり》は、自分が家で愛用している三枚刃に比べると、切れ味がよくない。どうしても、毎回小さな傷がついてしまうのだ。

自宅と同じ剃刀を揃えればいいのだが、何故かそういう気になれない。どうしてなのか、自分でも分からなかった。

「浜田さんの口から、市田保美さんという名前を聞いたことは？」

「ない、と思います」

沖田はうなずき、質問を打ち切った。全てが一気につながるとは思っていない。それでもこの事情聴取は正解だった。千夏の過去につながる人物が一人、出てきたのだから。

舞台がカンボジアというのは、何となく気にくわなかったが。


ＪＩＣＡに確認して、該当する人物を割り出した。平山直樹《ひらやまなおき》。カンボジアでの二年間の柔道指導の日々を終え、一年前に東京へ戻って来ていた。今は教員になるための準備中ということで、実家で摑《つか》まえることができた。

京急《けいきゅう》の平和島駅から歩いて五分ほどのところにある平山の実家は、古い二階建てだった。在宅していた彼は、ドアを開けて沖田たちの話を聞く間も、ずっと背後を気にして何度も振り返っていた。家族には聞かれたくないのだろうと察し、沖田は外へ出るように誘った。この辺には何があるのかさっぱり分からないので、取り敢《あ》えず一緒に歩きながら話を聞く。

「浜田千夏さんは知ってますよね」

「はい」即答。だが、声は暗かった。

「学生時代、つき合っていた？」

「はい」

体格に似合わぬ、遠慮がちな口調だった。平山は百八十センチ、百キロはありそうな巨漢で、首は太く短く、両耳が潰れている。柔道三段と言うが、それ以上の猛者《もさ》のように見えた。肩の筋肉が盛り上がっているせいか、少しだけ前屈《まえかが》みになっているように見える。

「ちょっと、そこまで行こうか」

歩きながらだと話しにくく、沖田は苦し紛れに近くの小学校に向かって顎をしゃくった。既にグラウンドへの入口部分は、三段の階段になっていて、道路から少し引っこんでいる。既に日が落ち、子どもたちも帰っているので、人通りは少ない。沖田は植え込みを囲うコンクリートブロックに腰かけ、平山を見上げる格好になった。体は大きいのに、ひどく遠慮していて、視線が泳いでいる。

「今まで、警察には話を聴かれた？」

「簡単に、一回だけ」

突っこみが甘いな、と沖田は鼻を鳴らした。自分が馬鹿にされたと思ったのか、平山が肩をすぼめる。体の大きな男にありがちな薄着――トレーナーに薄手のコート一枚で、しかも前をはだけていた――が、今になって辛くなってきたのかもしれない。一瞬、水に濡れた犬のように体を震わせた。

「風邪《かぜ》ひいたか？」

「いや、大丈夫です」平山が両手を擦《こす》り合わせた。

「カンボジアに二年もいたら、寒さに弱くなるだろう」

「そうかもしれません。向こうは、暑いっていうか、湿ってる感じです」

「大変そうだね。でも、よく二年もいられたね」

「二年が基本ですから。それに、『どこでもいい』って言ったらカンボジアに決まっただけで、自分で希望したわけじゃありません」

「そうなんだ」

カンボジアという国が、別れた二人を引き寄せたのでは——沖田の想像は、隅の方から早くも崩れようとしていた。

それにしても冷える。沖田はコートのポケットに一層深く手を突っこみ、背中を丸めた。横を見ると、さやかの鼻は赤くなっている。

「彼女——千夏さんがカンボジアに行っていた話、知ってますか？　ボランティアの関係で」

「いや……知らないですね」

「君が誘ったNPOでの活動なんだけど」

「俺はもう、あそこには出入りしてませんし。他のことで忙しくて」

「失礼なこと、聴いていいかな」

「何でしょう」目に見えて、平山の顔が強張《こわば》る。

「何で彼女と別れたんだ？　一緒にボランティア活動をして、目標が同じで、いい感じのカップルだったんじゃないか？」

「そうなんですけど、もっといろいろなことがやりたくなって」

「青年海外協力隊、か」

「行くと、原則二年は帰れないんです。そのまま放《ほう》っておくのが悪くて」

思いやりというよりも、「待っていてくれ」と懇願するほど好きではなかったということではないか。だとすると、何らかの恨みが募って事件につながった可能性はますます低くなる。事件の引き金は、いつでも過剰な愛情なのだ。

「待っててもらえばよかったじゃないか」

「いや、でも……」平山がさやかの顔をちらりと見た。「二年って、長いじゃないですか」

「どうなんだ、三井」

いきなり話を振られ、さやかが目をしばしばさせた。照れ笑いを浮かべ、「いや、まあ、人それぞれでしょう」と曖昧な返事を寄越す。不自然ではない、ということか。結婚の約束でもしていれば別だが、そうでなければ、自分の夢を優先させるのはあり得る話だ。

「彼女はそれで納得してたんですか」さやかが訊ねる。

「一応は」平山が語尾を濁した。

「本当は、一悶着《ひともんちゃく》あったんじゃないか？」沖田は体を揺すりながら訊ねた。不安定な所に座っている上に、風が厳しい。

「そんな、大袈裟《おおげさ》なものじゃないです」平山が慌てて、顔の前で手を振った。「もちろん、

『じゃあね』ってわけにはいかなかったけど」

「君はともかく、彼女の方では未練があったんじゃないのか？」

「それは分かりません。別れてから一度も会ってませんし」

「本当に、カンボジアでは会わなかった？」

「会ってないです」

力なく首を振る様子は、演技には見えなかった。急に、寂しそうな表情が顔を過《よぎ》る。

「でも、何か悪いことをしたかなって」

「今回の事件のこと？」

「戻って来た直後だったんですけど、びっくりして……ＣＳＰの人が連絡をくれて」

「そうか」特捜の連中は、ここまで詳しく話を聴いていたのだろうか、と訝《いぶか》る。

「別れたけど、本当に、喧嘩別れじゃなかったんです。もしも偶然会ったら、普通に話もできたと思いますし。そういう人が……ショックでした」

「分かるよ」ここから先は、さらに厳しい話を聴かなければならない。沖田は拳をきつく握り、すぐに開放して気持ちを入れ替えた。「カンボジアへ行った後は、まったく連絡も取ってなかったんだ？」

「ええ」

「彼女が誰とつき合ってたか、そういうことも知らなかった？」

「ええ、まあ」口調がますます曖昧になる。

「噂ぐらいは聞いてたんじゃないか？　ＣＳＰの仲間とは、連絡を取り合ってるんだろう」

「そうですね……」顔色が悪く、迫力ある大きい顔が歪んだ。

「だったら、千夏さんの動向も、ある程度は知ってたんじゃないか」

「まあ、その……何となくは」

「彼女は、会社に入ってからつき合い始めた人がいた。そのことは知ってた？」

「はっきりと、じゃないですけど……知ってました」

「どう思った？」

平山が突然背筋をぴんと伸ばした。青かった顔が、一気に赤く染まっている。

「あの、どういうことなんですか？　俺を疑ってるんですか」

「事件当時、君は日本にいたよな。本当に、千夏さんとまったく会っていなかったと証明できるか？」

「勘弁して下さい」泣きが入った口調だったが、顔は興奮で依然として赤いままだ。「俺、彼女、いるんですよ。何で今さら千夏と」

「その相手は？」

沖田は手帳を開き、ボールペンを構えた。それを見た平山が顔を引き攣らせる。顔を上げると、唇が震えているのが見えた。そんなに困る話なのか？　ついうっかり秘密を暴露してしまったが、人には言えないような相手なのか？

「言っても無駄だと思います」

「どうして」

「相手、カンボジアですから」

「ああ、そういうことか」沖田は力なく言って、手帳を閉じた。嘘《うそ》か本当か、にわかには証明しにくい話である。だが嘘ではあるまい、と判断した。「これならばれないだろう」と、咄嗟《とっさ》に思いついた話とは思えない。「今もつき合ってるんだな？」

「会えないですけどね。メールとかで」

「どうするつもりなんだ？」平山は、日本で教員になる準備をしている——恋人をカンボジアに残したまま。

「こっちへ呼びます。ちゃんと就職できて、生活が安定したら……カンボジアで暮らしていくのは大変ですから。日本なら安全だし」

青年海外協力隊で学んだ現実がそれか。沖田は少し悲しい気持ちになりながら、手帳を閉じた。この線は、上手くつながらないかもしれない。

七時に特捜本部に戻った。西川は例によって、さっさと引き上げている。定時にいなくなるのはいつものことだが、特捜の手伝いをしている時ぐらいは、気合を入れたらどうなんだ……湧《わ》き上がる不満を何とか抑えながら、沖田は乱暴に椅子《いす》に腰を下ろした。

「コーヒーでも飲みますか？」さやかが遠慮がちに切り出す。

「そうだな」財布から百円玉を二枚、取り出す。「一階の自販機でいいよ。ブラックで」

「すぐ側《そば》にスターバックスがありますけど」

「一日のお茶代は、もう使い切った」

「分かりました」神妙な顔つきで、さやかが出て行った。

一人になると、部屋の異臭が気になりだす。阿部のオッサン、俺たちを追い出すために、わざわざこんな掃除部屋を用意したんじゃないだろうな。だとしたら、姑息《こそく》なことを……西川は今日一日で何を摑んだのだろう、と訝る。互いに報告するまでは待っているのが礼儀ではないか。もしかしたらメモの類《たぐい》が残っているのではないかと思ったが、部屋は――少なくともテーブルの上は綺麗《きれい》に片づいていた。まあ、あいつが書きかけのメモを残して帰るわけがないな。警視庁の自分のデスクも、帰る時は常に何も載っていないのだ。後で電話でも突っこんでおこう。飯の最中とか、風呂《ふろ》に入っている時とか。嫌がらせの方法をあれこれ考えながら、調書を引き寄せた。

浜田千夏関連の調書に目を通しておく。「交友関係」とタブがつけられた一連の調書をぱらぱらとめくり――ごく薄いものだった――平山の名前を見つけ出す。特捜本部も、ごく早い段階で彼の名前を割り出し、事情聴取は行っていたのだ。先ほど自分が聴いたのと、ほぼ同じような内容が書きこんである。ただし、カンボジアの恋人のことは記載されていなかった。聞き逃したのか、平山が隠していたのか。

アリバイについては、はっきり書かれている。事件発生当時、平山はバイト先にいた。

品川のファストフード店で、夜中一時までの勤務に入っていたのは確認できている。より事件発生に近い時期での捜査だったし、店の方でも「間違いない」と証言しているから、この線は動かせないだろう。まあ、いいか。自分でカンボジアに行くことを考えると、ここで線が切れてしまった方がありがたい。アンコールワット以外に、カンボジアに関する知識もないのだ。通訳を見つけるだけでも大変だろう。

早くこの調書を確認しておけばよかったんだ、と悔いた。アリバイがはっきりしていれば、彼に二回も嫌な思いをさせる必要はなかったわけだし。「ちゃんと書類を読め」という西川の言い方は頭にくるが、理屈には一理ある。ただ、そういうことを言うあいつが、この事実を見逃していたのも間違いない。まあ、これからは少し真面目に調書を読むか。今夜、これからの時間を使って目を通してもいい。俺は西川と違って、捜査に入れば二十四時間営業だ。

この辺は、自分と西川の最大の違いだ。特捜本部のフォロー――あるいは尻拭《しりぬぐ》い――をするために仕事を始める時、西川はいつもまず、事件の全容を完全に自分の頭の中に叩きこむことから始める。そうすることで無駄な捜査をしなくて済むし、特捜がどこでミスをしていたかも分かる、というのが言い分だ。だが沖田は、基本的に事件発生当初の捜査をなぞることにしている。時間軸を完璧《かんぺき》に遡《さかのぼ》ることはできないが、できるだけ特捜本部と同じ条件で調べたいのだ。これでは、互いの捜査のやり方が一致するわけがない。追跡捜査係としては、西川の方が正しいやり方なのだろうが、沖田は自分の捜査方法にも自信を持っていた。それにこれは、強行班に戻った時に戸惑わないようにするための、一種のリハビリなのだ。特捜本部と同じやり方をすることで、事件発生直後からどんな風に動くか、そのやり方を忘れずに済む。

しかし、強行班に戻ったとしても、阿部の下につくことになったらたまらないな。苦笑を浮かべて、彼とのつき合い方を考えていると、ドアが開く。さやかがコーヒーを持って来たかと思ったら、庄田だった。途端に沖田は失敗を悟る。ここでさやかと庄田を鉢合わせさせるのは、避けるべきだった。二人の口喧嘩はそれほど鬱陶《うっとう》しいものではなく、沖田はむしろ、いつも笑いながら見ているのだが、仲裁に入らなければならなくなったら面倒である。

「西川は帰ったみたいだぞ」

「あ、連絡もらいました」

「文句の一つも言ってやったか？」

「まさか」庄田が首を振る。空いた椅子に腰を下ろすと、手帳を広げ、パソコンを立ち上げた。

「何だよ、そんなに報告事項が多いのか」

「そういうわけじゃないですけど、被害者二人の関係で」

「同じＮＰＯだよな」

「顔を合わせているのは間違いないんです」

「ほう」沖田は調書を脇に押しやって、彼の方に身を乗り出した。「説明しろよ。俺が聞いてやる」

庄田がぱらぱらと手帳をめくった。そこに視線を落としたまま、淡々とした口調で報告する。

「二人は、一度一緒にカンボジアに視察に行ったほかに、二回、一緒にフリーマーケットに参加しています」

「らしいな」

「そのうち一回は、他の人たちにも目撃されていました。目撃っていうか、主催者が二人と話したんです」

沖田は一瞬だけ、心が揺らぐのを感じた。まだ明らかにならない二人の関係――線がつながれば、事件は新たな局面を迎えるかもしれない。そのきっかけを作ったのが西川だったら……正直、悔しい。

「渋谷のデパートの屋上で開催されたフリーマーケットなんですが、CSP側の責任者が浜田千夏さんでした。主催者と、場所の関係なんかについて話していて――正確に言うと揉《も》めていたんですが」

「どういうことだ？」渋谷のデパート？　何か思い出しかけていることがあったが、記憶は実像を結ばなかった。

「大した話じゃありません」庄田が思い切り首を振った。「参加者が多くて混んでいたみたいで。主催者が予《あらかじ》め場所を割り振るんですが、他の参加者とダブっていたそうなんです。で、浜田さんが結構きつい口調で主催者に抗議して」

そういう、気の強い女性だったのだろうか。だったら、平山に別れを切り出された時は、簡単に納得せずにもっと違った反応を示しそうなものだが。自分はこの女性のことをまだ何も知らない、と自覚する。

「そこに市田保美はどう絡んでくる？」

「浜田さんを止めたそうです」

「止めた？」

「言い過ぎだからやめた方がいいって。正確にそういう言い方だったかどうかはともかく、そういうことでした」

「なるほどね……」

沖田は顎を撫でた。年も近い二人の女性の、ごく自然なやり取り。もしかしたら千夏にとって、フリーマーケットは非常に大事なイベントだったのかもしれない。少しでも多くの援助資金を稼ぐために、人よりいい場所を確保したい、と意気ごんでいても不思議はない。一方、保美はあくまで「会社のボランティア休暇」として義務的に参加していただけなのだろう。主催者と喧嘩する千夏の姿が、馬鹿馬鹿しく見えたのかもしれない。

「二人は、そこでいざこざを起こしていたと言っていいのかな」

「そこまで大袈裟な感じでもないようですが、結局浜田さんが折れたそうです。その後で、二人で何か話し合っていたらしいですね」

「そうか」沖田は腕組みをし、天井を見上げた。

同じNPOで活動する人間同士であっても、ささいな問題で衝突することもあるだろう。しかしこれは、衝突と言えるほど大袈裟なものではなかったのではないか。千夏が乱暴な口をきけば、一つ年上の保美がたしなめるというのは、いかにもありそうな光景だ。二人のバックボーンも、こういう状況に関係があるかもしれない。保美は、電気機器メーカーに勤務している。東証一部上場、全国に支社を持ち、社員数万人という巨大企業である。そういう会社に勤める人間は、概して無難な態度を取りがちだ。仕事以外の私生活でも、人と争い事をするのを好まない。何かすれば、会社に恥をかかせる、とでも思っているのだろう。一方千夏の会社は、新興のIT企業である。思ったことははっきり言うような社風だろうし――他の人間への事情聴取でも感じていた性格である――それに影響されていてもおかしくはない。

「二人がどんなやり取りをしていたかは、分かるか?」

「すみません、そこまでは」庄田が残念そうに首を振る。

沖田は少しだけ彼を見直していた。ひょろりとした見た目から頼りない印象を受けるが、言われた仕事はきっちりこなしているではないか。後は、自分で判断して動く独創性が備われば、それなりの刑事に育つのではないだろうか。さやかが彼を異常に嫌う理由が理解できなかった。単なる偏見だろう。そのうち、きちんと仲直り、というかさやかの誤解を解かなければいけないな。いっそのこと、二人で組んで仕事をさせてみてもいい。衝突するかもしれないが、和解して意気投合する可能性も——皆無か。

「すみません、お待たせして——」コーヒーカップを二つ抱えて部屋に入って来たさやかが、固まる。視線は、庄田を射貫《いぬ》くように見ていた。次の瞬間には、いつもの転がすような声ではなく、低い調子で脅しをかける。「ここで何してんの」

「仕事」庄田がうつむいたまま答えた。

「そこ、私の席なんだけど」

「今、仕事中」

淡々とした庄田の声が、さやかの怒りにさらに油を注いだようだった。

「いい加減にしてよ。どうせ、大した仕事、してないんでしょう」

「命令だから。指示された仕事はしないと」庄田はパソコンから顔も上げようとしない。

「そうやって、人の言いなりになってるだけだから、いつまで経っても一人前にならないんでしょう」

「お前に関係ないだろう」

冷たい口調で言い放って、庄田が顔を上げる。昔は、さやかが一方的に嫌っていただけなのだが、最近は言い返すようになった。だからこそ、余計面倒なのだが。

「まあまあ、二人とも」沖田は立ち上がり、二人の視線がぶつかるのを遮る位置に立った。

「仕事中なんだから、言い合いはそれぐらいにしてさ。言いたいことがあるなら、ここを出てからにしてくれないかな」

「もう出ますよ」庄田が淡々とした口調で言った。「西川さんに報告書を送ったら、帰ります」

「こんな早い時間に？」さやかが目を剝いた。「特捜の手伝いをしてるのに、こんな時間に帰るなんて、あり得ないから」

「やることもないのに居残ってるのは、時間の無駄だ」庄田がキーボードの上で指を躍らせた。西川の考え方が移ってしまったのかもしれない。

「やることがあるから残ってるのよ。仕事ぐらい、自分で探しなさいよ」

「ああ、分かった、分かった」沖田は両手を叩き合わせた。乾いた音が部屋に響く。「庄田は西川の指示に従ってるんだから、仕事が終わったら帰ればいい。三井は、まだやることがあるからな。今日の聞き込みの結果をまとめたら、明日の動きを検討しよう」

「分かってます」さやかがカップの一つを乱暴にテーブルに置く。もう一つに口を付けたが、思ったよりも熱かったのか、思い切り顔をしかめた。

　まったく、たまらんな……何で俺が、この二人の面倒を見なくちゃいけないんだ。西川の奴、さっさと逃げやがって。

　沖田は、椅子に浅く腰かけ直して両足をテーブルの下に投げ出し、額をゆっくりと揉み始めた。

第五章

メールの着信を告げるアラートが、デスクトップに浮かび上がる。西川《にしかわ》はしょぼしょぼする目を擦《こす》り、届いたばかりのメールに目を通した。庄田《しょうだ》だった。

ほう……二人の関係は、それほど薄くなかったかもしれない。ここは絶対、詰めていかなければならないところだ。他にも何か共通点はないか、明日もう一度、調書をチェックしよう。

それにしても目が疲れる。西川は両目を瞑《つぶ》り、その上から拳《こぶし》を強く押し当てた。元々近眼の上に、最近は老眼が入ってきて、細かい字を読むのが辛《つら》くなっている。このまま目が悪くなったら、今までのような仕事はできないだろうな、と悲観的になった。書類読みのプロとして、一生を全うしたいのに。

拳を離すと、瞼《まぶた》の裏で星が散った。ちかちかが収まるまで、しばらく目を閉じたままにしておく。

どうも、何というか……こんな事件があり得るのだろうか。複数の人間が殺される事件は珍しくない。被害者同士に関係があることも、ままある。だが、一月《ひとつき》ほどの間を置いて、というのはほとんど聞いたことがなかった。これはやはり、二人に共通して関係する第三者の犯行なのではないだろうか。そうでないと、筋が合わないことが多過ぎる。三角関係のもつれとか……俗っぽい想定だが、そういう事件は、世間の人が思っているよりもずっと多い。

「事件の陰に男あり、かな」

つぶやき、メールを再読する。最後に「参考」と書いてあって、「平山直樹《ひらやまなおき》と浜田千夏《はまだちなつ》は完全に切れていた。平山は、カンボジア在住の恋人あり。沖田《おきた》さん情報」とつけ加えてある。

なるほど……腕組みをし、西川は画面を睨《にら》みつけた。青年海外協力隊でカンボジアに行っている間に、向こうの女性と関係ができたわけか。

少しだけ、想像の翼を広げてみる。平山が向こうにいた時期に、千夏と保美《やすみ》がカンボジアを訪れているのは間違いない。その時、平山と千夏の間には何もなくても、平山と保美の間に何か起きていたら。少し無理のある想像だと思ったが、出会えば何が起きるか分からないのが、男女の仲である。

庄田はもう、特捜本部を出てしまっただろうか……携帯に電話をかけると、すぐに応じた。どうやらまだ、あの臭く狭い部屋にいるようで、声が妙な具合に反響している。

「メール、読んだぞ」

「平山と浜田千夏は関係ないようですね」

「市田《いちだ》保美とは？」

「それは、何とも……」庄田が声に詰まった。

「明日の朝からは、その辺をチェックしてくれ。万が一だが、市田保美と平山に関係があったら、事態はまったく別の方向へ動き出すかもしれない」

「……そう、ですね」必ずしも納得した様子ではないが、庄田が同意した。

「家族の方から調べ始めてくれ。いや、俺も行く。一人より二人の方がいいだろう」

「そうですね」ほっとした様子で庄田が言った。被害者の遺族を訪ねて話を聴くのは、事件発生からどんなに時間が経《た》っても、きつい作業である。二人がかりなら、少しは重苦しさも軽減されるのだ。

「一度芝浦署に集合してから出かけよう。父親は会社勤めだったな」

「ええ」

「勤務先をチェックしておいてくれ。ご両親一緒に話を聴ければいいけど、そう上手《うま》くはいかないだろう。まず母親、それから父親だな。いずれにせよ、明日の朝の作業だ」

「了解です」

「お疲れさん。今日はもう、引き上げてくれ」

「お疲れ様でした」庄田の声が少しだけ軽くなる。

一方西川は、重い気分を抱えこんでいた。家族に話を聴くのはいつでも嫌なものだが、特に交友関係の話になると、面倒臭さが増幅する。家族といってもプライバシーはあるわけで、両親が、成人した子どもの交友関係を全《すべ》て把握しているわけではないのだ。そこをほじくり返す時、相手に嫌な思いをさせることも少なくない。

「どう攻めるかな……」

西川がぶつけるあらゆる質問に対して、「分からない」という答えが返ってくるのは予想できた。そこから先、どうやって相手の記憶を引っ張りだすか。様々なテクニックがあるのだが、そもそも知らないとしたら、どうしようもない。そこは、出たとこ勝負でいくしかないだろう。

さらに西川を悩ませていたのは、特捜本部がこんな線も追いかけていなかったのか、という疑念である。通り魔説にシフトしてしまった結果、最初からあまり検討もされなかったのか、あるいはある程度調べたものの、「見込みなし」と判断されたのか。調書からは、そこまでは読み取れない。

もっと詳しく調べるべきだったのではないか、と思う。阿部《あべ》は恐らく、判断ミスをした。そしてこちらの捜査が上手く行けば、必然的に彼のミスを指摘することになる。自分勝手で嫌な男だが、土下座するのを見たいわけではない。追跡捜査係の仕事については気に入っていたが、それが誰かに悪影響を及ぼすことは、好ましくない。警察という組織としては、誰かが責任を取らねばならないだろうが、特定の人間が攻撃を受けるのをにやにやしながら見ているような悪い趣味は、西川にはなかった。しかし、阿部に責任がいくのは間違いないだろう。

阿部さん、覚悟しておいた方がいいかもしれませんよ。しかし彼は、そんな忠告を受けたらまた激怒するだろう。捜査の状況を見ながらいつ話すか、非常に悩ましいところだった。

芝浦にはいつも、磯臭い臭《にお》いが漂っている。ウォーターフロントと言えば聞こえはいいが、要するに運河沿いに広がった街である。大きな運河にかかる橋を渡りながら、西川はずっと、鼻の奥がむず痒《がゆ》いような不快感を抱えていた。マスクをしてくるべきだった、と悔いる。

左側をモノレールが行き過ぎる。まさに、運河の上を滑空するような格好だ。自分でモノレールに乗る時には、外の光景を気にすることはほとんどないが、こうやって外から見るとそれなりの迫力がある。

それにしても、不思議な街だ。運河には小さな漁船や屋形船が係留されており、かつて水の街であった東京の名残を感じさせる。その一方、運河沿いには高層ビルが建ち並び、最先端の東京の顔を見せていた。

市田保美の実家は、そういう高層マンション群の一つだった。朝一番で、電話で在宅を確認していたので、母親の靖子《やすこ》が迎えてくれる。玄関先で初めて顔を合わせた靖子は、六十歳をずっと超えているように見えた。白髪が目立つ髪を染めようともせず、顔には深い皺《しわ》が目立つ。調書で確認したところでは、まだ五十五歳なのだが……深い悲しみが、残った若さを彼女から奪ってしまったのかもしれない。

「どうぞ、お上がり下さい」

「失礼します」

　型通りの挨拶《あいさつ》の後、西川と庄田はリビングルームに入った。南西向きの窓からは、運河が見下ろせる。この光景だけでも、マンションの価格はかなり跳ね上がるだろう。駅徒歩十分の環境もまずまず。億とは言わないが、相当の値段であろうことは容易に想像できる。何とか二十三区内に一戸建てを手に入れた西川は、自分もローンで苦労しているが故に、家の価格には敏感だった。

「何度もお邪魔してすみません」座る前に、西川は頭を下げた。「煩《わずら》わしいと思いますが、ぜひ協力して下さい」

「犯人を捕まえるためなら」靖子が小さな声で言った。捕まるとは思ってもいない様子だったが。「どうぞ」と気乗りしない口調でソファを勧める。

　これは、今でもかなり傷つき、頑《かたく》なになっているな……西川は覚悟を決めて、切り出した。

「娘さん――保美さんの交友関係なんですが」

「はい」靖子は背筋を伸ばし、西川の顔を真《ま》っ直《す》ぐ見据えていた。

「男性で、平山直樹さんという知り合いはいませんでしたか」

「平山さん、ですか？」靖子が首を傾《かし》げる。

「今は……無職ですかね。教員になるために、勉強中だそうです。大学を卒業してから二年、青年海外協力隊でカンボジアに行っていました」

「すみません、ちょっと心当たりがありません」即答だった。

「保美さんの手紙なんかは、残っていませんか？」

「それは警察の方が持っていかれて……戻ってきましたけど、全部捨てました」

捨てた？　ずいぶん極端な行動だ。だが、戻したということは、特捜本部ではコピーを残している可能性がある。そちらを確認するか……また阿部に頭を下げなければならないのかと思い、西川は早くもうんざりした気分になっていた。

「メールの記録はどうですか」

「パソコンは持っていなかったので……携帯でやり取りしていたと思います」

「携帯も奪われたんですよね」調書にあった被害品一覧。西川は、犯人の行動にかすかな違和感を抱いていた。金を奪うのは分かる。カードを取っていくのも自然だろう。だが、何故《なぜ》携帯なのだ？　被害者の身元を分からなくするために、というなら理解できる。だが、あんな人目につきやすい場所で……しかも運転免許証はそのままだったはずだ。筋が通らない。バッグごと奪えばいいのに、どうして中身を選別したのだろう。犯人も、それだけ混乱していたということか。

「そうです。ですから、どんな人とメールのやり取りをしていたかは分かりません」

ネットへの入口は携帯だけか。ふと、疑念が芽生える。携帯電話に入っていたデータ——名前や電話番号、メールアドレスを知られたくないがために、犯人が持ち去ったのではないか？　となると、顔見知りの線が再び浮上する。二人の被害者に共通して接点がありそうな、平山直樹という人物が。

「会話の端々に、平山という人間の名前は出てきませんでしたか？」

「あの、ボーイフレンドとか、そういう意味ですか？」

「分かりません。ただの顔見知りかもしれませんし……同じＮＰＯに参加していたことが分かっているだけなんです」

「家ではあまり、そういう話はしなかったんです。男友だちのこととかは……父親が厳しいもので」靖子が言い添える。

「ああ、それだと話しにくい雰囲気になりますよね」西川は柔らかく言ったが、靖子の表情は硬いままだった。本音を話しているのかいないのか……よく分からなかったが、一応は本当だと信じて話を続けていくしかない。「お母さんの目から見て、そういう変化は分かりませんでしたか？　恋人ができると、見た目も雰囲気も変わるでしょう」

「誰か、いたかもしれません」

西川は思わず身を乗り出した。こんな話は初耳である。特捜本部の聞き逃しだ。あるいは確証が取れない情報として、落としてしまったのか。

「そういう雰囲気だったんですか？」

「本当に、雰囲気だけの話ですよ」靖子が慌てて弁明する。「実際そうなのかどうか、聞いたことはないですし。本当に本気で、結婚する気でもあるんだったら、娘の方から話すと思っていましたから」

ずいぶん放任主義というか、親子の会話がないというか……母子だったら、もう少し気楽に話すものではないだろうか。どうも娘に遠慮しているというか、踏みこんで話していないように思える。互いに仮面を被《かぶ》り、素顔が見えないようにしている仮面家族——いや、そんな深刻な雰囲気でもない。この家族に、少なくとも靖子に何か隠し事があるのは間違いないのだが、それがどこまで大変な問題かは想像もつかない。

「そういう話はなかったんですね」

「ないです」

「具体的な約束があったんですか？」

「約束？」靖子が首を傾《かし》げる。

「何かあったらちゃんと話す、というような」

「いえ……」靖子がちらりと上唇を舐《な》めた。「そういう子だと思っていた、というだけの話です。最近、何だかどんどんあの子の記憶が薄れてるんですよ」

「そうですか」西川は、言葉を呑《の》まざるを得なかった。

「忘れちゃいけないと思ってるんです」靖子の声は震えていた。「私たちが忘れたら、あの子、どこにも行き場がなくなるから。でも、忘れたい気持ちもあるんですよ。だから手紙も捨てたんです。いっそ最初から子どもなんかいなかったら、こんな辛《つら》い目に遭う必要もなかったのに……そう考えると、今度は凄《すご》い罪悪感に襲われるんです。どうしたらいいんでしょう」

絶対に答えの出ない質問。西川は口の中が渇き始めるのを感じたが、靖子はすぐに質問を撤回した。

「すみません。こんなことを言っても仕方ないですよね」

「犯人は必ず見つけます」取ってつけたような台詞《せりふ》だ、と我ながら思う。

「お願いします」靖子が丁寧に一礼する。ゆっくりと頭を上げたが、その目に、警察に対する信頼感は一切なかった。


きついな、と思いながら、西川は銀座にある自動車会社の本社の前に立った。保美の父親、市田光一《みつかず》が、三十年以上勤めている会社である。現在は営業企画部次長という肩書きだと聞いていた。古いビルだが、何の飾り気もない直方体の高層建築には、奇妙な威圧感があった。

電話を入れると、市田は露骨に迷惑そうな口調で応対した。会うのはかまわないが、今更お話しできることがあるとは思えない――本当に情報がないというより、警察と接触するのを嫌がっているのは明らかだった。周りの目も気になるのかもしれない。それでも面会場所に自分の会社を選んだのは、懐に呑みこんで威圧するつもりだからかもしれない。

横を見ると、庄田は何の心配もなさそうな表情でビルを見上げていた。

「お前、緊張しないか？」

「いや、特には」

そういうことを感じる神経が抜けてしまっているのだろうか。人としてはともかく、刑事としては羨《うらや》ましい限りだと思う。心を揺るがされずに事情聴取ができれば、こちらは傷つかない。ただし、相手に信頼感を与えられるかどうかは微妙だ。感情移入してくれない相手には、話がしにくい。

受付で名前を告げてから、十二階の営業企画部の会議室に入るまで十分。大企業ならではのレスポンスの悪さを味わいながら、二人は会議室に腰を落ち着けた。座った瞬間にドアがノックされ、市田が顔を覗《のぞ》かせる。

がっしりとした体形の男で、肩幅がやけに広い。ゴルフなどではなく、もっと直接筋肉を刺激するトレーニングをしているようだった。一礼して——実際には上目遣いに睨むようにして——二人の向かいに腰を下ろすと、両手をきつく握り合わせる。ワイシャツの袖《そで》を肘《ひじ》の所までめくり上げ、毛深い前腕を晒《さら》していた。

「市田です」

先に名乗ったが、名刺を出すつもりはないようだった。それでも西川は、自分の名刺を彼に渡した。庄田も続く。市田は自分の前に二枚の名刺をきっちり揃《そろ》えて並べ、じっと視線を落とした。場の空気が緊張し、ひどく居心地が悪い。西川は尻を動かしたが、そんなことでは居心地悪さは改善されなかった。

「保美さんの交友関係の件で、お話を伺いたいと思って参上しました」西川の口調も、妙に硬いものになってしまう。

「分かっています。何でも聞いて下さい」

早く面倒な話を終えて追っ払いたい、という本音が透けて見えた。だったら、その願いに乗ってやるだけだ。

「平山直樹さんという名前に心当たりはありませんか」

「その話は女房からも聞きましたけど、ないですね」

こちらが確認した話を、靖子は夫に全部教えたのだろう。だから、二人からは同時に事情聴取したかったのだが……西川は用心した。口裏合わせをしているかもしれない。

「娘さんの口から聞いたことはないですか」

「ないです」答えは早かった。

「では、他に恋人――ボーイフレンドはいなかったんでしょうか」

「少なくとも私は聞いてませんね」市田が腕組みをした。「ま、娘は父親にそんなことを簡単には話さないもんでしょう」

「だいぶ厳しくされてたんですか？」

「いやいや」市田が笑ったが、目は完全に真面目《まじめ》だった。「娘も、成人してちゃんと働いていたんですから。一人前の社会人がすることに、親が一々口出しするものじゃありません」

「ボランティア活動も熱心にやられていましたね」

「あれは、会社の決まりみたいなものでしょう。育児休暇も介護休暇も、なかなか消化できませんからね。総務の人間は、そういうのを率先して実践しないといけない、それだけの話ですよ」

「しかし、わざわざカンボジアまで行かれてるんですよ。簡単にできることじゃありません」西川は食い下がった。

「娘にすれば、単なる海外旅行の感覚だったんじゃないですか」市田の声に苛立《いらだ》ちが混じってくる。

「元々アジアが好きだったとか?」

「あの年代だと、海外にも色々興味を持つでしょうね」

他人事《ひとごと》のような口調だったが、苦しみを押し隠すための手段なのかもしれない。西川は、何も書かれていない手帳の白いページに視線を落とした。

「平山さんは、保美さんと同じＮＰＯに参加していました。その後、カンボジアに渡っています」

「ほう」急に市田が目を細めた。握り締めた拳に力が入る。「どういうことですか」

「そのままの意味です。平山さんがカンボジアにいた時期に、保美さんもカンボジアに渡っていました。向こうで会っている可能性もあると思うんですが、そういう話を聞かれたことはないですか」

「ないです」否定したが、言葉に力はなかった。

「忘れているだけ、ということはありませんか？　些細《ささい》な会話だったら、記憶から抜け落ちてしまうこともありますよね」

「あなた、お子さんは？」

反撃だ、と西川は覚悟を決めた。市田の言葉は穏やかだったが、目つきは鋭い。

「中学生の息子が一人、います」

「子どもと交わした会話というのは、覚えているものでしょう」

「……そうですね」

「どんな些細なことでも。忘れないんです。だから、覚えていないと言ったら、そんな話はなかったことになる」

「人間の記憶力は、案外いい加減なものですよ」

「娘のことに関しては例外です」低く、力強い口調だった。「全部覚えています。自分の記憶力が不思議なぐらいですよ」

西川は口をつぐんだ。どうやって話を転がしていくか……相手の怒りが爆発寸前まで膨れ上がっているのは分かったが、ここで止めるわけにはいかない。

「平山さんのことは置いておいて、他につき合っていた男性はいませんでしたか」

「私は知らない」

質問に対する否定ではない。市田がふっと体の力を抜き、肩の線が落ちる。この緊張に耐えられないのは、彼の方も同じ——いや、彼の方が脆弱《ぜいじゃく》だろう。一人娘を亡くした衝撃は、緊張の毎日を彼に強いたはずだ。半年以上が経ち、ようやくそれにも慣れた、あるいは緊張が薄れてきたかもしれないのに、今また、俺が新たな緊張を与えてしまっている。

「そういうこと、何となく気づくものじゃないですか」西川はなおも諦《あきら》めずに訊《たず》ねた。

「申し訳ないが、私は気づかなかった」

「娘さんとは、普段から十分な会話はあったんですか」

「失礼な」市田が吐き捨てたが、声に力がない。「親子だ。話すのが当たり前でしょう」

「そうでしょうね」

西川の同意に対して、返事はなかった。このやり取りが、彼を精神的にどんどん追いこんでいるのは明白だった。さらに怒らせて、本音を吐き出させる方法もあるが、彼は一線は超えないような気がする。場所も、自分の城である会社の中だ。ここで騒いだら、同僚たちが奇異の視線を向けてくるだろうし、そういうことは避けたいだろう。

「私は、娘のことはちゃんと見ていました」

「ええ」

「だから、たぶん……誰か、つき合っていた男はいたと思う」

「どういうことでしょう」母親の靖子も、同じように言っていた。両親が揃ってそう思っていたとすると、確度の高い情報である。

「指輪ですよ」市田が左手の甲を西川に向け、顔の高さに上げた。「左手の薬指に指輪。それまで、そういうことはなかった」

「奥さんはご存じでしたか」

「たぶん」

「そのことについて、娘さんと話はされたんですか？」

市田が力なく首を振る。「そういうことは、簡単には聞けないものです。特に男親は」

「どうして、もっと早く教えてくれなかったんですか」

「後から思い出した、というのもあります。事件の直後、どういう気持ちになるか、あなたには分かりますよね」

「ええ」

「とても、まともに物が考えられない。落ち着いてとか、冷静にとか、警察の方は言いますけど、心の中に大きな穴が空いて、大事な物がすっぽり抜け落ちてしまったようになるんですよ。一時的な記憶喪失のような感じかもしれません」

「でも、その後思い出したら――」

「警察に電話するのに、どれほど勇気がいるか、分かりますか？」ゆっくりと首を振りながら、市田が言った。「変な話ですが、私はこの年になるまで――あの事件が起きるまで、警察とかかわり合いになったことは一度もなかった。交通違反で捕まったことすらないんです。いくら娘があんな目に遭ったとはいえ、簡単に警察に電話はできないんです。そちらから足を運んでくれれば、話す機会もできますが、人間というのは臆病《おくびょう》なものなんですよ。警察は怖い」

「こちらの怠慢については謝罪します」西川は怒りを覚えながら軽く頭を下げた。「しかし、今の情報は、大変役に立ちます」

「そうですか?」市田の顔に困惑の表情が浮かんだ。急に寒さを覚えたのか、ワイシャツの袖を元に戻す。「通り魔なんでしょう? 娘がどんな人間とつき合っていたのかなんて、何か関係があるんですか?」

「警察の方から、そういう説明があったんですか」

市田が首を傾げる。目に、かすかな怒りが感じられた。

「そう聞いています。違うんですか?」

「事件を別の角度から見直すのが、私の仕事なんです」西川は、市田の前に並んだ名刺を指差した。「そのための追跡捜査係なんです」

我ながら説得力がない。市田も納得した様子はなく、不満そうに口を尖《とが》らせた。

「警察のことはよく分かりませんが、こんなに時間が経ってから、捜査の方針を変更するんですか?」

「間違っていると分かったら、修正する必要があります。修正すべきかどうか、今調査しているところなんです」

自分の言葉が空疎に響く。だが、一度吐き出してしまった言葉は、取り消せない。

西川たちにあてがわれた部屋は、空調の効きも悪く、真冬の冷たさがそのまま身に染みいる。さすがにコートは脱ぐしかないが、上着は着たままである。これだと肩が凝るんだけどな、と思いながら、西川は調書を広げた。オリジナルではなくコピー。既に付箋《ふせん》だらけで、調書の上に色とりどりの花が咲いたようになっていた。赤は未解決事項。黄色は疑問点で、青は要注意事項。自分なりの区分けだが、これだけ多いと付箋の意味をなさなくなっている。調書全体の意義が問われる感じだ。

保美に関する調書をひっくり返し、遺体の様子を検分する。ひどい有様だった。写真を見るだけでも悪寒が走る。

喉《のど》の真ん中付近に空いた大きな傷のせいで、もう一つの口ができたようにも見える。右足が不自然な格好で折り畳まれ、右手は助けを求めるように頭の上に伸ばされていた。長く伸ばした髪が顔の周囲に広がり、黒い渦の中に顔が隠れたように見える。グレイのブラウスの首から胸の辺りにかけて血が飛び散り、黒い染みになっていた。

少し引いた写真では、遺体から一メートルほど離れた場所に放り出されたバッグが写りこんでいる。自然に落ちたわけではなく、犯人が中身を漁《あさ》った後、適当に捨てたのだろう。

バッグの中身を写した写真もあった。ストロボの光で白くなっているが、トートバッグの中身がはっきり見える。いかにも女性の持ち物らしく、細かな物がたくさん入っていた。中身を改めたリストに目を通す。手帳、化粧ポーチ、MP3プレーヤー、ハンカチ、ティッシュ、定期、社員証……携帯がないことに違和感を覚える。身元が分からないようにするためだったら、定期や社員証も捨てなければならないはずなのに。犯人が携帯電話を処分したのは、やはり別の目的があってのことなのか。

遺体の写真に戻る。指輪は……左手が体の下に折りこまれる格好になっているので、確認できない。仕方なく、所持品一覧で確かめることにした。

あった。確かに「左手薬指に指輪。二十四金」とある。国産メーカーの物だが、特に追跡された形跡はない。まあ、捜査に直接関係あるとは断言できないのだが……妙な不満を感じて、西川は調書を閉じた。やる時は徹底してやる。被害者の全てを丸裸にするぐらいの気持ちでいかないと駄目なのだが、今回の特捜はどうにも詰めが甘い。間違った方向に突っ走ってしまい、戻れなくなっているのではないか、と西川は想像した。

どうするか……保美の男問題を調べるには、自分たちだけではとても人手が足りない。追跡捜査係に残っている連中の応援を得ても、不十分だ。ここはやはり、特捜を説き伏せて、人手を割いてもらうしかないだろう。阿部を説得するのは気が重かったが、ここは何とかするしかない。捜査の大きな流れを変えるには既に手遅れかもしれないが、何もしないまま、手がかりがさらに遠くへ流れていってしまうのを、黙って見ているわけにはいかなかった。よし、ここは勝負だ——立ち上がった瞬間、忘れていたことを思い出した。フリーマーケット。同じフリーマーケットに参加していた響子《きょうこ》に、その時の様子を聞こうと思っていたのだ。

しかし彼女は、この時間は仕事中のはずだ。携帯の電源を切っているかもしれない。取り敢《あ》えず、メールを打っておくことにした。余計な挨拶抜き、難しい説明も避けて、「ちょっと確認したいことがあります。手が空いたら電話して下さい」とだけメッセージを送る。これでよし……後は阿部との対決だ。

同じ捜査一課にいながら、こういう対決が避けられないことは多々ある。仕方ないことだと思いながら腰を上げたが、ドアに向かう足取りはひどく重かった。

「男？」阿部が右目だけを大きく見開いた。書類に何か書きこもうとしていた途中で、ボールペンを握った右手が宙に浮いている。

「ええ。市田保美は、左手の薬指に指輪をしていました」

「指輪ぐらい、誰でもするだろう」阿部は既に喧嘩《けんか》腰だった。

「それが、殺されるしばらく前からするようになったんです。いつかは分かりませんが、この指輪に父親が気づいています。それで、誰かつき合っている人間がいるかもしれないと思っていたようで……」

「関係ないな」阿部が乱暴に切り捨てる。「この事件は通り魔なんだ。交友関係は無視していい」

「通り魔と断定できるだけの材料はありませんが」失敗の典型例だ、と西川は小さく首を振った。特定の考えに固執し、他の可能性を全て排除するのは危険である。

「特捜は、そういう方向で動いている。覆すだけの強力な証拠があれば別だが、指輪程度の話では動けない」

「そこをまず、調べていただくわけにはいかないんですか？　特捜からも少し人手を割いてもらえば、我々も協力します」

「駄目だな」阿部が激しく首を振った。「そんなことに人手は割けない。こちらはこちらで、追いかけている線があるんだ。そこを外すわけにはいかない」

「その線は、有望なんですか」

阿部の目の下の筋肉がひくひくと動いた。怒りで両肩が盛り上がっている。

「有望だから追っているんだ」

「差し支えなければ、どんな捜査なのか教えていただけませんか」

「お前に言う必要はない！」

あまりにも瞬間的に阿部の怒りが爆発したので、西川はかえって冷静になってしまった。

「いや、特捜とバッティングしたら申し訳ないですから」

阿部はまだ何か言いたそうだった。おそらくは罵《のの》りの言葉を。しかし一瞬だけ唇をきつく引き結んだ後、押し出すように捜査の内容を喋《しゃべ》り始めた。

「変質者の線だ」

「現場付近の？」

「ああ。過去二回ほど、女性に乱暴しようとして逮捕された男がいる。二つの事件の前にも、未遂の事案が三件、起きてるんだ」

「濃厚なんですか？」

「……いや」阿部が悔しそうに否定した。「三件の未遂事件に関しては、アリバイはない。だが、肝心の二件の殺人では、アリバイが成立している」

「だったら、追うだけ無駄じゃないですか」どうしてこの線にしがみつくのだろう、と西川は首を捻《ひね》った。

「アリバイと言っても、確固たるものではない」阿部が自分に言い聞かせるように言った。

「だから、徹底的に潰《つぶ》しておく必要があるんだ」

「そうですか……」釈然としないまま、西川は相槌《あいづち》を打った。

「だから、お前の言う線を追いかけている暇はない」

「NPO法人のCSP」切り札になるのではないかと、西川は持ち出した。

「それがどうした？」

「被害者は、二人ともこの団体で活動していました。二人には接点があったわけです。接点がある以上、偶然通り魔に続けて襲われたと考えるのは、無理があるんじゃないですか」

「その程度の接点を接点とは言わない。CSPの件は、こちらでも調べたんだ。二人が過剰に接触していた形跡はない」

詰めが甘いんだ、と西川は思った。二人のつながりを十分に掘り返していなかった以上、「関係ない」と断言するのは危険だ。

「平山直樹についてはどうですか」沖田が昨日、話を聴いている。

「浜田千夏の元恋人か？　あの男はとっくに調べた。犯行当時のアリバイもあるし、捜査対象からは除外した」

「犯行当時はアルバイト、でしたかね」今日改めて確認した調書の内容を口にする。

「タイムカードも確認したし、店の人間も見ている。間違いない」

「では、この件に関しては、手は貸していただけないと」

「最初からそう言っているだろう」

阿部は書類に視線を落としてしまった。西川はさらに突っこもうとしたが、その瞬間に携帯が鳴りだした。響子が電話してきたのかもしれない。無視するわけにもいかず、「失礼します」とだけ言って電話を取り出したが、阿部は相変わらず西川を無視したままである。むっとして踵《きびす》を返し、電話に出ながら部屋の出入口に向かって歩き出した。

「もしもし？」響子の声は切迫していた。「沖田さんに何か……」

「ああ、申し訳ない。そういうことじゃないです。安心して」

「何だ……」響子は深く溜息《ためいき》をついた。「勘弁して下さい。西川さんからメールがくるなんて、びっくりするじゃないですか」

「そんなに焦らせるような内容じゃなかったと思うけど」

部屋の外へ出て、西川は廊下の壁に背中を預けた。節電は徹底されており、天井の蛍光灯は一つおきに抜かれている。薄暗い廊下の遠くを歩く署員の姿は、幽霊のように見えた。

「ちょっと前の話なんだけど、覚えてたら教えてくれませんか」

「何ですか」響子は依然として、警戒心を隠そうとしなかった。響子は、妻の美也子《みやこ》とはよくメールしているのだが、西川からメールを受け取るのは初めてだったかもしれない。

「去年の四月、渋谷のデパートの屋上でフリーマーケットがあったでしょう」

「はい？」

「私もコートを出したんですよ。何か出すように、沖田に言われて」

「ああ、あれですか。はい、覚えてますよ。でも、それがどうしたんですか？」

「そのフリーマーケットに、ＣＳＰというＮＰＯが出店してたの、覚えてませんか？」

「ＣＳＰ？」すぐには記憶から出てこないようだった。もしかしたら、まったく見ていないかもしれない。ああいう催しは混雑するから、自分のところだけで精一杯、という感じではないだろうか。

「あの、カンボジアに学校を作ろうという運動をやっているところなんだけど……」

「ああ、はいはい」急に響子の声が明るくなる。「分かりました。原色一杯で飾りつけしてて。私、エスニックはよく分からないんだけど、いかにもそれっぽい感じで目立ってましたよ。フリマも慣れてる感じで、結構売れてたみたい。ずっと人だかりがしてたし」

「活動資金なんですよ。カンボジアに援助するために、儲《もう》けなくちゃいけなかった」

「じゃあ、私たちみたいにレクリエーションじゃなかったんですね」

「そういうことです……そこに、女性二人がいなかっただろうか」

「いましたよ」即答だった。「というか、女性しかいなかったんですけど。スタッフの方、皆さん女性なんですかね」

「男性もいますけどね。で、そこの人たちと話したりしませんでしたか？」

「最後に写真を撮りましたけど」

「それぐらい仲良くなった？」西川は鼓動が跳ね上がるのを意識した。

「そうじゃなくて、記念写真です。お店を広げてる場所が近かったんで、何となくそんな感じになって」

「そうですか……その写真、どうしました？」

「ありますよ。まだ携帯に入ってますけど」

「送ってもらえませんか？　参考までに見てみたいんで」

「いいですけど、何なんですか」響子の声に、また不満が混じった。

「ある事件の関係です。たぶん、あなたは名前までは聞いていないでしょうけど、同じ事件の犠牲者」

「それって……浜田さんと市田さんですか？」響子の声が一気に暗くなる。

「知ってるんですか？」

「沖田さんから聞きました」

あの馬鹿が……西川は歯を食いしばった。寝物語に聞かせるような話ではないし、どこから秘密が漏れるか、分かったものではない。一言注意しようかと思ったが、自分も妻にはよく事件の話をするのだ、と考えて思い直した。美也子は元々交通課勤務の婦警で、機密保持に関してはきちんとルールを守っているのだが、そんな事情は響子には関係ない。

「あまり気持ちのいい話じゃないでしょう」と言うに止《とど》めた。

「でも、たまたまそんな話をすることもあるでしょう」

「二人で一緒の時は、もっと楽しい話をした方がいいですよ」

「それは、普通にしてますから」

本当に？　いつも怒ったような表情を浮かべているあの男が？　男は女によって変わるものだ、とつくづく思う。自分も結婚してからどこかが変わったかもしれないが、自分では分からない。几帳面《きちょうめん》さは昔からまったく変わっていないが。

部屋へ戻ると、パソコンに早くもメールが届いていた。携帯のカメラとはいえ、最近は画素数も多いから、画像は非常に大きく鮮明である。単なる集合写真とはいえ、なかなかよく撮れていた。

フリーマーケット会場の混雑ぶりは、西川が想像していた以上だった。驚くべきことに、デパートの屋上にオートバイを持ちこんだ人がいる。当然、売れなかっただろうが……他にも、ほとんど屋台のような店も出ていた。その場で調理はできないかもしれないが、手作りのクッキーやケーキの店の前には、人だかりができていた。終了間際になって、値段を無視して投げ売りを始めたせいかもしれない、と皮肉に思う。

二人の姿はすぐに見つかった。確かに響子の言った通り、ＣＳＰの場所は飾りつけが派手で非常に目立つ。門柱のような左右の足に支えられた看板は、黄色と赤で塗り分けられ、

「カンボジアに学校を！　CSP」と黒々と書かれている。写真を拡大すると、あちらのミュージシャンの物らしいCDなどが置いてあった。

二人は門の真ん中に立ち、同じように笑みを浮かべている。作り笑いではなく、ごく自然な感じだった。肩を組むほどではないが、体はくっつきそうな感じ。他の人たちの様子を見た限り、二人の親密さが際立った。シャープな顔つきの千夏と、丸顔の保美。好対照の顔も、いかにもいいコンビという感じだった。

これは絶対、単なる顔見知り程度ではない。西川が確信を持って写真を検分していると、庄田が入って来た。黙って西川の向かいの席に腰を下ろそうとしたので、「ちょっと見てくれ」と声をかける。

背後に回りこんで来た庄田が、西川の肩越しにパソコンのモニタを覗きこんだ。

「浜田千夏と市田保美ですか？」

「ああ。知り合いに頼んで、フリーマーケットの写真を貸してもらったんだ。この二人、どんな風に見える？」

「仲、良さそうですよね」

「そうなんだ。単なる顔見知りって感じじゃない。ただの記念写真だったら愛想笑いするだけだろうけど、本当に楽しそうだよな」

「ええ」

「この二人の関係、もう少し調べてみる必要がある」

「そうですね。でも、どこから手をつけますか？」

「ＣＳＰからもらってきた名簿があるだろう。そこから、話を聴けそうな人をピックアップしてくれ」

「分かりました」

庄田が立ったまま、名簿をチェックし始めた。在籍期間が二人と被《かぶ》っている人間を抽出し、手帳に書き出していく。それを横目で見ながら、西川は竹村《たけむら》に電話をかけた。

「何度もすみません……警視庁捜査一課の西川です」

「ああ、どうも」竹村の口調は快活で、面倒臭がっている様子はなかった。こういうタイプは珍しい。

「一つ、教えて下さい。実は、去年の四月、渋谷のデパートの屋上で開かれたフリーマーケットの写真を手に入れたんです。浜田さんと市田さんが一緒に写ってました」

「そうなんですか」他人事のような口調だった。「私も、全部の催しに顔を出してるわけじゃないですからねえ……その時も、行ってませんでした」

「それは分かりました。教えて欲しいのは、二人の関係なんです」

「関係？」

「写真を見た限り、非常に仲がいい感じがします。たまに顔を合わせる、という程度の関係には見えないんですよね。そちらでの活動以外に、外でも交友があった、ということはないんですか」

「否定はできません。ただ、肯定もできませんけどね」

「竹村さんはご存じない、ということですね」

「ええ……私も、この事務所やイベント以外では、会うこともありませんでしたからね。二人がどういう関係だったか、いい加減なことは言えないんですよ。ただ、仲良くなっていたとしても不思議ではないでしょうね。年も近いし、同じ活動をしていたんですから。実際、ここで一緒に活動しているうちに結婚したカップルが、二組いますよ」

「そうですか」それは直接関係ないのだがと思いながら、西川は相槌を打った。「その辺りのこと、よく知っている人はいませんか？」

「そうですねえ……千夏ちゃんの友だちで、春日利香《かすがりか》さんという女性がいるんですが」

西川は、名簿を渡すよう、庄田に手で合図した。庄田が滑らせるように名簿を渡す。確かに春日利香の名前があった。

「頂いた名簿にも載っています」

「彼女、千夏ちゃんとほぼ同時期にここへ入ってきたんで、一番親しかったはずですよ」

「市田さんとは？」

「それはちょっと分かりません」

「了解しました。調べてみます」

「何か分かりそうなんですか？」

「それはまだ、何とも言えませんが」

電話を切り、庄田に春日利香を摑《つか》まえるよう指示を出してから、西川は突然、暗い考えに襲われた。竹村本人は無視していいのか？　ＣＳＰの中で、二人に一番近い立場だったのは竹村だろう。この男の犯行では——しかし、西川の脳裏に浮かぶ穏和な顔の男は、とてもこんな乱暴なことをする人間には見えない。もちろん、最初の印象が常に当たるとは限らないのだが、西川は人を見る目には自信があった。

庄田が電話を切り、弾む声で「摑まりました」と報告した。

「よし、すぐに出かけよう」西川はノートパソコンを閉じてコートを摑んだが、そこに沖田が飛びこんで来て、凶悪な面相で西川に迫った。後ろからさやかも続いて入って来たが、こちらは戸惑いを顔に浮かべている。

「お前、電話しただろう」

「何が？」

「だから、彼女に」

「ああ、響子さん？　向こうからかかってきたんだけど」

「ふざけるな。お前が先にメールしたからだろうが！」沖田の胸が、西川の胸とぶつかりそうになった。「どういうつもりなんだ？　彼女を事件に巻きこむのか？　彼女だって元々は、事件の被害者なんだぞ」

西川の頭に、暗い記憶が蘇《よみがえ》る。かつて新宿を恐怖のどん底に叩《たた》き落とした、白昼の通り魔事件。響子の一人息子も巻きこまれ、殺される直前、辛うじて生き延びたのだ。母子家庭、息子と二人きりの生活が乱され、二人の暮らしは滅茶苦茶《めちゃくちゃ》になった。沖田が二人と出会ったのは、その事件がきっかけである。だからだろうか、沖田は、響子母子に対する保護者意識が非常に強い。

「ああ、悪かった。配慮が足りなかった」

口答えするよりも、ここは素直に謝った方がいい。西川はすぐさま謝罪の言葉を口にした。沖田はまだ鼻息荒く西川を睨んでいたが、謝罪は功を奏したようだった。一歩下がって、直接の接触を避ける。

「気をつけろよ。被害者は、いつまで経っても被害者なんだ」

「分かった……でも彼女、普通に対応してくれたぜ」

「そういう問題じゃない」沖田の眼光がまた鋭くなる。

「それより、彼女からいい手がかりを貰《もら》ったんだ。お前からも礼を言っておいてくれよ」

「まあ、それは……」

沖田が身を引き、もう一つの椅子《いす》に音を立てて腰を下ろした。一瞬の沈黙。既に出かける用意をしていた庄田が、困惑した表情を西川に向けた。

「あー、一人じゃまずいな。三井《みつい》、一緒に聞き込みに行ってくれ」

「何で私なんですか」さやかが気色ばんで西川に詰め寄った。

「子どもじゃないんだから、好き嫌いで仕事するなよ。聞き込みぐらい、プロらしく淡々とやってくれ。ほら、庄田もさっさと行けよ」

庄田が、助けを求めるように西川を見た。西川は首を振って彼の懇願を無視し、追い払うように手を振る。怒りのオーラを身にまとったさやかが先に部屋を出て、庄田が追いかける格好で後に続いた。

「何も、二人で行かせなくてもいいじゃないか」沖田が首を振った。「絶対トラブルになるぜ」

「それを言ったら、俺たちも組んで仕事ができなくなる」

「ああ、その件は全面賛成」沖田がにやりと笑った。

「ちょっと、状況を検討しておかないか？　捜査の道筋をつけないと」西川が庄田に顔を向ける。「何してる？　早く行けよ」

二人が揃って不満気な表情を浮かべたが、文句を言うような雰囲気ではないと思ったのか、黙って出て行く。

「よし、やろうか」沖田が座り直し、両手を組んで身を乗り出した。「お前が書類から何を引っ張りだしてきたか、ご説明願いましょうかね」

「これは間違いなく、二人の被害者と共通の知り合いによる犯行だ。通り魔じゃない。怨恨か何か……特捜本部は、絶対に筋を読み違えていると思う」

そこまで自信を持って言い切っていいのか、と沖田《おきた》は訝《いぶか》った。西川《にしかわ》の説明はそれなりに筋が通ったものだったが、推測の域を出ない部分も多い。たまたま偶然が重なって——という感じで、全体に危うい。

沖田は掌《てのひら》の上で煙草《タバコ》を転がしながら、西川の話を頭の中で嚙《か》み砕いて考えた。キーワードはCSP。その中で、何かがあった。もしかしたら関係者が犯人かもしれない——どうも、すっと頭に入ってこない。今回の西川は、どういう訳かかなり強引だ。普段は功を焦るようなタイプでもないのに……もしかしたら阿部《あべ》に対する嫌がらせか、とも考える。

「あのな、西川」沖田は左の親指の爪《つめ》で煙草のフィルターを叩《たた》いた。「ちょっと今の話は……具体的な根拠がないぞ」

「根拠はないけど、疑いがあるじゃないか」

「それは分かるけど、焦り過ぎだ」沖田はやんわりと西川をたしなめた。普段と違うこの男の様子に、こちらは慎重にならざるを得ない。「そこに無理に突っこんで外したら、特捜と同じ失敗をするぞ」

「そんなことはない。だいたい、やる前から止《や》めるのはおかしいだろう」西川がむきになって反論した。

「分かるけどさ、もう少し慎重になってもいいんじゃないか？　今、事件が動いてないんだし」

「何言ってるんだ」西川が気色ばんだ。「動いてないからこそ、俺たちが動かないと駄目じゃないか」

沖田はゆっくりと息を吐き、腕組みをした。胸の中に湧《わ》き出すこの違和感は何なのだろう。元々西川は、資料を徹底的に読みこみ――そのために一日中部屋に籠《こも》りきりになるのも珍しくない――何かが浮き上がってくるのを待つタイプだ。沖田には理解できないやり方なのだが、調書や資料には裏の顔があるのかもしれない。然《しか》るべき力のある人間だけが、それを読み取れる――西川はまさにそういう人間ではないかと思っていたのだが、今回は完璧《かんぺき》な啓示が降りてくる前に、気持ちだけが前のめりになっている。

「ちょっと待てよ。その線で動くのはいいけど、それだけに集中したらまずいぞ。まだ決定的じゃないんだから、他の線も捨てちゃ駄目だ」

「他の線って何だよ」西川が嚙みつくように言った。

「それこそ、通り魔とか」

「お前も特捜と同じ見方なのか？」

「俺はまだ、それを覆すだけの材料を持っていない」

「特捜は通り魔説にこだわって、何か月も前へ進んでないんだぞ。それでいいと思ってるのか」

「いいとか悪いとかそういう問題じゃないんだ。その線を潰《つぶ》し切れていない以上、徹底的にやるべきなんだよ」

「話にならないな」西川が鼻を鳴らした。

「おいおい」彼らしからぬ捨て鉢な物言いに、沖田は驚いて目を見開いた。

「とにかく、この線で進める。庄田《しょうだ》と三井《みつい》は借りるからな」

「冗談じゃない。そんなこと、勝手に決めるな。人を使う時は、鳩山《はとやま》のオッサンの指示を仰げよ」

「現場に出ている以上、俺たちが責任を持って決めるんだ」西川はあくまで頑《かたく》なだった。

「じゃ、俺はどうするよ」沖田は自分の鼻を親指で指した。

「お前は、特捜と同じ考えなんだろう？　だったら、俺じゃなくて特捜と一緒に仕事をすればいい」

冷たい睨《にら》み合いが続く。沖田は溜息《ためいき》をつき、先に下りた。今日の西川は、明らかにおかしい。響子《きょうこ》にメールしたこともそうだ。普段なら、彼女に直接連絡を取るようなことはせず、俺か、メル友の奥さんを経由するだろう。焦っているのは分かるが、本来はこんな図々しい男ではない。

「勝手にしろ。俺は、一人で動く方が気が楽だからな」沖田は、テーブルを平手で軽く叩いて立ち上がった。怒る気にもなれない。この男とは、しばらく距離を置いた方がいいだろう。頭を冷やす――主に西川の頭を冷やすために。

部屋を出る前、振り向いて西川の顔を確認する。既に調書に視線を落としており、眉間《みけん》に皺《しわ》が寄っていた。怒っている。感情を露《あらわ》にすることがほとんどないこの男にしては、極めて珍しいことだった。


駐車場の一角にある喫煙場所で、沖田は背中を丸めながら煙草をふかした。怒りに任せ、コートを着ないで出て来てしまったので、寒さが身に染みる。既に夕暮れが迫り、空は赤く染まっていた。

どうにも釈然としない。一人で仕事するのは慣れているし、嫌いでもなかったが、もやもやを抱えたままでは、何をする気にもなれなかった。携帯電話を取り出し、響子に電話する。一度話し中になったが、二度目で通じた。移動中だったらしい。ちょうど、彼女の帰宅時間なのだ。

「今、西川と話したよ」

「どうだった？」

「あいつ、何か変だ」沖田は、ペンキ缶を切って作った吸殻入れに煙草を放《ほう》り捨てた。水で消えるじゅっという音がかすかに聞こえ、短く煙が立ち上ってすぐに消える。何となくだるくなり、建物の壁に背中を預ける。「話しててどんな感じだった？」

「ちょっと西川さんらしくなかったけど。何だか、勢いこんでる感じで」

「そうなんだよ」沖田は壁から背中を引き剝《は》がした。「確かにあいつらしくない。妙にむきになってる」

「何かあったのかしら」

「分からない」新しい煙草をくわえる。「手柄を焦るようなタイプじゃないんだけど、今回は違うんだ。意味が分からない」

「あなたが分からないんじゃ、誰も分からないわよ」

「家で何かあったのかもしれないな。夫婦喧嘩《げんか》とか」

響子が噴き出した。シリアスなやり取りがぶち壊しだが、柔らかな笑い方は、沖田の心を解きほぐした。俺がかりかりしても仕方ないか……。

「いや……夫婦喧嘩したぐらいで、仕事に持ちこまないか」

「結構影響、大きいわよ」

「……そうなのか？」沖田はかすかな不快感を覚えていた。響子はバツイチであり、自分の知らない彼女の過去が、ちらりと垣間《かいま》見《み》えた。結婚していた時代の出来事を話題にすることは、普段はほとんどない。無言の了解のようになっているのだ。

「結構、ね」響子も軽い失言だと気づいたのか、それ以上深入りせずにこの話を打ち切った。

「時間があったらさ、美也子《みやこ》さんに西川の様子を聞いておいてくれないか？」

「気になる？」

「そういうわけじゃないけど」煙草に火を点《つ》ける。「ぎすぎすして、鬱陶《うっとう》しくてしょうがないんだ」

「分かった。メールでもしておくから」

「頼む」

「……煙草、吸い過ぎないでね」

「ああ」気づかれたか。電話を切り、指先で赤く燃える煙草に目をやった。確かに吸い過ぎだが、事件の中に入って行くと、抑えが利かなくなる。まあ、せめて忠告を受けた今日ぐらいは、減らしておくか——取り敢《あ》えず、この一本を吸ってからだが。

もう一度庁舎の壁に背中を預け、ゆっくりと煙草をくゆらす。この時間——クールダウンの時間は、もう少し必要だと思った。

ふと、人影が視界の端を過《よぎ》る。煙草を吸わない西川でないことは分かったが、それでも沖田は思わず舌打ちをした。もう少し一人でいたかったのだが……ライターが着火する音が響き、香ばしい煙草の匂《にお》いが漂ってくる。足音。ちらりと横を見ると、今、西川の次に会いたくない相手がいた。

阿部。

信じられないことに、外でもワイシャツの袖《そで》をまくっている。寒さを感じないのだろうかと訝りながら、沖田はそそくさと煙草を吸い終えた。一礼してすぐに去るのが、怪我《けが》しない一番の方法だ。臆病《おくびょう》なわけではないが、ここで説教を食らったり、嫌味を我慢しているような暇はない。

「西川は、いったいどうしたんだ」阿部がいきなり訊《たず》ねた。

「何がですか」沖田は、彼の言葉に釘《くぎ》づけにされた。

「あいつは、むきになるようなタイプじゃないと聞いてるが」

「大抵の場合、冷静ですね」阿部でさえ違和感を覚えていたのか、と驚く。

「だったら今回、何があった」

「ええと……」沖田は煙草を一服して間を置いた。「あいつ、どうかしたんですか」

「こっちに人手を貸せと言ってきた。本末転倒だろうが。お前ら、俺が知らないことを何か隠してるのか？」

「ないですよ」

「被害者の共通点を追うと言ってたな」

「ええ……平山直樹《ひらやまなおき》」

「そいつだ」向き直り、阿部が沖田に向かって煙草を突きつけた。「お前、そいつが二人を殺したと思うか？」

「今のところ、そういう情報は入ってません。平山には会いましたけど、間違っても人を殺すようなタイプには見えなかった。男女関係のもつれということも、ちょっと考えられません」

「だろう？」急に馴《な》れ馴《な》れしい口調になって、阿部が言った。「俺も、しばらく前に当人には会ってる。お前と同じ印象だよ。アリバイもあるんだ」

「そう聞いてます」

「揺るがせないアリバイがあるのに、西川の奴、何を考えてるのかね」阿部が首を捻《ひね》った。

「それは俺にも分かりません」

「あいつが暴走するのはあいつの勝手だが、こっちに迷惑はかからないようにしてくれよ。同じ追跡捜査係なんだから、その辺はお前がうまく調整してくれ」

　返事をせず、沖田はうなずくにとどめた。阿部の言うことはもっともなのだが、この男には指示されたくない。それでも、反論しないだけの常識ぐらいは、沖田にもあった。西川と阿部の間の緊張が高まっている今、自分がどちらかの立場に寄り添えば、さらに深刻な事態になりかねない。それに沖田は、阿部に対して少しだけ同情の気持ちを抱き始めていた。扱いにくい男だが、むきになるところは、自分と似ていないでもないのだ。

「で、お前はどう思う？」

　ここは慎重にいかないと。沖田は煙草をゆっくり吸い、肺の中から完全に煙を追い出してから答えた。

「西川の説は、乱暴ですね」

「だろう？」阿部がにやりと笑う。沖田が初めて見る笑顔だった。「どう考えても、被害者二人に関係があったとは思えない。少なくとも、事件につながるような、濃い関係はな。面倒だが、通り魔の線を追うしかないんだ。どうだ、沖田？　うちに手を貸さないか？

こっちはいくら人手があっても足りないんだ」

「そうですね……」悪い考えではない。特捜が間違った方向へ向かっているのでなければ、筋には乗れる。だが、わずかな疑念を消すことができなかった。筋読みを間違っていないとしたら、どうしてここまで手がかりがない？　通り魔でもない、二人の被害者の関係がベースにある犯罪とも思えない――だとしたら、この事件は何なのだ？

「どうだ」阿部が答えを迫る。指先で煙草を燃やしたまま、沖田の顔を凝視する。

「もう少し、一人で動きます」沖田はゆっくりと答えた。「どの線が正しいのか、まだ確証が持てませんから。通り魔だと確信できたら、手伝わせてもらいます」

「もらいます、か」阿部が鼻を鳴らす。元の通り、人を見下す態度が蘇《よみがえ》っていた。「結局追跡捜査係は、自分たちの都合だけで動くわけだ」

「これが仕事なんで……事件に新しい光を当てるのが」

「だったら勝手にしろ」吐き捨て、阿部が乱暴に煙草を投げ捨てた。

肩を怒らせて去って行く阿部の後ろ姿を見ながら、沖田はここではもう煙草を吸わないようにしよう、と決めた。何度も阿部と会いたくない。

こんなに面倒な捜査――捜査の中身ではなく人間関係が面倒なのは、初めてだった。刑事になるような人間は、多かれ少なかれアクが強く、何かと主張を押し通したがるものだが、それでも阿部ほど一方的な男は珍しい。しかも下っ端の刑事ではなく、命令を下す立場なのだから、話は面倒だ。あれでは部下はやりにくいだろうな、と同情する。完全に信じ切ってただ従うか、自分の感情を押し殺して黙々と仕事をするか。どちらにせよ、ストレスが溜《た》まるのは間違いない。

君子危うきに近寄らず、がベストだ。


困ったら現場。沖田は刑事に成り立ての頃に徹底して叩きこまれた原則を、今回も忠実に実行していた。運河独特の水の臭《にお》いを嗅《か》ぎながら、側道を何度も行き来する。二人が倒れていた場所では、膝《ひざ》をつき、額をタイルに擦りつけるようにして、目を凝らしてみた。もちろん、当時の証拠が残っているはずもないが、何かが見えてくるのではないかとかすかに期待していた。西川が問いかけた大きな謎《なぞ》——十メートル飛ばされた靴の問題も、頭の片隅に引っかかっている。気にすることはない、少なくとも事件の芯《しん》には関係ないと自分に言い聞かせたが、いつの間にか居ついてしまったようだ。

両手を叩き合わせて立ち上がり、手すりに体をもたれかけさせる。水音が静かに耳を刺激した。そう言えば西川は、この靴の問題を言い出した時から、どこかおかしかったのではないか。元々こだわる性格なのだが、少ししつこ過ぎた。

「ま、放《ほう》っておくしかないか」つぶやき、ゆっくりと歩き出す。時間が許すまで、運河沿いのマンションの住人を訪ねて回るつもりだった。特捜本部がどこまで熱心にやったか分からないが、必ず穴はある。事件直後に話を聴けないまま、放置されている人間もいるはずだ。

が、それを始める前に、側道にテントのように張ってあるブルーシートに気づいた。何か荷物を覆い隠したような……ホームレスか。この場所は既に何度も通ったが、初めて見た。あちこちを動き回っていて、たまたまここに来たのかもしれない。しかし、もしもあの事件当時もここにいたとしたら……沖田は簡易テントに近づき、「おい」と声をかけてみた。返事はない。恐れて出てこないのか、いないのか。舌打ちして歩き出そうとした瞬間、背後から声をかけられる。

「あんた、何か用か」

振り返ると、髪が半分白くなった初老の男が背後に立っていた。かすかな怒りの表情をたたえ、腕組みをして沖田を凝視している。腰まであるコートに、だぶだぶでずり落ちたジーンズ、すっかり汚れたスニーカーという格好である。

「ここの人かい？」沖田は親指を倒して、青いテントを指差した。

「失礼だな。指差すな」男は本気で怒っている様子だった。しわがれた声は、荒れた生活を示唆している。酒と煙草……温かな家庭とは無縁の暮らし。

「ああ、失礼」

「人の家を勝手に覗《のぞ》くなよ」やけに強気な態度は、自己防衛のためだろう。ハリネズミのように、外敵から身を守るための棘《とげ》だ。

「家、ねえ」沖田はわざと疑わしげな表情を浮かべ、青いテントにじっくりと視線を投げた。

「だから、人の家を覗くなって」

「覗くも何も、中は見えないじゃないか」

「屁理屈《へりくつ》、言うな」

男が沖田の脇をすり抜け、テントに入ろうとした。無害そうな存在だが、つい一言言ってやりたくなる。

「ここに勝手に住み着いたら、まずいんじゃないか」

「あんた、何なんだ」男が振り向く。怒ってはいたが、わずかに怯《おび》える表情が混じっていた。

「警察」

バッジを示してやると、男が急に肩をすぼめる。沖田から視線を外し、側道のタイルに目を落とした。

「俺は別に、そういう担当じゃないから」所轄の外勤の連中は何をやってるんだと思いながら、沖田は言った。パトカーから降りずに街を流しているだけでは、こういうことには気づかないだろう。怠慢だ。

「だけど、警察だろう」

「警察にだって、いろいろあるんだ。仕事は部署によって違うからね」

「ここから出て行けないんだよ」男が唇を噛み締め、情けない声で言った。

「何で」

「回ってないと駄目なんだ。ここへは来たばかりなんだ」

そういえば、この青テントを見かけたのは今夜が初めてだ。あちこちから追い出されて、ここに辿《たど》り着いたというわけか。

「ここは初めてか？」

「昔から何回も来てる。一か所にはいられないからな」

「この季節はきついだろう」

「いや、今年は特に暖冬だからな」男がようやくにやりと笑った。煙草で黄色くなった歯が覗く。「で、どうすんだよ。追い払うのか？」強気な態度が蘇っていた。

「今夜は、そんな気力もないな」沖田は煙草をくわえた。男が物欲しそうな目で見たので、一本振り出してやる。「この辺、禁煙だからな。タレこまないでくれよ」

「喫煙禁止区域で煙草を吸って捕まった奴なんて、いるのかね」男がにやりと笑う。コートのポケットからライターを取り出し、両手で椀《わん》を作りながら煙草に火を点けた。目を細め、満足そうに煙を夜空に吐き出す。

「警察官としては、何とも言えないな……」ぼそぼそとつぶやきながら、沖田はふと思いついて訊ねてみた。「それより、この場所へは何度も来てるんだな？」

「静かで悪くないよ」男が、盛大に煙を吹き上げながら言った。

「そうか？」沖田は周囲のビルを見回した。対岸のオフィスビル——先日聞き込みをした場所だ——にはまだ灯《あか》りが見える。というより、ほとんどの窓が明るかった。穏やかな環境とは言いにくい。

「ここ、静かだから。夜もよく眠れるんだぜ」

「だろうな」

「物騒なご時世だから、いつ何があってもおかしくない。こういういい場所は、滅多にないんだ」

「ここだって安全じゃない。事件があったの、知ってるか？　去年の春だけど」

「ああ」男が目を細める。唇を引き結び、身じろぎもせずに立ち尽くした。

「その時、ここにいなかったか？」沖田はようやく核心を突いた。

「どうだったかな」男が視線を逸《そ》らす。

「何か見てないか？　見てたなら、教えてくれよ。俺はあの事件を調べてるんだ」

「いや、しかしね……」男が忙《せわ》しなく煙草を吸う。

「何か見てたら、警察の捜査に協力するのは市民の義務だぜ」

「俺は、税金もろくに払ってないんだぜ。真っ当な市民とは言えないんじゃないか」唇が皮肉で歪《ゆが》んだ。

「それでも、あんたたちが事件に巻きこまれれば、俺たちは捜査するよ」

「そうかい」男が肩をすくめる。恐怖は薄れ、普段の自分を取り戻しつつあるようだった。

「まあ、それは警察の事情だろうけどな。俺たちには俺たちの事情がある」

「何の事情だ？」話の糸口にと、沖田は訊ねた。

「あんた、税務署とは関係ないんだろう？」男が疑わしげに訊ねる。

「関係ない」苦笑しながら沖田は答えた。

「ここで俺が何を言っても、税務署にはタレこまない？」しつこい念押しだった。

「あんたが巨額脱税でもしてるとなったら、ちょっと考えるけどな」

「脱税はしてないさ。節税だ」

男がにやりと笑った。元々図太い神経の男なのだろう、と想像する。

「あんたが節税？　そもそも、税金を取られるほど金を持ってるのか？」

「まあな」

男が青いテントをめくった。ドアというわけではなく、ビニールシートの一辺が前に垂れているだけだが、それでも「ドア」に見えるから不思議である。釣りの時に使うような小さな折り畳み椅子《いす》を取り出し、丁寧に広げて腰かける。両足が余り、座りにくそうだったが、気にする様子もない。沖田が渡した煙草を、どこからか取り出した灰皿――アルミ製で、立ち呑《の》み屋などで見かけるものだ――で揉《も》み消し、コートのポケットから新しい煙草を取り出して火を点ける。

「ずいぶん物持ちだな」自分の煙草を持っているなら、奢《おご》る必要はなかった、と少しだけ悔いる。煙草だって安くはないのに。

「大したことはない。リアカー一台で間に合うぐらいだよ。乗らない物は預けてあるし」

「預ける？」

「信頼できるダチのところに、な」

「物を預かってくれる友だちがいるなら、そこに居候ぐらいはできるんじゃないか」

「そんな迷惑はかけられないんだ」男が顔の前で手を振った。「それに俺は、一人が好きでね。本を読んだり、ぼうっと考え事をしたり、それで満足だ」

何なんだ、この男は……どうも、単純なホームレスではないらしい。そういえば顔も髪も汚れていないし、服装もくたびれてはいるが、汚い感じではなかった。

「あんた、何者なんですか」

「正体は明かしたくないんだけどねえ……単なる隠遁《いんとん》生活者だから」

「あの事件の関係で何か知ってて、喋《しゃべ》らないつもりだったら、こんな風に呑気《のんき》にはしていられないいんだけど」

「脅す気かい？」男はまだにやにやしていた。

「必要があると、俺が思えば」

男の笑顔が瞬時に凍りつく。余裕がある振りをしているが、内心は綱渡りではないだろうか、と沖田は想像した。だいたい、ここにこんな風にいること自体が違法なのだし。

「何か知ってるなら、飯ぐらいは奢るよ」

「容疑者に食い物を出したらまずいんじゃないのかね」男の顔の強張《こわば》りが解けた。

「あんた、容疑者なのか？」

男の表情が凍りついた。もしもこの男に勤め人の経験があれば、余計な一言を言ってあちこちでトラブルを巻き起こしていたタイプではないだろうか。

「違うならそれでいい。とにかく俺は、まだ飯を食ってないんだ。一緒にどうですか」

「俺は済ませたよ。ちゃんと牛丼並み、生卵に味噌汁《みそしる》つきでね。体重管理も考えないといけないから、今夜はこれ以上は食えないな」コートの上から腹を撫《な》でる。

「じゃあ、コーヒーでも？」

「コーヒーねえ。あまり好きじゃないんだけど」

「だったら、署で話を聴こうか」

脅すと、男の顔が引き攣《つ》った。この男は恐らく、世間から見えない透明人間になりたいだけなのだろう。どんな事情があるか分からないが――犯罪にかかわっている可能性もないではない――警察とは関係したくない、ということか。だが、俺は離さない。明らかに何か知っていて、もったいぶっている様子なのだ。

よし、今晩のターゲットはこの男だ。現場周辺の聞き込みは後回しにして、搾り取れるだけ搾り取ってやる。

男は相本光男《あいもとみつお》と名乗った。運転免許証で確かめた限り、本名である。二人は、駅の近くにあるチェーンのカフェに陣取った。相本は、大きいサイズのカフェラテに蜂蜜《はちみつ》をたっぷり入れて啜《すす》る。何が体重管理だ、と沖田は少し白けた気分になった。

「別に、隠すようなことは何もないんだけどな」

「じゃあ、何であんなところで暮らしてるんだ。家はどうしたんだよ」沖田は、眠気覚ましのために、エスプレッソをダブルで頼んでいた。

「騙《だま》されたんだよ」

「詐欺？」

「投資話があってね。俺はそれに三千万、突っこんだ」

「そんなに金があるなら――」

「まあまあ、最後まで聞きなさいって。若い人はせっかちでいかんよ」免許証で確認したところ、彼は六十二歳だった。沖田は、ちょうど息子のような年齢に見えるのだろう。「俺はずっと、親の遺産で暮らしてたんだ。株とか、ずいぶん残してもらってね。働かないのは悪いことかもしれないけど、働く必要がなかったんだ」

「それは羨《うらや》ましいことで」皮肉をぶつけたが、相本はまったく動じなかった。

「それがある日――二年ぐらい前かな、古い友だちが投資話を持ちかけてきてね。海外で、海水を淡水化するプロジェクトだっていう話だった。水ビジネスは、日本のこれからの有望株だからってな。上手い調子だったよ。で、俺はその話に金をぶちこんだ。ところがだよ、その友だちっていうのが、金を持って逃げちまったんだ」相本が顔を擦《こす》った。「それだけならまだしも、その男は他から金を借りる時、俺の印鑑を使って、勝手に連帯保証人にしちまったのさ」

「それじゃ、まるっきり犯罪じゃないか」

「そうなんだけど、こっちは気づかなかったんだから、どうしようもない。で、借金取りが俺の周りをうろつくようになった。そういうのが鬱陶しくなって、家を出てきたのさ。ま、天涯孤独の一人暮らしだから、誰かに迷惑をかけるわけでもなし」

「生活費は？」

「親の遺産は、他人には絶対に分からない別口座で管理してるのさ。大きな額じゃないけど、何とか暮らしていけるぐらいの金はある。ただし、家を借りたり、ホテル暮らしは駄目なんだ。そこまでの金はないし、一か所にとどまってると、目につきやすいからな。結局、ちょっとずつ金を引き出して、あちこちをうろついてるのが一番目立たないんだ……まあ、こういう気ままな暮らしが合ってるってこともあるんだけどな。いいもんだぜ」

相本がにやりと笑った。悠然と、ろくに働きもせずに暮らしていた男が、ホームレスの生活に馴染《なじ》んでいるのが、にわかには信じられない。もしかしたら、身の上話は全《すべ》て嘘《うそ》かもしれない、と沖田は思った。

「騙されたんだったら、警察に駆けこむとか、弁護士に相談するとか、いろいろ手があっただろう。あんた、被害者じゃないですか」

「そうなんだけど、なかなか表沙汰《おもてざた》にできないこともあるんだよ」相本が煙草に火を点けた。喫煙席は、煙草の害毒を思い知らせようというつもりなのか、空調の効きがよくない。他の客が吐き出す煙と相まって、空気は白く染まっていた。「その辺、あまり突っこまないで欲しいね」

「分かった……で、あの事件の時なんだけど」

「それ、話さないと駄目かね」

「駄目」沖田は首を振った。「税金を払っていようがいまいが、事件について知っていることを話すのは市民の義務だ」

「お固いねえ」にやりと笑って腕を組む。すぐに解《ほど》き、コートの内ポケットから一冊のノートを取り出した。かなり分厚く、ページに皺が寄っていることから、使いこまれているのは明らかだった。「俺の日記だよ。で、その事件、いつだって？」

「去年の五月十二日。二度目は六月十日」

「二回あったのか？」男がノートから顔を上げる。「殺人事件が？」

「知らないのか？」

「ニュースなんて、知らずに済めば、それにこしたことはないだろうが。今の日本の総理大臣、誰だっけ？」

沖田が冗談に乗ってこないので、相本は咳払《せきばら》いをしてノートをめくった。

「ああ、なるほど」

「何か覚えてるか？」

「五月十二日、だって言ったよな」

「最初の事件は」

「俺はあそこにいたよ」

信用できるのか？　沖田は念のためにノートを見せてもらったが、くねくねした独特の文字で、解読はほとんど不可能だった。彼が言った通りの内容だと言い張るなら、たぶんそうだろうと納得するしかない。

五月十二日の夜、相本は現場のすぐ近くで青テントを張り、うとうとしていた。普通は、終電が行ってしまって人通りがなくなる頃まで寝ないのだが、その日に限ってやけに疲れ、つい眠ってしまっていたのだという。

そのささやかな休憩は、大きな足音に邪魔された。思わず目が覚め、顔を突き出すと、ちょうど背の高い男がテントの脇を走って通り過ぎる所だったという。

「あれは、百九十センチぐらいはあったね。ひょろりとした感じで、電柱みたいだった」

日本人の平均身長を考えると、百九十センチは相当の長身だ。いい目印になる。だが、身長以外の情報が曖昧《あいまい》だった。キャップを目深に被《かぶ》っていたせいもあり、顔までは見えなかったという。服装は、濃紺か黒のポロシャツに、ジーンズ。靴はランニングシューズだったと思うが、はっきりしない——日記にはそこまで詳しく書いてあった。少なくとも相本は、そう証言した。

「五月に半袖？」沖田は疑問を覚えた。

「でかい奴は、あまり寒さを感じないいんじゃないかね」相本がさらりと言った。

「何か荷物は」

「持ってたかもしれないけど、細かいところは見えなかったなあ」

「分かった。現場へ戻ろう。現場というか、あんたの家に」

「何だよ、結局『あそこからどけ』って話になるのか？」

「俺は何も言わないよ。むしろ、ずっとあそこにいてもらった方がいい。連絡が取れなくなったら困るからな。携帯電話、持ってないんだろう？」

「あんなもの、邪魔なだけだ。クソ文明の利器なんか、ね」相本が肩をすくめる。

「じゃあ、どうすればあんたに連絡が取れる？」

「連絡がつかないようにするために、こんな具合に暮らしてるんだけどねえ」相本がにやりと笑う。

「それは駄目だ」沖田は駄目出しをした。「俺は借金取りじゃない。今後捜査が進んで、また確認したいことができた時、連絡が取れませんでした、じゃ困るんだ。そうだ、あんたが荷物を預けてる友だち、いるよな？　その人とはちゃんと連絡を取り合ってるんじゃないのか？　その人を通じて連絡が取れるようにしてくれ」

「それは困る」相本が頑強に拒否した。「友だちに迷惑はかけられない」

「だったら、署の方でお泊まりしてもらうことになるけどな」

相本の頬《ほお》がひくひくと痙攣《けいれん》する。沖田は畳みかけた。

「それも、この事件が解決するまでずっと。いろいろ、手はあるんだぜ」

相本は折れた。沖田は優越感ではなく、強権を発動してしまった後味の悪さを感じながら、彼を伴って店を出た。

必ず定期的に連絡を入れるようにする、と約束して、相本はその場を去って行った。リアカーに必要なもの一式を積みこんでいると言ったのは本当で、ブルーシートを畳むと、すぐに移動の準備が整った。リアカーを引く彼の後ろ姿を、しばし見送る。畳んだブルーシートが、寒風に吹かれてぱたぱたと揺れた。

気を取り直し、もう一度現場の検分を始める。手帳を取り出して大ざっぱな図を描いた。まず、千夏《ちなつ》が倒れていた現場にバツ印。少し離れた所に丸印をつけたが、それが相本のテントの場所だ。図でははっきり表現できないが、実際の現場は運河に沿って少し湾曲しており、相本のテントからは、千夏が襲われた現場は直接は見えない。しかし、声は聞こえなかったのだろうか……いや、それはない。周辺での聞き込みでも、千夏の悲鳴を聞いたという証言は得られていない。犯人は、上手く口を塞《ふさ》いだのだろう。

事件現場から相本のテントの位置まで歩き出す。歩数を数え、大まかに五十メートルは離れていた、と見当をつけた。目がいい人間なら、二人の人間が揉み合う場面をはっきり見ることもできただろうが、夜であり、そもそも相本はテントの中で寝ていた。

少しだけ、不自然なところがある。百九十センチの大男が五十メートルを走りきるのに、どれぐらいかかるだろう。六秒か、七秒か……現役のアスリートで、走ることが専門の人間なら、五秒台ということもあり得る。そのわずかな時間に足音を聞きつけ、目を覚まして外を確認するのは……不可能とは言えない。相本は、自分でも「神経質な人間だ」と言っていた。

向こう――犯人は相本に気づかなかったのだろうか、という疑問が浮かぶ。気づいたかもしれないし、気づかなかったかもしれない。気づいても、顔までは分からないはずだと思ったかもしれない。一瞬でホームレスだと分かり、警察にたれこむはずはないと判断したかもしれない。あるいは本当に焦っていて、まったく気づかなかったか。何とでも想像できる。それこそ、犯人を捕まえてみないと分からない。

そういえば、平山直樹は立派な体格だった。百九十センチはないが、夜目で、しかも寝起きの寝ぼけた頭では、実際の身長よりも大きく見えたのかもしれない。この件、西川に言うべきだろうか……あいつを勢いづけてしまうかもしれない。「やはり平山が絡んでるんだ」と、保美《やすみ》の事件にまで強引に結びつける可能性もある。では、阿部に話すか。彼は平山のことをひとまず脇に置いておいて、変質者の中で高身長の人間に的を絞るかもしれない。そういえば、彼が今目をつけている人間の身長はどれぐらいなのだろう。

「どうしたものかな」

誰に話すか……署に戻るまでに決めよう、と思った。先送りだが、すぐに結論が出せる問題ではない。西川が阿部と普通にコミュニケーションが取れていれば、二人に同時に話せばいいのだが、西川が珍しく感情をむき出しにして阿部を嫌っているので、上手く運ばないと厄介な事になりかねない。

相本は、遺体を直接確認してはいない。何かあったのは直感的に分かったのだが、見るのが恐ろしかった、と言っていた。青テントの中に籠《こも》り、何か起きるのではないかと、恐る恐る待ち続けた。煙草を何本も灰にしたが、自分がそこにいた証拠を残すのを恐れ、全て携帯灰皿に落としこんだ。そのうち、橋の上にパトカーが何台も停《と》まったので、事件だと分かり、慌てて荷物を片づけて移動を始めた。途中、警察官には会わなかったという――沖田は思わず溜息をついた。この男が早めに摑《つか》まっていれば……事件発生直後、「身長百九十センチの男」で手配すれば、犯人に辿り着けた確率は高かったはずなのに。

殺人事件の捜査には、様々な要素がある。命令、その遂行、報告、検討。通常はマニュアルに則《のっと》って淡々と進められるのだが、そこから「運」だけがすり抜けてしまうこともある。そして多くの場合、運に見放された捜査は、行き詰まりがちだ。

相本が、この事件の「運」だったのかもしれない。冴《さ》えない男で、言っていることがどこまで本当かは分からないが、それでも大きな流れの元になる可能性のあった男だ。しかし、摑まえられなかったのは怠慢ではない。相本が自分から逃げ出したのだから、どうしようもなかったのだ。

阿部は、既に運を使い果たしてしまったのだろうか。病気から復帰し、警視の座に上り詰めたことで、これ以上の幸運は回ってこないのか。自分もいつか、そうなるかもしれない。運に頼らず、自力で事件を解決しようと決めてはいるが、時には運が舞いこむよう、祈るような気持ちになることもある。

もっとも俺の運も、もうないかもしれない。人生半分まできて出会った、響子の存在。頬が緩むのを意識しながら、沖田は踵《きびす》を返した。寒風が背中を叩き、すぐに追い抜いていく。

西川はいつも通り、早めに引き上げていた。あれだけむきになっていたのだから、今夜は遅くまで残っているのではないかと思ったのだが、あくまで普段のペースは崩さない男である。これで説明する相手は、必然的に阿部一人に絞られた。少しほっとしながら部屋に荷物を置き、特捜本部に足を踏み入れる。

ちょうど、夜の捜査会議が行われているところだった。三十人ほどの刑事が席につき、順番に報告している。こういうのも無駄だな、と沖田は最近思うようになった。情報の共有は大事なことだが、何も全員集まって、顔を合わせてやる必要はない。何か分かったら報告を上げ、管理者がそれを同報メールで流せば済む話だ。しかし警察の中には、決して変わらない、昔からの流儀がある。

沖田は最後列の椅子に遠慮がちに腰かけた。阿部が気づいた様子だったが、目を合わせようとはせず、報告をしている刑事に視線を集中させている。ぼんやりと聞き流しながら、今日も大した成果はなかったようだな、と沖田は同情した。特捜本部の仕事が長引くと、次第にやる気が失われていく。初動の時と同じ人員、体制でいつまでもやれるわけではなく、節目のタイミング——一か月、三か月、半年で刑事は減らされていく。この特捜本部も、最初は五十人体制、二つ目の事件が起きた後には八十人にまで膨れ上がっていたはずだが、半年以上が過ぎた今は、最盛期の半数以下にまで減ってしまった。一年が過ぎたら、十人ほどが残って、「専属捜査」という名目での、長い敗戦処理に当たることになる。

それまでに何とかしないと。

翌日の指示が与えられ、捜査会議は解散になった。士気が低い。具体的な目標がない状態での打ち合わせは、何も生み出さないのだ。刑事たちがぞろぞろと部屋を出て行き、正面の席に阿部と芝浦署の刑事課長だけが残った。二人は額を寄せ合うようにして、何やら打ち合わせをしている。阿部の額の皺を見る限り、深刻な感じではあったが、刑事課長の表情には生気がなかった。阿部がはっぱをかけているのに対し、機嫌を損ねない程度の愛想で応じているだけかもしれない。

阿部が顔を上げた。何か文句でもあるのか、と言いたそうな、喧嘩腰の表情。沖田は膝を叩いて立ち上がり、ゆっくりと前方へ歩いて行った。立ったまま話すのは気が引け、刑事たちが座っていた最前列に腰を下ろす。面談のように、正面から向き合う格好になった。

「何だ」

「これまで、具体的に容疑者は何人ぐらい浮かんだんですか」

「お前、俺に喧嘩を売っているのか」阿部の顔が瞬時に赤くなる。本気で怒っているのはすぐに見て取れた。

「違いますよ」

慌てて事情を説明する。阿部の顔からゆっくり赤みが引き、冷淡な目が細くなった。

「その情報、確度はどうなんだ」

「かなり高いと思います。ただし、その百九十センチの男が犯人かどうか、確証はありません。不自然には思えますけどね」

「ちょっと待て」

阿部が、傍らのファイルフォルダを引き寄せた。ぱらぱらとめくり、探していたページを見つけ出す。眉間の皺が深くなった。顔を上げると、身を乗り出してフォルダを沖田に渡す。沖田は半分立ち上がりながら受け取り、すぐに目を通した。「芝浦事件周辺　変質者一覧」とタイトルがついた、一枚の表。ざっと二十人の名前が並び、それぞれ住所、勤務先、家族構成や前歴などのデータも添付されている。身長、体重まであった。顔写真つきの、一人一人の詳しい情報は、次のページから始まっているのだが、最初の一枚を見れば取り敢えず欲しい情報は手に入る。上から順番に見て行ったが、百九十センチもある人間は一人もいなかった。一番背の高い男で、百七十五センチ。いくら何でも、見間違えることはないだろう。だいたい、相本が驚くほどの長身だったというのだから、百八十センチ程度でも足りないはずだ。

「この中にはいませんね」

「ああ」

「このリストの中に、間違いなく犯人がいるとお考えですか？」

「それは単なるリストだ」阿部の顔が苦渋に歪む。「被疑者、ではない」

「百九十センチの男、追ってみる価値があるとは思いませんか」

「まあ、そうだな」渋々阿部が認めた。

「俺がやってみます。特捜に手間をかけさせたら、申し訳ないですからね」

「そうか?」

「何か分かったら、その時は手伝ってもらえれば……別に、手柄を独り占めしようとしているわけじゃないですよ」

「そんなことはどうでもいい。俺は犯人が欲しいだけなんだ」阿部が低い声で唸《うな》った。

「何か分かったら連絡してくれ」

「当然です」

彼の顔に浮かんだのは悔しさだろうか。それとも、この件を見逃していた部下の刑事たちに対する怒りだろうか。後者でないことを、沖田は祈った。係は違うが、同僚の刑事たちに雷が落ちるのを見るのは、可哀想《かわいそう》である。しかも相手が阿部となれば尚更《なおさら》だ。

あてがわれた部屋に戻る。さて、百九十センチという特徴はあるが、それ以外に何も分からない人間をどう割り出すか……椅子に浅く腰かけ、テーブルに両足を上げて腕組みをする。前科者の記録を当たる? しかし、身長で抜き出すことが可能だろうか。もしかしたら西川は、独自のデータベースを持っているかもしれない。あいつに助けてもらうのは気が進まないが……仕方ない。私的な感情よりも、仕事優先だ。

西川の携帯に電話をかける。留守電に切り替わったのでメッセージを残してから、運河沿いの聞き込みを再開しようか、と考える。しかし既に夜も遅く、まともな聞き込みはできそうにない。さっさと飯でも食って帰るか……中途半端な感じは残るが、できないことを無理に追いかけても仕方がない。

決断しかねていると、いきなりドアが開いた。阿部が食いついてきたのではと思ったが、立っていたのは無愛想な表情を浮かべたさやかだった。

「庄田はどうした？」

「帰ったみたいですよ」庄田の話題を口にするのが、心底嫌そうだった。

「お前は何で戻って来たんだ？」

「別に理由はないですけど」

ふっと視線を逸らす。帰る方向が庄田と一緒なのが気に食わず、ひとまずここへ寄ったのではないか、と想像した。腕時計を見て、そういえば食事を取り損ねてしまった、と気づく。

「西川へ報告は？」

「済みました」さやかはコートも脱いでいない。本当に、時間潰しをしているだけかもしれない。

「俺にも聞かせてくれ」

「いいんですか？　西川さんと喧嘩してたでしょう」

「捜査には関係ない。飯のついでにどうだ？」

「そうですね……」さやかがちらりと壁の時計を見た。「お酒抜きなら」

「何で？」沖田は思わず眉をひそめた。酒豪のさやかが酒を嫌がるのはどうしてだろう。

「ちょっと、昨日の分が残ってまして」

「ああ、了解。こういう時は、カレーがいいんじゃないか？　近くで一軒、美味《うま》そうなカレー屋があった」

「そうですね」さやかがぐるりと首を回した。「ちょっと汗でもかいた方がいいかもしれません」

「この寒さじゃ、カレーでも汗をかかないかもしれないけどな」

沖田はコートを取り上げた。

ラストオーダー間近のカレー屋に飛びこみ、二人とも二種類のカレーとナンのセットを頼む。カレーは予想していたよりもはるかに辛く、食べ進めていくうちに、沖田の額には汗が滲《にじ》んできた。巨大なナンにカレーをつけずに食べて、悲鳴を上げる舌を何とか宥《なだ》める。

「相当ですね、これ」さやかが辛さを堪《こら》えるように、うつむいて言った。

「アルコール、抜けるだろう」

「何か、体の中で嫌な化学反応を起こしそうなんですけど」

「まさか」

舌を宥めるために、食後にブルーベリー入りのラッシーを頼む。喉《のど》が詰まるような甘ったるさだったが、それで何とか、口内の痛みを中和できた。一方のさやかは、途中から辛さに慣れたようで、平然とした表情でプレーンのラッシーを楽しんでいる。ありがたいことに煙草が吸える店だったので、沖田は一本抜いて火を点け、本題を切り出した。

「で、春日《かすが》利香《りか》の方はどうだった？」

「結論から言えば、詳しいことは何も知りませんでした」さやかが首を振る。手帳を広げ、報告書をまとめるように端的に話し出す。「二十六歳で、浜田千夏とは同い年です。活動を始めたのは大学生の時で、浜田千夏とほぼ同時期ですね。一緒に活動することは多かったんですけど、逆に市田保美についてはほとんど知りませんでした」

「浜田千夏と市田保美の関係についてはどうだ？」

「イベントなんかではよく一緒になっていたようですけど、二人が特別に親しかったという話はないんですよ。市田保美は、やっぱり仕事の延長としてボランティアをやっていたんでしょうね」

「そうか」沖田は顎《あご》を撫でた。「西川の推理は、やっぱり先走りし過ぎだったんじゃないかな」

「それはまだ分かりませんよ。単に、春日利香が二人の関係を知らなかっただけかもしれませんし」

「この件、どうするんだ。西川の指示は？」

「引き続き二人の関係を探るように、ということでした」さやかが、かすかにうんざりしたように唇をへの字にする。「ま、やりますけどね。仕事は仕事ですから」

「一丁前の口をきくようになったな」

「だって、一丁前ですから」強がりの台詞《せりふ》の後には、溜息が漏れ出る。

「俺の方からも、一つ報告がある」

「何ですか」

「目撃者が出たんだ」

沖田は、相本が見た「百九十センチの男」について説明した。さやかは難しい表情を浮かべたまま、沖田の顔を凝視している。乗ってこないな、と途中で分かった。

「あの、偏見じゃないんですけど、ホームレスの人の証言なんてどこまで信じられるんですか?」

「俺は信じた」

「理由は?」

「勘」

さやかが小さく溜息をつく。ストローが入っていた紙袋を小さく丸め、指先で弾《はじ》いた。まったく納得できていない様子だった。

「これは、事件発生に極めて近い時間帯での、初めての目撃証言なんだぞ」

「それは分かりますけど、百九十センチもある人が全力疾走で逃げていったら、他にも目撃者がいると思いませんか？　かなり異様な光景ですよ。今まで証言がなかったのが不自然だと思いますけど」

「それはそうだけど、どんなにたくさん刑事を動員しても、事件の状況を完璧に再現できるわけじゃないんだぜ」

「でも、百九十センチでしょう？　ドイツとかならともかく、日本だったら物凄く目立ちますよ」

「目立つだろうな」沖田はうなずいた。「ただし、それと事件を結びつけて考える他の目撃者がいるかどうかは、疑問だ。AとBと、全然関係なさそうなものの間につながりを見つけるのは、難しいもんだぜ。たとえば、犯行現場から百メートル離れたところでその男が目撃されても、よほど様子がおかしいんじゃない限り、事件と関係あるとは考えないだろう」

「そのホームレスの人は、百九十センチの男が全力疾走しているから、変だと思った」

「しかも直後には、警察官がぞろぞろ集まって、騒がしくなってきた。これだったら、誰でも何かあったと思うよ」沖田は肩をすくめた。

「せめて、事件直後に名乗り出てくれればよかったんですけどねえ」さやかが溜息をつく。

「無理だ。借金取りに追われてるそうだから、表に出るとまずいと思ったんだろう」

「警察が、そんなことを表沙汰にするわけがないですよ」両手を組み、そこに顎を乗せる。

「百九十センチの男を絞りこむ手段、何かないか？」

「冗談でしょう?」さやかが顎を手から離す。「それだけの条件で捜すのは、絶対無理ですよ」

「他の目撃者を捜すしかないか」沖田は唇を引き結んだ。「しかし、半年以上も前の話だからな……」

「見つかる可能性がないとは言えませんけどね」同情したのか、さやかが遠慮がちに言った。「それだけ目立つ人間だったら、誰か見ている人がいたかもしれません。事件と関連づけて考えなかっただけで」

「やるしかないか」沖田は音を立てて頰を張った。「やる前から挫折《ざせつ》してたら、何にもできないからな」

「この件、西川さんには話したんですか?」

「まだだ。摑まらなかったから、携帯に留守電を入れておいたんだけど……」腕時計を見る。「あいつにしては珍しいな。普通は、すぐにコールバックしてくるんだけど」

「家族サービスかもしれませんよ」

「呑気なもんだ」沖田は、皿の上でスプーンを置き直した。ラッシーのお陰で口中の辛さが緩和され、今度はコーヒーが欲しくなってくる。しかし、本格インドカレーの店で美味いコーヒーは期待できないだろう、と思って諦《あきら》める。

「別に、仕事が終わってるんだからいいじゃないですか」

「だけど、お前らはまだ聞き込みしてたんだろう? 戻って来るまで残ってるのが、上司としての役目じゃないか」

「あの、そういうの、ちょっと鬱陶しい感じもするんですよね」さやかが困ったように言った。

「鬱陶しい？」沖田は目を細めた。

「いや、鬱陶しいっていうのは言葉が悪いかもしれないんですけど」さやかが慌てて言い訳した。「待っていられると、逆にプレッシャーになるんですよ。申し訳ないっていうか」

「戻って来て、一言お疲れ様って言われると、ほっとしないか？」

「まあ、それは……」さやかが言葉を濁す。

無駄な会話だな、と沖田は苦笑した。そう言えば自分も、数時間前には捜査会議に意味があるのか、などと考えていたのを思い出す。

じりじり、時が過ぎる。小さな発見。つながるかどうか分からない目撃証言。

夜は長い。

第七章

食事を終えたところで、西川《にしかわ》は無意識のうちに携帯電話を取り出した。誰かが留守番電話にメッセージを残している。サイレントモードにしておいたので、電話がかかってきたのに気づかなかった。沖田《おきた》か……舌打ちして財布を取り出し、美也子《みやこ》に「払っておいてくれ」と頼む。

「仕事?」

「そうじゃなくて、恋の悩みかもしれない」

美也子がにやっと笑いながら、「沖田さんね?」と訊《たず》ねた。

「ああ。ちょっと、電話してくる」

西川は先に店を出た。自宅と最寄駅の中間地点にあるレストラン「光月亭《こうづきてい》」は、昔から行きつけの店である。この店の店員がある事件に巻きこまれ、それからしばらくは疎遠になっていたが、ここのところまた、定期的に家族で訪れるようになっていた。食欲が最大限の年齢である竜彦《たつひこ》でさえ、満腹で動けなくなるような量の料理を出す店である。西川は膨れ上がった腹をさすりながら、店から少し離れた。

沖田を呼び出すと、携帯を手に握っていたかのようにすぐに出た。

「遅いよ」

「ああ、悪い」西川はわざと気楽に言った。喧嘩《けんか》別れした後なので、あまり刺激したくない。「飯、食ってたんだ」

「そりゃどうも。邪魔したな」声が素っ気無い。

「別にいいけど」沖田の言い方があまりにも無愛想なのが気になった。そういえば、彼から電話がかかってきたのは四十分ほど前である。自分にしては待たせ過ぎだった。とはいえ、緊急の用事ではなかったのだ。本当に焦っていたら、沖田は何十回でもリダイヤルボタンを押し続ける。

「で、どうした」

「目撃証言が出たんだ」

「今になって？　まさか」にわかには信じられない情報だった。

「見つけたものはしょうがないだろうが」沖田は、西川の反応に対して、いかにも不満そうだった。

沖田の説明を聞きながら、西川は次第に顔が強張《こわば》ってくるのを感じた。彼の言う通り、身長百九十センチは非常に大きな目印である。行動も怪しい。そして西川は、「ホームレスの証言を信じた」という沖田の判断を信用した。この男は雑で乱暴だが、人を見る目だけはある。一度信じた人間から裏切られたような経験は、ほとんどないはずだ。

しかし、問題の男を見つけるのは難しいだろう。名前も人相も分からない状況で、「身長百九十センチ」という条件だけで探し出すのは、かなり厳しい。

「他に何か特徴はないのか」

「お前こそ、身長百九十センチでデータを引けないのか」

「できないことはないけど……前科者のデータベースを並べて、身長でソートするかな。それぐらいしか思いつかない」西川も強いことは言えなかった。

「やっぱりそうか……」

「問題は、百九十センチの人間が何人出てくるかだ。出てきた人間について潰《つぶ》すことはできると思うけど、そもそも犯人が前科者と決まったわけじゃない」

店を出て来た美也子と竜彦が、西川の顔を覗《のぞ》きこむ。西川は手を振って、先に行くように合図してから電話に集中した。

「そんなことは分かってるよ。でも、そこから始めないと何もできないからな」沖田が食い下がる。

「お前はどうするつもりなんだ？」

「取《と》り敢《あ》えず、近くで目撃者を探す。目立つ人間だから、誰か見ていた人がいるかもしれない」

「ああ……」相槌《あいづち》を打ちながら、西川は同情的な気分になった。無理だ。いくら人数を投入しても、できることとできないことがある。しかしこの男は、一人でもやろうとしている。

ないか」

「庄田《しょうだ》か三井《みつい》か、どっちかを貸してくれよ。お前の方の線も、あまりよくないみたいじゃないか」

「余計なお世話だ……って、誰に聞いたんだ、そんなこと」

「さっきまで三井と飯を食ってた」

「あいつも口が軽いな」

「情報の共有は大事だぜ……とにかく、前科者のデータベースを調べてくれ」

「分かった。じゃあ、明日の朝は芝浦署に来いよ」

「頼む」沖田はすぐに電話を切ってしまった。

妻と息子の背中を追って歩き出す。まったく……情報が出てきたのはいいことだが、筋がよくない。ま、あいつが勝手にやる分には構わないが。西川は、まだ被害者二人の関係に事件の原因があるという考えを捨てられなかった。いや、この考えに基づく捜査は、まだ始まったばかりではないか。

翌朝、西川は早めに出勤し、前歴者のデータベースにアクセスして、抽出条件を検討した。窃盗犯、強盗犯は、当然中に含めねばならない。阿部《あべ》の捜査方針には合意しかねたが、彼が想定している性犯罪者も入れておく。そこから身長百九十センチ以上の人間を抜き出し、さらに服役中、ないし勾留《こうりゅう》中の人間を省く。

——警視庁管内で五人。こんなものか？　しかし日本人の身長の分布を考えると、それほど不自然ではないかもしれない。いや、それにしてもあまりにも少ないような……表計算ソフトで一覧表を作り、昨日追跡捜査係から持ちこんだ小型のプリンター——特捜も所轄も「余分がない」とプリンターの提供を拒んだ——で印刷する。

ちょうど紙が吐き出されてきた時に、沖田がやって来た。顔色はよくない。夕べあれこれ考えていたのだろう、寝不足なのは明らかだった。左腕の時計——手首の幅ぐらいありそうな、巨大な機械式だ——をちらりと見て、西川の向かいに腰を下ろす。庄田もさやかもここに寄らず、直接聞き込みに回っているので、部屋の中は二人きりだ。西川は無言で、一覧表を彼の前に滑らせてやった。沖田も何も言わず、取り上げる。眉根《まゆね》に皺《しわ》を寄せて凝視したが、すぐに「これだけか？」と不満を漏らした。

「俺がすぐにアクセスして調べられた分はな」

「あ、そう」沖田が口を尖《とが》らせる。

「他県警の分は分からない。それは捜査共助課を通して、警察庁にでも確認してくれ」

「面倒臭えな」

「それぐらい、自分でやれよ」西川は鼻を鳴らした。

「顔写真は？」

「それも自分で手に入れてくれ。データベースには入ってるから、引っ張ってくればいい」

「ここまで作ってくれたなら、写真ぐらい添付してくれればいいのに」沖田が一覧表をひらひらと振った。

「俺はそこまで、サービス精神旺盛《おうせい》じゃない」

「ケチな野郎だ」

むっつりした声で言って、沖田が紙コップのコーヒーを飲んだ。署の自動販売機で買ってきたものだろう。そういえば自分も朝一番のコーヒーを飲んでいなかったと思い出し、魔法瓶から注ぐ。鼻腔《びこう》を心地好く刺激する香ばしい匂《にお》いに、つい頬《ほお》が緩んだ。カップ越しに沖田を見ると、紙コップを口元にあてがったまま、一覧表をじっと見ている。まるで、そこから答えが立ち上がってくるのではないか、とでも期待するかのように。

ドアが開き、西川の目は自然にそちらに吸い寄せられた。

「係長」意外な人物の出現に、思わず声を上げてしまう。どうしたんだ、この男は？　普段は、十メートル歩くのも面倒臭そうに、自分のデスクに張りついたままなのに。今回の事件に限っては、特捜本部のある所轄に足を運ぶのは二回目だ。

「おはようさん」鳩山《はとやま》は折り畳み椅子《いす》を持ってきていた。

「どこから持ってきたんですか、それ」西川は訊ねた。

「生活安全課から借りてきた。人数分の椅子もないと不便だろう」

「ここ、普段は四人詰めてるんですけど。一つ増えても足りませんよ」

西川が指摘すると、鳩山が苦笑しながら椅子を広げる。「よいしょ」と声を上げて腰を下ろすと、椅子がかすかな悲鳴を上げた。室内に漂うコーヒーの香りに気づいたのか、鼻をひくつかせたが、西川は無視した。

「どうしたんですか、今朝は」

「なに、督励ってやつだよ」鳩山が丸い顔に笑みを浮かべる。

「それだけですか？　普段、こんなことしないでしょう」

「ああ、本当は違う」鳩山が椅子の背に右腕を引っかけ、体を少し捩《よじ》った。彼にしては高度な柔軟体操かもしれない。「阿部さん、どうしてる」

「いや、別に……分かりませんね。話もしてませんし」

「沖田はどうだ？」

「俺はちゃんと話してますよ。特捜の方針に従って、捜査してます」沖田がしれっとして言った。

「西川は違うのか」

「今まで犯人が捕まっていないどころか、まともな容疑者も浮かんでいないのは、特捜が読みを間違っているからですよ。俺は、別の観点から見てます。被害者二人には、必ず何か共通点があります——殺される理由になるような共通点が」

「だからそれは、お前の妄想だろうが」大袈裟《おおげさ》に溜息《ためいき》をついてから、沖田が反論した。「何、むきになってるんだよ」

「なってない」

「なってる」

「まあまあ」鳩山が苦笑しながら割って入った。「お前らが喧嘩してどうする。とにかく、阿部さんとは上手《うま》くやってくれよ。面倒なことにならないように」

「何でそんなに阿部さんのことを気にするんですか？」西川は素朴な疑問を口にした。「あくまで仕事上のつき合いですよ？　それに、仕事だったら、衝突してもおかしくないでしょう。むしろ、活発な議論と言って欲しいですね」

「阿部さん、ちょっと立場が悪くなっててな」鳩山が髪を撫《な》でつける。「一課の上の方が、交代を検討してるんだ」

「それは異例ですよ」西川はカップを置き、思わず身を乗り出した。特捜本部で指揮を執る管理官は、最後の最後まで責任を負うのが普通だ。もちろん、他に大きな事件が起きてそちらに振られたり、本人が異動したりすれば話は別である。

「あまりにも膠着《こうちゃく》状態が続いてるからな。このままじゃどうしようもないと思ってるんだろう。何しろ二人が犠牲になってるんだし、通り魔は、社会に与える不安も大きい。この辺で人心一新して、てこ入れをしようとしてもおかしくはないよ」

「てこ入れのために、俺たちがここへ来たんじゃないですか」沖田が不満を滲《にじ》ませながら、ぼそっと言った。

「もちろん、こっちはこっちで、ちゃんと仕事すればいい。今問題になっているのは、特捜本体の方だ」

鳩山が口を閉ざすと、重い沈黙が部屋に満ちる。沖田が貧乏揺すりする音だけが、やけに耳障りに響いた。

「あの件が、今でも引っかかってるんだろうなあ」鳩山が溜息をついた。

「どの件ですか」西川は訊ねた。

「最初の事件の後に、特捜の人間が一人辞めてるだろう」

「ああ、一課の若い刑事ですね」瞬時に思い出した。後味の悪い出来事である。

「確かに、叱咤《しった》激励するのは管理者の仕事だけど、阿部さんの言い方にも問題があったんじゃないかね」鳩山が両手で顔を擦《こす》り、渋面を作った。

「だけど、今になってそれを言い出すのは変じゃないですか」西川は首を傾《かし》げた。「処分なら、あの直後にすべきだったでしょう」

「今回の件は、処分じゃないよ。上が何を考えているか、俺にはよく分からない」

それじゃ管理職とは言えないだろう。西川は突っこみかけて言葉を呑《の》みこみ、コーヒーを啜《すす》った。「厳しい男」——阿部に対する評価は、あの一件を機に、さらに強固なものになったと言っていいだろう。最初の事件直後、ちょっとした失敗をした一課の若い刑事を捜査会議の席上で吊《つ》るし上げ、事件が解決しないのはお前のような人間がいるからだ、と罵《ののし》ったのだ。

吊るし上げ自体は、珍しいことではない。警察は基本的に体育会系、上意下達の世界だし、口が悪い人間も多いのだ。昔に比べれば乱暴な人間は減ったものの、他の業種と比較すれば、言葉遣いや態度はずっと激しく、雑である。しかし若い連中は一般的に、怒られたり怒鳴られたりすることに慣れていないから、ショックを受けやすい。一種の通過儀礼でもあるのだが……。

実はその捜査会議の様子は、録音されていた。たまたまICレコーダーを持ちこんでいた一課の刑事が、荒れ模様になってきたのを察知して、どういうつもりか録音してしまったのだ。西川も、その音声ファイルを聞く機会があったのだが、阿部は罵詈《ばり》雑言《ぞうごん》の大家だということが分かった。確かに、若くて経験未熟な刑事なら、あれだけどやしつけられれば震え上がってしまうだろう。西川も、他人事《ひとごと》ながら居心地の悪さを感じたものである。

その件が、今になって問題視されている？　阿部を更迭するための言いがかりだ、と西川は不快感を腹に抱えこんだ。あの男は好きではないが、あまりにもやり方が姑息《こそく》ではないか。

「その若い奴、どうしたんでしたっけ？」沖田が鳩山に訊ねた。

「翌日から登庁拒否。三日後に辞表を出した。一応、引き止めはあったんだぞ？　特捜から外して他の仕事をさせるって言ってな。でも、説得しきれなかった」

「その坊ちゃんにとって、警察は怖いところだったんでしょうねえ」沖田が皮肉を吐いた。

「それぐらいで辞めるような奴だったら、いつか他のことで辞めていた可能性も高かったんじゃないですか。使えない奴は、さっさといなくなってよかった」

「そこまで言ったら可哀想《かわいそう》じゃないか」西川は反論した。

「余計な人間を飼っておくような余裕は、警察にはないんだぜ。それこそ、税金の無駄遣いだ」

「まあ、その辺にしておけ」鳩山が咳払《せきばら》いした。「とにかく、上はいろいろ考えるもんだ。この件はそれきりになってたんだが、捜査がずっと動かないものだから、またぞろ浮上してきてな……捜査員の中には、阿部さんに対する不満を口にする人間も多いし」

「夕べ、捜査会議に顔を出しましたけど、静かなもんでしたよ」と沖田。

「お前、そんな所に首を突っこんでるのか」西川は訊ねた。

「特捜の動きを知っておくのも大事じゃないか。お前みたいにそこに座ったままじゃ、何も分からないんだろうが」沖田が反論する。

「俺だって動いてる」

「お前、椅子フェチじゃないのか？」

「いい加減にしろ」鳩山が怒りを滲ませて言った。「お前らが揉《も》めてると、俺の所に面倒事が回ってくるんだから……とにかくそういうわけで、阿部さんを特捜から下ろす、という案が本格的に検討され始めてるんだ。それで、お前たちが何かとばっちりを受けてないか、心配になって見にきたんだよ」

「お心遣い、恐縮です」馬鹿丁寧に言って、西川は頭を下げた。「だけどこっちは、ちょっと小突かれたぐらいじゃ、何とも思いませんよ。そういう神経は、とっくにすり減ってますから」

「オッサンになると、繊細さがなくなるわけだ」からかうように沖田が言った。

「お前も十分オッサンだろうが」

沖田がさらに言い返してくるだろうと思ったが、彼は黙ってコーヒーを飲み干し、コートを摑《つか》んで立ち上がった。

「ちょっと調べている線があるんで。係長、他に用事がなければ――」

「ああ、いいよ。ご苦労さん。とにかく阿部さんを刺激しないようにしてくれ」

「俺は問題ないですよ。そこにいる椅子フェチがどうかは知りませんけどね」にやりと笑い、西川が反論する前に沖田は出て行ってしまった。

「お前ら、もう少し普通にできないのか?」鳩山が溜息をつく。

「これが普通ですから」釣られて、西川もつい溜息をついてしまった。「もう慣れてますよ」


デスクワークに行き詰まり、庄田とさやかからも連絡がなく、西川は気晴らしに外へ出た。ふらりと現場に足を向ける。

千夏《ちなつ》が殺された場所に立つ。側道は右に緩くカーブを描いており、途中、街路樹の植え込みやベンチで細くなっている部分があるせいもあって、見通しは悪い。今は昼間だから、それなりに遠くまで見えるが、夜だと視界は極端に悪化するだろう。街灯も心もとない。

西川は街路樹の横にあるベンチに腰かけた。確かこのすぐ近くまで、靴が飛ばされていたはずである。あれはいったい何なのだろう……捜査には、解けない謎《なぞ》が残りがちだ。最終的には、公判維持に関係なければ放置されてしまうが、西川には一つの夢がある。全《すべ》ての謎がぴたりとはまり、一分《いちぶ》の隙《すき》もないほど完璧《かんぺき》な捜査をする——まず不可能なのは分かっていたが、夢も持たない人生はつまらない。数式のような調書が理想だった。

足を組み、冷たい風が顔を撫でていくのに任せる。近くの橋の上を通り過ぎる車の音、切れ切れに聞こえてくる歩行者の会話……比較的賑《にぎ》やかな場所だ。おそらく、真夜中になるまで、人通りが切れることはないだろう。しかも運河の両側には、マンションや雑居ビルがずらりと建ち並んでいる。

通り魔、ね……何故《なぜ》か白けた気分になった。通り魔は闇《やみ》を狙《ねら》う。人に見られず目的を遂げるには、闇は必須の舞台なのだ。この辺も決して明るい訳ではないが、通り魔が躊躇《ちゅうちょ》するぐらいには光がある。

どうしても、顔見知りによる犯行という線が捨てられない。この場所——被害者二人にとっての帰り道で、犯人が襲う必然性があったに違いないのだ。駅の周辺はもっと賑やかだし、家の近くはリスクが高い。犯人なりに、考え抜いて決めた襲撃現場だったのではないだろうか。

両肘《ひじ》を膝《ひざ》に置き、前屈《まえかが》みになる。今日は比較的穏やかな一日で、陽射しも暖かいが、足下を吹き抜ける風はやはり冷たい。ふと、手すりに両腕を預けて運河を見ている一人の男に気づいた。二十代……後半といったところか。若い連中の間で流行《はや》っている、腿《もも》の半ばまでしか長さのないコートに、先の尖《とが》った長い靴。背中は丸まり、長い髪がかすかに風に揺れていた。いつからそこにいたのだろう。この側道備えつけの彫刻作品のようだった。髪さえ動いていなければ……やがて男が肩を上下させ、深々と溜息をついた。ゆっくりと踵《きびす》を返し、少しうつむいたまま西川の方を向く。

三田《みた》だ、と分かった。入社後、千夏がつき合っていたという、三田洋介《ようすけ》。明らかに隠し撮りされた顔写真が、調書に添付されていたのを思い出す。当時、捜査本部から長時間にわたって事情聴取を受けた記録がある。最初の頃、アリバイがはっきりしていなかったのだ。供述によると、「泥酔していた」。会社の呑み会が午後六時からあり、二次会で完全に出来上がってしまったのだという。その時点で午後十時過ぎ。二次会の場所は新橋だったというから、犯行現場へ立ち寄る時間は十分過ぎるほどあった。本人は、その後別の店へ一人で行った、と主張したのだが、あまりにも酔っていて、どこの店だったのかまったく記憶にないという。気づいた時には午前二時で、自宅マンションのドアの前で寝ていた。

アリバイが徹底的に洗われたことだけは間違いない。行きつけの呑み屋、同期の連中の証言……結局、二次会が行われたカラオケボックスの近くのバーにいたことが確認されたのだが、そのアリバイを潰すだけで一週間かかっている。その間、三田は生きた心地がしなかっただろう。

それにしても、特捜の動きは遅い。効率が悪過ぎる。

調書には「終始非協力的。アリバイが成立したことは別にして、要観察」の但《ただ》し書きがついていた。誰かに頼んで襲わせた、とでも考えた刑事がいたのかもしれない。あれから半年以上、彼にはまだ監視がついているのだろうか。当時、阿部がこの男の存在に食いついたことは容易に想像できる。刑事たちの尻を叩《たた》き、「絶対に吐かせろ」と発破をかけ、結果的に三田を精神的に追いこんだ——しかも、結果はゼロ。最悪だ。

西川は膝を叩いて立ち上がった。「ぽん」という音に、三田がびくりと肩を震わせ、一瞬だけこちらを見る。すぐに目を逸《そ》らして、西川の前を通り過ぎようとしたが、西川はすっと移動して彼の動線を塞《ふさ》いだ。ボールを挟んで駆け引きするサッカー選手のように、二人の体が左右に揺れ動いたが、最後は三田が抜け出して、西川を振り切ろうとした。西川はすっと手を伸ばし、彼の腕を掴んだ。三田は怒るより、怯《おび》えた表情を浮かべた。

「警察です」バッジを取り出し、顔の前に示してやった。「捜査二課の西川です」

諦《あきら》めたように、三田が溜息をつく。全身から力を抜き、「休め」の姿勢をとったので、西川は彼の腕を解放した。

「何ですか、今さら」

「あなたこそ、何でこんな所にいるんですか」

「営業ですから」

「外回りの最中？」

「そうですよ」口を尖らせて強弁したが、口調には力がなかった。

「ちょっといいですか。話をする時間ぐらいは……」

「いいですよ」また溜息をつく。「駄目だって言っても、警察の人は許してくれないでしょう」

　苦笑しながら、西川は先ほどまで座っていたベンチに三田を誘った。半円形のベンチなので、少し距離を置くと、互いにそっぽをむく格好になる。西川は座り直して、少し距離を詰めた。嫌そうに、三田が西川の顔をちらりと見る。

「そう嫌そうにしなくても」

「うんざりなんです、正直言って」

「分かる」西川は静かにうなずいた。「事件の直後はだいぶ突《つつ》かれたみたいだね」

「他人事みたいに言わないで下さいよ」

「俺は、発生当時は捜査に加わっていなかったんだ」

「そんなの、俺には関係ないでしょう」

「そうだな」

　がっくりとうなだれた三田が、何とか気を取り直したように頭を上げた。煙草をくわえ、唇の端でぶらぶらさせたが、火を点《つ》ける様子はない。精神安定剤のつもりだろうか。

「煙草ぐらい、吸ってもいいけど」

「ここも禁煙なんですよ」

「そうか」

「で、何の用なんですか」どこか諦めたように、三田が訊ねる。

「たまたま会ったから、ご挨拶《あいさつ》ぐらいしておこうと思って」

「何ですか、それ」三田が煙草をパッケージに戻した。拳《こぶし》を固めて額に押し当て、ぐりぐりと動かす。

「言った通りだけど」

「永遠に、こんな感じでまとわりつくんですか」

「犯人が捕まっていない以上は、ある程度覚悟してもらった方がいいと思うよ」

はあ、と溜息をつき、三田が天を見上げた。よく晴れた、高い空。しかしあの事件以降、彼の心が冬の青空のように晴れたことは一度たりともないだろう。容疑者扱いされて、しかもまだ犯人が見つかっていない状況では、心穏やかでいられるはずがない。しかし、それとは別の悩みもありそうな雰囲気である。西川は思い切ってそこに突っこんだ。

「彼女と話しに来た？」

「そんなんじゃないですよ。死んだ人と話せるわけ、ないでしょう」三田が歪《ゆが》んだ笑みを浮かべた。

「その場の空気を感じられればいい、という人もいるみたいだけど」

「俺には分かりませんね」三田が両手を広げ、ちらりと西川の顔を見た。調書に添付された写真とは、顔つきがだいぶ違う。元々、今時の若者に特有の、覇気がない顔つきだったようだが、この半年で急激に年を取った感じが窺《うかが》えた。基本的な顔立ちは若いのに、目の周りの皺が目立ち、頬も少し垂れていた。急激に痩《や》せると、皮膚が余ってこんな顔になることがある。

「事件が起きて、どう思った?」

「どうもこうも……」三田が激しく頭《かぶり》を振った。「いきなりですから」

「別れてからどれぐらい経《た》ってたんですか?」

「一年ぐらい、ですかね。俺の方が仕事が忙しくて、どうしようもなくなって。でも彼女も、ボランティアに一生懸命になってましたからね。お互い忙しくて会う時間がなくなると……分かるでしょう?」三田がもどかしげに両手を動かした。

「ああ」だから家族の時間は大事にしなければならない。西川は、昨夜の光月亭での食事を思い出していた。そろそろ、竜彦は鬱陶《うっとう》しがる気持ちを隠そうとしなくなってきたのだが、それでも月に一度は、強引に家族を外食に誘う。「その後は、友人関係?」

「あのですね」三田が急に強気な口調になった。「そんな簡単に、割り切れるもんじゃないんですよ。同じ会社で、顔を合わせる機会も多いし……別れてからは、気まずくてほとんど話もしてませんでした」

「気まずいというか、恨んでたわけじゃないんですか?」

「その件、警察には散々聴かれましたけど」我慢しきれなくなったのか、三田が素早く煙草に火を点けた。「気まずい以上のことはないですよ。よりを戻そうとか考えたこともないし。それに今の状態じゃ、忙しくて、誰かとつき合うなんて無理なんです」

「彼女の方は?」

「彼女は彼女で、上手くやってたんじゃないですか」三田が、どこか悔しそうに唇を歪めて言った。

「他の男、ということ？」

「知らないけど、そういうことがあってもおかしくない」

「そういう人だったんだ」

「たぶん」三田がうつむき、立ち上がる煙草の煙を見つめた。「別に詮索《せんさく》はしないけど、そういう話、いろんな所から噂《うわさ》で入ってくるでしょう」

「じゃあ、亡くなった時にも、つき合ってた人はいたのかな」

「どうですかね。俺には関係ないし」まだ長い煙草を、三田が携帯灰皿に押しこんだ。

「じゃあ、どうしてここへ？」

ぽかんと口を開けたまま、三田が西川の顔を見た。すぐに口は閉じたものの、目の空《うつ》ろさに変わりはなかった。

「供養、じゃないのかな」

「そんなの、自分でも説明できませんよ」三田がゆっくりと視線を落とし、足元のタイルに目をやった。

「もしも警察が不快な思いをさせていたなら、申し訳ない」

驚いたように、三田が目を見開いた。すぐに、皮肉な笑みを浮かべる。

「警察の人にそんなことを言われるなんて、思ってもいませんでしたよ」

「俺は客観的に捜査を見られる立場だから」

「そうですか」

また溜息。これで何度目だろう、と西川は同情した。この男の心に巣くったショックは、深い所まで食いこんでおり、簡単には抜けないだろう。性質《たち》の悪い棘《とげ》のようなものだ。

「何か思い出したら、俺にも教えてくれないかな」

西川は、名刺の裏に携帯電話の番号を書いて渡した。三田は、しばらくその名刺を凝視していたが、やがて丁寧に名刺入れにしまいこんだ。本当は破り捨てたいのだろうが、営業マンとしての常識が邪魔したのだろう。名刺一枚で機嫌が直るなら、破るなり捨てるなり好きにしてくれればいいのに。しかし三田の態度は、あくまで丁寧なものだった。首を捻《ひね》って、空ろな視線を西川に向けると、「忘れようと思ってることを思い出せなんて、ちょっと残酷ですよね」と文句を言った。

それを別れの挨拶代わりにして、三田が立ち上がる。この男と会うことは二度とないのではないか、と西川は思った。


芝浦署へ帰ると、庄田が部屋で待っていた。今戻って来たばかりのようで、コートも脱いでいない。

「どうした」報告なら電話で済むはずなのにと思いながら、西川は訊ねた。

「事件当時、浜田千夏とつき合っていた男がいたそうです」

「何だって?」三田と別れた後につき合っていたのは、その男か。タイミングのよさに、西川は鼓動が激しくなるのを感じた。

「大学時代の友だちから聞き出したんですけど、やっぱり大学の同級生で」

「平山直樹じゃないのか」

「違います」

西川は、先ほどの三田の態度を思い出していた。「知らないけど、そういうことがあってもおかしくない」。三田は、千夏の多情ぶりにうんざりして別れた、というのが本当のところかもしれない。もう少し突っこんで聞き出せなかったのを悔いた。

「特捜は、その人間の存在を知ってるのか？」

「知らないと思います」庄田が薄い笑みを浮かべて胸を張った。

特捜本部と競争をしているわけではないが、阿部を出し抜けるかと思うと、自然に胸が高鳴る。

「コートは脱がなくていい」西川は庄田に声をかけた。「すぐに出かけよう」

小沢貴司《おざわたかし》、二十六歳。職業、スポーツジムのインストラクター。どうして自分は変な形でジムに縁があるのだろう、と西川は不思議に思った。以前も、沖田と一緒にジムで張り込みをしたことがある。会員らしく見えるようにと、ぴっちりしたトレーニングウエアに着替えて。あれは今でも赤面物の体験だった。

青山にあるジムは、三フロアに分かれていた。十三階が受付とロッカールーム、十四階がプールで、十五階がスタジオとウエイトトレーニングルームという構成である。さやかが待機しているという話だったが、彼女の姿は受付では見当たらなかった。

「監視してるのかもしれません」と、庄田が顎《あご》を擦《さす》りながら言った。

「小沢が逃げ出すような状況なのか」

「そんなことはないと思います。あいつのことだから、勝手に暴走してるんじゃないですか」不快気に庄田が吐き捨てた。

ジムはいかにも高級そうで、受付は一流企業のそれを彷彿《ほうふつ》させた。緩く湾曲したカウンターの向こうには、ブレザー姿の女性が一人、トレーニングウエアを着た若い男が一人、控えている。援軍の到着に、事態の大きさを実感したのか、女性が泣きそうな表情を浮かべた。西川は微笑しながらゆっくりとうなずきかけ、状況を訊ねた。小沢は、スタジオでのエアロビクス系のレッスンを終え、現在個人レッスンに取りかかっているという。

「人気なんですね」

「ええ、まあ」西川の軽口に応じる余裕は、受付の女性にはないようだった。表情が硬い。

「いつ頃終わりますか」

「あと十分ほどです」

「では、待ちます。上ですね？」西川は人差し指を立てて天井に向けた。

「はい」

やり取りの間、まったく無言だった隣の男性に目を向ける。体にぴたりと合ったポロシャツにショートパンツは、トレーナーの制服なのだろう。いかにも鍛えていそうな体型なのに、同僚の女性のピンチに、まったく口出ししようとしなかった。けしからん男だ、と思いながら、西川は庄田を連れて階段を上がった。

二階上の広いフロアは、正面が小さなカウンターとドリンクのケース、右側がエアロバイクとランニングマシーンのスペースになっている。左側がマシンジム。エアロビクスなどに使うスタジオは、ここからは直接見えない奥の方にあるようだった。階段の横にあるベンチに腰かけたさやかがちらりとこちらを向いたが、立とうとはせず、すぐにマシンジムの方に視線を戻してしまった。西川はベンチの横に立ち、彼女の視線を追う。それほど広くないフロアに、何人かがマットを敷き、ストレッチをしていた。トレーナーの制服であるポロシャツ姿の若い男性は、一人だけ。相手をしているのは、中年というより初老にさしかかった女性だった。仰向《あおむ》けになった女性の左腿を無理矢理捻《ね》じ曲げ、上から体重をかけている。女性の顔に浮かんでいるのは、明らかに苦悶《くもん》の表情だった。こちらに背中を向けているので顔は分からないが、小沢の綺麗《きれい》な逆三角形の背中、程よく筋肉のついた二の腕が目立つ。

西川はさやかの脇に腰を下ろした。さやかがわずかに腰を浮かして距離を置く。西川はささやくような声で訊ねた。

「彼の出身大学には、体育学部でもあるのか？」

「ないと思いますけど」戸惑いながら、さやかがこちらに顔を見せた。

「だったら、何でこんな所で働いてるのかな」

「さあ」首を捻ったさやかが、次の瞬間には身を硬くした。

立ち上がった小沢が、「はい、お疲れ様でした」と明るい声で終了を告げる。それから小声で細かい指示を与えていたが、振り返って西川たちの顔を見た瞬間、顔を引き攣《つ》らせる。既に「警察が来ている」と聞かされているのだろう。

西川は一歩前へ進み出て、小沢の正面に立った。さやかと庄田が、素早く小沢を挟みこむ。小沢は左右を見回して、唇をゆっくりと舐《な》めた。

「警視庁捜査一課追跡捜査係の西川です。少し話を聴かせて下さい」

「……はい」

先ほどの張りのある明るい声は消え、自信なげな口調になっていた。

「場所は……」西川は周囲を見回し、自分たちが浮いているのを意識した。トレーニングウエアを着ている人ばかりで、ビジネス用の格好をしているのは自分たちだけ。汗を流させるためなのか、エアコンの温度は高めに設定されているようで、西川はワイシャツの内側を汗が流れ始めるのを感じた。

小沢も困っている様子だった。事務室や、トレーナー用の更衣室を使うわけにもいくまい。ましてや、皆がトレーニングをしている場所の一角で、というのも……突然思いついたように、小沢が顔を上げた。

「プールでどうですか」

「プール?」

小沢が壁の時計を見上げた。

「今の時間、あまり人がいないんです」

「外へ出てもいいんですけど」

「時間がありません」今度は腕時計を見る。機械式時計好きの沖田が見たら鼻を鳴らして馬鹿にしそうな、デジタル時計だった。「三十分後に、次のレッスンの予定がありまして」

「分かりました。では、プールで」

同意してはみたものの、実際に行ってみると、これまでに経験したことのない奇妙な事情聴取となった。プールは四レーンしかない、細長い二十五メートルコース。静かに水が波打ち、コースロープを揺らしていた。広い窓から陽光が降り注ぎ、室内を暖めている。エアコンも効いており、やはり汗をかくような室温になっていた。

「どうぞ」小沢が指し示したのは、一人がけのメッシュの椅子だった。これではどうにも締まらないが……仕方がない。西川は二つの椅子を向き合うように置き直し、座った。一瞬躊躇した後、小沢が向かいの椅子に腰を下ろす。

正面から向かい合って、改めて小沢を観察する。百八十センチ近い長身、広い肩幅に締まったウエスト。顔立ちも爽《さわ》やかだったが、今は暗い影が射していた。椅子が低いせいか、股《また》を大きく開いて貧乏揺すりをしている。

「あなた、浜田千夏さんとつき合ってましたね」

「いや、あの……」爽やかなルックスに似合わない、歯切れの悪い口調だった。

「そういう情報が入っています。どうなんですか？」西川は遠慮せずに突っこんだ。こういう曖昧《あいまい》な態度を取る人間は、必ず何か隠しているものである。

「ちょっと、そういう感じじゃないんですが」

「じゃあ、どういう感じなんですか」

「つき合ってたと言っていいかどうか……会ってから一か月ぐらいしか経っていない時に、あんなことがあって」

「千夏さんと同じ大学でしょう？　学生時代は知らなかったんですか」

「学部が違いましたから」

「あなたは？」

「経済学部です」

「で、このジムで働いている？」千夏は文学部だったな、と思い出す。

「経済学部というか、アメフト部でした」小沢が困ったような笑みを浮かべた。

「ああ、大学へはスポーツ推薦か何かで？」

「ええ」

その後、社会人チームへは進めなかったか……不況のせいで、企業スポーツは縮小傾向にある。採用する選手の数も減っているだろう。結局、このジムのトレーナーとして職を得た、といったところか。

「で、どういった経緯《いきさつ》で千夏さんと知り合ったんですか」

「あの、フリーマーケットで」

「いつですか?」西川は、頭の中で情報が音を立てて回り出すのを感じた。

「ええと、去年の四月です」

「場所は」

「渋谷のデパートの屋上でした。うちのジムの仲間と参加して。隣で店を広げてたんで、話してるうちに、大学が一緒だって分かったんです」

「で?」やはりあの時か。西川は、握り締めた拳《こぶし》に力を入れた。

「そう言われても……」小沢の顔に困惑が浮かぶ。「一、二回デートしただけですから」

「一回、それとも二回?」

小沢があからさまにうんざりした表情を浮かべる。左手で右手の甲を擦りながら、視線をあちこちに漂わせる。

「覚えてないですよ」

「たかが半年ちょっと前のことですよ? しかも相手はその後、殺されている。印象は強烈なんじゃないかな」

「いや、そういうわけでも……」殺されて、という言葉に反応したのか、小沢の顔が歪む。

「そのフリーマーケットで、市田保美《いちだやすみ》さんという人と会いませんでしたか?」

「誰ですか?」小沢の顔に、さらに戸惑いが広がった。

「市田保美。同じNPOで、千夏さんと活動していた人ですよ」

「何人か一緒にいましたけど、他の人の名前は……」

「ちょっと、署の方に来てもらえませんかね」

「はい？」小沢が驚いて目を見開いた。「どういうことですか？」

「ここも、もうすぐ使う人がいるんでしょう」西川はプールの水面を見詰めた。照明と外光で、複雑に光って眩《まぶ》しいほどである。「落ち着いて話ができない。静かなところで、きちんと話がしたいですね」

「それって、どういうことですか」小沢が立ち上がった。握り締めた両の拳が震えている。

「俺、容疑者なんですか」

「容疑者なのかどうか、話を聴かせてもらわないと判断できないでしょう。千夏さんが殺される直前、一番近くにいたのはあなたじゃないのかな」

「まさか」小沢がじりじりと後ずさった。誰かが迫っているわけでもないのに……。

「危ない！」さやかが叫ぶ。

しかしその忠告は、無駄になった。プールの縁まで下がっていた小沢が、足を滑らせて後ろ向きにプールに落ちる。高く跳ね上がった水飛沫《しぶき》が、細かい粒となってプールに落ち、水面を白く染めた。勢いよく沈没した小沢が、水を掻《か》きながら、ゆっくりと浮き上がる。濡《ぬ》れてぺったりと額に張りついた髪のせいで、表情はひと際情けなくなっている。それを見た西川は、この男を容疑者と考えていいのかどうか、分からなくなっていた。

「信用できるのか」阿部は頭から疑ってかかった。

「つき合っていたことは、本人も認めています」

「さぞかしいい気分だろうな」阿部が鼻を鳴らす。「特捜で見つけられなかった人間を見つけてきて、鼻高々だろう」

「若い連中がいい働きをしてくれました」淡々とした口調で西川は言った。

「そうか」

阿部が窓に近づいた。取調室の窓はマジックミラーになっており、内側からは鏡にしか見えない。中では、庄田と相対した小沢が、大きな体を縮こまらせていた。気の毒なほどの憔悴《しょうすい》ぶりで、目は充血している。

「でかい男だが、百九十センチはないな」

「自己申告では、百八十二センチだそうです。夜目では、もっと大きく見えるかもしれませんよ」

「あれが、問題の百九十センチの男だというのか？」

「あるいは、そういう大男は、そもそも事件には何の関係もなかったのかもしれません。あれぐらいの体格があれば、相手に抵抗を許さずに殺すことも簡単だと思います。浜田千夏は、百五十五センチしかありませんし」

「逮捕するのか？」

「まだですね。少し絞って、容疑を固めないと」

「今でも、家にガサぐらいはかけられるだろう」声に焦りが感じられる。

「現状では、まだ難しいと思います」仮にあの男が犯人であっても、事件は半年以上前である。奪った金やカード類を、そのまま保管しているとは思えない。家宅捜索には期待できないだろう。

「だったらどうする」

「取り敢えず絞り上げます」

「特捜としては、手は出さないぞ」阿部の口調は、あくまで冷徹だった。

「こちらの責任でやりますから」

阿部はうなずきもせず、取調室の中を一瞥《いちべつ》しただけで去って行った。しかし、その背中に悔しさが滲むのを、西川ははっきりと見て取った。爆発しなかったのは不思議だな、と思う。しかし爆発すれば、自分の失敗を認めることにもなるのだ、必死で耐えているのだろう。同時に、どうやってこの一件を自分の手柄にしようかと策をめぐらしているのではないか、と思った。まあ、これで事件が大きく動き、彼が何か言ってきたら、その時はその時だ。自分たちが小沢を見つけ出してきたのは間違いないのだから。

取調室に入ると、西川は庄田の粘っこい取り調べに驚いた。この男の取調室での様子を見るのは初めてだったが、わずかに残る東北弁のイントネーションが、しつこい性格を感じさせる。

「犯行当日、何をしていたか、説明して下さい」

「いつも通り仕事に出て……」

「毎日定時なんですか？」

「いや、あの、早番と遅番があって」

「その日は？」

「早番でした。朝七時から午後四時まで」

二人のやり取りを記録するさやかが、リズミカルにパソコンのキーボードを叩く。庄田は、彼女がメモを取りやすいように、ゆっくりした口調で喋《しゃべ》っているのかもしれない。

「仕事が終わった後はどうしましたか」

「もちろん、家へ帰って」

「家に着いたのは？」

「五時ぐらいです。ちょっと買い物をしていたので」

「どこで何を買っていたか、教えてもらえますか」

庄田、そこは突っこみどころじゃない。西川は壁から背中を引き剝《は》がして介入しようとしたが、庄田が発する妙な迫力に邪魔されて、口を挟めなかった。

「覚えてませんよ。スーパーに寄っただけですから」

「どうしてスーパーに寄ったことを覚えてるんですか？　半年以上も前のことですよ」

「早番の日は、いつも大抵、帰りにスーパーに寄るんです。遅番の時は十一時までジムにいますから、帰る頃にはスーパーが閉まってるんで」

「大抵、と言いましたね」庄田が身を乗り出し、握り締めたボールペンでデスクを叩いた。

「そうじゃない時もあるんですか」

「それは、まあ……ありますけど……」小沢の顔に困惑の表情が浮かんだ。

「その日――五月十二日にスーパーに寄ったことを、証明できますか」

「分かりませんよ」小沢がうんざりしたように言って、椅子に背中を押しつけた。「レシートとか、ですか？　あんなもの、すぐ捨てるでしょう。店員だって、俺の顔なんか覚えてないはずですよ」ほとんど自棄《やけ》になった口調だった。

「ということは、その日のその後の行動も、説明できませんよね」庄田がさらに突っこんだ。

「自分のトレーニングをした……と思いますけど」

「言い切れますか」

「早番の時は、だいたいそうしてるんです。帰ってすぐ、家の近くを五キロぐらい走って、後はストレッチと……」

「あの日もそうだったんですか？」

庄田は追及の手を緩めなかった。小沢が沈黙する。腕組みをし、目を閉じてじっと静止していたが、しばらく待っても答えは出てこなかった。

「去年の五月十二日は、雨でした」突然、さやかが声を上げた。「午後から夕方まで、かなり激しい雨が降った記録が残っています。二十三区内に大雨洪水警報が出たぐらいでしたから、相当の雨だったはずですよ。東京地方で雨が上がったのは、夜八時頃です。そんな雨の中で、ジョギングができますか?」

歯切れのいい突っこみ。天気関係のサイトでも確認したのだろう。

「いや、それは……」小沢が首を振る。「降ってたら、走らなかったかも……」

「だったらその日は、夕方から夜にかけて、どこで何をしていたんですか」

援軍を得た庄田の追及に、小沢がまた黙りこむ。さやかが立ち上がり、デスクに近づいた。両手をつき、小沢に覆い被《かぶ》さるようにして、返答を強いる。小柄なさやかが、巨漢の小沢を圧倒してしまっていた。

「まあ、半年以上も前のことだから」西川も加わった。三人がかりの取り調べは、威圧的だとして問題になるかもしれないが、小沢の曖昧な態度が引っかかる。明らかに何かを隠している様子で、ここでどうしても疑問点を潰しておかなければならなかった。「時間はありますよ。ゆっくり思い出してくれればいい」

「いや、だけど」小沢の声は震えていた。

「緊張しないで」西川は意識して、ゆったりした口調で言った。「焦らなくても、いずれは思い出すものだから」

小沢が顔を上げる。喉仏《のどぼとけ》がゆっくりと上下した。仮に何もやっていないとしたら、まずそれを強調するはずだ。「やっていない」という台詞《せりふ》を繰り返し、自分の無実を強調するはずである。しかし小沢は、記憶の曖昧さを訴えるだけで、否定をしない。どこか不自然な感じがした。西川は再び壁に背中を預け、腕組みをした。庄田がゆっくりと身を乗り出す。東北弁の粘っこいイントネーションが小沢を絡め取り、彼の肩が緊張でまた盛り上がるのが見えた。

第八章

「どういうことですか？」

沖田《おきた》は思わず、携帯電話をきつく握り締めた。目の前には、自動車修理工の前田《まえだ》がいる。かしこまって背中を丸めていたのだが、沖田の集中力が携帯電話に向かったので、一瞬背筋を伸ばして息を漏らした。身長百九十二センチ、沖田より二十センチほども背が高く、立ち上がると見上げるほどである。沖田は右手を上げて、電話に出てしまったことを謝罪し、彼に背中を向けた。勤め先の自動車修理工場なので、逃げ出す場所もないだろう。だいたい、この電話には出なければならなかったのだ。阿部《あべ》からの連絡というのが意外で、「何かあったのでは」という疑念が一瞬で膨れ上がったから。

「どうもこうも、今言った通りなんだが」

「そうですか……」

西川《にしかわ》が重要参考人を押さえた。

千夏《ちなつ》が、殺される直前に交際していた相手がいたということは、特捜本部でも摑《つか》んでいなかったのだから、阿部にすれば「出し抜かれた」という悔しさが強いだろう。一方で、これで事件が解決すれば、と願う気持ちもないわけではないはずだ。

「捜査なんだから、やれることは何でもやっておくべきだな」阿部の声からは、いつもの傲慢《ごうまん》さも自信も消えていた。

「ええ」

「しかし、西川はこういう人間なのか？　もっと慎重かと思っていたが」

「あいつだって、やる時はやるでしょう」本当に、と自問しながら答え、煙草《タバコ》をくわえる。

「ここが勝負所と思ってるのかもしれません」

「強引過ぎる」阿部が断じた。「今、取り調べにかかっているが、先行きが心配だ。被疑者――被害者とつき合っていた男も、容疑を否定している。強い否定じゃないがな」

「強く言えないなら、嘘《うそ》をついてるのかもしれませんよ」

「あれは、嘘じゃないな」阿部が言った。「いきなり引っ張ってこられて、何が何だか分かっていない状況だと思う。普通の人間だったら、頭に血が上って、まともな反応はできないだろう」

「まあ、そうでしょうね」プロの犯罪者でもない限りは。警察慣れしている人間は、状況に合わせて態度を変えられる。ふてぶてしくなったり、必死で反省して見せたり。様々な演技を使い、自分に有利な状況を作り出そうとするのだ。しかし普通の人間は、必ず慌てふためく。パニックになる。何を言っていいか分からず、支離滅裂な発言を繰り返すこともしばしばだ。

「お前、西川を監視しておいてくれないか」

「俺ですか?」思い切り煙を吸いこんでしまい、むせる。「今、聞き込みの最中なんですけど」

「同じ係として、暴走を止めるのは当然の義務だろうが」

「……分かりました」

特捜としては責任を負わないつもりか。確かに、西川の暴走を止めるのは、自分しかいないだろう。しかし、西川が暴走……考えられない。あの男は、全《すべ》てのパーツが――少なくとも九十パーセント以上のパーツが揃《そろ》わない限り、腰を上げない。それが今回、どうしてこんなに暴走しているのだろう。

この件は、一度きっちりと話し合っておかないといけない。

沖田は、前田を解放することにした。少し話してみてアリバイははっきりしたし、今は完全に更生していると確信できた。

「悪かったな、忙しいところ」肩を一つ叩《たた》いてやりたかったが、手が届かない。苦笑しながら一礼して、沖田は踵《きびす》を返した。知らぬ間に走り出してしまう。ここは武蔵小金井《むさしこがねい》。芝浦まで一時間は見ておかねばならない。その時間を、五分でも十分でも短縮したかった。

午後遅くに沖田が芝浦署に着いた時も、取り調べは続いていた。マジックミラー越しに見た限り、小沢《おざわ》という男はすっかり焦燥しきっているようだった。大柄でがっしりした体格だが、西川たちの攻撃は熾烈《しれつ》を極めた様子である。しかしあの男、百九十センチはないんじゃないか？　自分が信じる線とずれた意味を、沖田は考えた。そもそも目撃証言が間違っていたのか……。

「どうだ？」阿部がすっと横に近づいて来る。

「かなり厳しくやってるみたいですね」

「ぶっ続けだぞ」阿部が首を振り、いつも捲《まく》り上げているワイシャツの袖《そで》を戻した。急に寒さが襲ってきたとでもいうように。「そろそろ、一度停《と》めた方がいい」

「変です」

「何が？」

「そもそも西川は、こんな無理な取り調べをする男じゃないですよ。普通に調べていたら、一時間に一回ぐらいは休みを取ります。三人がかりというのもあり得ない」

「この件、表に漏れたらまずいな」そう指摘する阿部の口調は真剣だったが、嫌味なニュアンスも感じられた。まるで自分以外の人間も、自分の失敗につき合って落ちるべきだ、とでも言いたそうである。

「強制的に休憩させましょうか」

「その方がいいかもしれん。だいたい、今のところは何も出てきていないはずだ」

「分かりました」

　意を決し、沖田は取調室のドアを開けた。狭い部屋に四人入っているせいか――普段は容疑者と尋問担当の刑事、記録担当の刑事の三人だ――妙に室温が高く、息苦しい。壁に背を預けて立っている西川が、ちらりとこちらを向く。邪魔するな、と目が語っていたが、沖田は構わず中に踏みこんだ。ドアの方を向いて座っている小沢が、怯《おび》えたような表情を沖田に向ける。新たな刺客が来た、とでも思っているのかもしれない。

「ちょっと」少し離れた場所から、沖田は西川を手招きした。

「今、取り調べ中だ」西川が険しい表情を浮かべる。

「いいから、ちょっと」

繰り返すと、西川が渋々壁から体を引き剝《は》がす。沖田は先に部屋から出て、ドアを開けたまま待った。西川が、ことさらゆっくりした足取りでこちらに歩いて来る。奥行きが三メートルもない部屋なのに、どれだけゆっくり歩けるか、試しているようでもあった。

「何だ」西川が沖田を睨《にら》んだ。

「場所、移そうか」

「調べ中なんだけど」

沖田はわざとらしく左腕を上げて、腕時計を見た。西川の表情が曇る。

「ずいぶん長いこと、ぶっ続けにやってるそうじゃないか」

「そうかね？」

時間の感覚も忘れるほど集中していたというのか？　沖田は首を振り、「少し休憩しろ」と言った。

「必要ない」

「お前はいいかもしれないけど、向こうがやばい。問題になるぞ。あいつはまだ、容疑者ってわけじゃないだろう」

西川が何か言いかけ、結局口をつぐんでしまった。その場を動こうとしないので、沖田はもう一度取調室のドアを開け、首を突っこんで声をかけた。

「休憩だ。三井《みつい》、お茶を」

渋々ながらさやかが立ち上がる。彼女が部屋を出て来て、給湯室に向かうのにつき合う。一瞬の間に、西川はどこかに姿を消していた。

「どうなんだ、感触は」肩を並べて歩きながら、沖田は訊《たず》ねた。

「のらりくらり、ですね」

「惚《とぼ》けている？」

「というより、覚えてない様子です」

「半年前のことだからな」

さやかが足を止め、沖田に顔を向けた。怒っているような、困っているような、微妙な表情が浮かんでいる。

「何だ？」

「男の人って、つき合い始めてどれぐらいしたら、相手に情が移るものですかね」

「何だ、それ」

「小沢は、浜田《はまだ》千夏さんとつき合い始めて一か月ぐらいだったんです。四月に開かれた、例のフリーマーケットで知り合って」

「一か月どころか、一回会っただけでノックアウトされることもあるよ」

納得できないといった様子で、さやかが首を傾《かし》げる。

「でも、デートも二回ぐらいしかしていないいんですよ」

「回数は関係ないんじゃないかな」千夏は男好きしそうな顔だった、と思い出した。男の方で一目惚《ひとめぼ》れというのも、十分あり得る。

「逆に、二回デートしたぐらいで、そんなに真剣になってなかったとしたら、どうでしょうね」

「三井」沖田は低い声で呼びかけた。「回りくどいぞ。何が言いたいんだ」

「よく分かりません」さやかが首を振った。「つき合っている男がいるって分かった時は、これで決まりだと思ったんですよ。でも、何か、あの男の反応がよく分からなくて。恋人を殺されたというのに、何だか他人事《ひとごと》みたいなんです」

「だったら、心底入れこむほど好きになってなかった、ということじゃないかな」

「でも、仮にもつき合っていた人が殺されたら、自分から警察に行くと思いませんか？」

「逆の立場だったらどうする？　一回か二回デートしただけの相手が殺されて、君だったらすぐに警察に駆けこむか？　誰が殺したかも分からない、自分に容疑がかかるかもしれないと承知のうえでもそうするか？」

「まあ……それは……」さやかが指をいじり始めた。そこに視線を落としながら、ゆっくりと首を振る。

「ようやく見つけた相手だから張り切るのは分かるけど、暴走は駄目だぜ」

「何だかいつもと反対みたいじゃないですか」顔を上げたさやかが、にやりと笑った。特に落ちこんだ様子はなく、いつもの皮肉っぽい笑みである。

「何が？」

「沖田さんが暴走して西川さんが止めるなら分かりますけど、これじゃ逆ですよ」

「だからこっちも、調子が狂ってるんじゃないか」沖田は首を左右に激しく倒した。枯れ枝を踏むようなばきばきという音が、脳天にまで響いてくる。


西川は部屋に戻り、いつものコーヒーを飲んでいた。ぼんやりした様子で、視線は壁のどこかを彷徨《さまよ》っている。こんな風に、魂が抜けたような態度は見たことがなかった。

沖田は無言で彼の向かいに座り、自分で買ってきたコーヒーを啜《すす》った。西川は目を合わせようとせず、沖田の存在がそこにないかのように振る舞っている。コーヒーを一口啜り、調書を開いて視線を落として、時折溜息《ためいき》をついた。

「何やってるんだ、お前」沖田は呆《あき》れて訊ねた。

「何が」調書から顔も上げず、西川が答える。声には棘《とげ》があった。

「ちょっとむきになり過ぎじゃないか」

「なってない」

「お前らしくもないぜ。あんなに連続して取り調べを続けたのはどうしてだよ」

「若い連中がせっかく見つけてきた容疑者だぞ」西川がようやく顔を上げた。目には怒りが宿っている。「ここで勝負しないでどうするんだ」

「勝負できるだけの材料があるのか？　つき合っていたって、一か月ぐらいの話だろう。そんな短い時間で、殺すとか殺されるとかいう話になるか？　考えられないな」

「本人の供述が曖昧《あいまい》なんだ」

「半年以上前のこと、はっきり覚えてるわけがないだろう」

「いい加減にしろよ」西川が乱暴に調書を閉じた。「自分で何も手がかりを見つけてきてないからって、俺に当たるな」

「何言ってるんだ」沖田は唖然《あぜん》とした。これではまるで、子どもの喧嘩《けんか》ではないか。「俺は別に、そんなことは思ってない。誰が犯人を逮捕したっていいじゃないか。だいたい、俺たちの仕事は、表に出るようなものじゃないんだし」

「お前、追跡捜査係の仕事を馬鹿にしてるのか？」

「そんなわけないだろう。自己否定するつもりはない」

「早く強行班に戻りたいのは分かるけど、与えられた仕事はきっちりやれ」西川の口調はいつになく乱暴だった。

「意味、分からないな」痛いところを突かれたのは意識したが、それでもここでは否定せざるを得ない。「俺は俺なりに、ちゃんとやってるぜ」

「そうか？　適当に手を抜いてないか？　ここの仕事が阿呆《あほ》らしいと思ってるんだろう」

「変な因縁、つけるなよ」さすがにむっとして、沖田は声を低くした。「だいたいこういうのは、いつものお前らしくない」

「俺らしいって何だよ」

「冷静で、理知的で……」沖田は途中で言葉を切った。西川を褒めるような言い方が馬鹿らしくなってくる。「どうでもいいけど、何の計画もなしでやってるのは、お前らしくない。何でむきになってるんだ」

「なってない」

ふっと目を逸《そ》らす。分かりやすい奴だ、と沖田は愕然《がくぜん》とした。案外、裏表のないタイプなのかもしれない。つき合いは長くとも、互いの全てを知っているわけではないのだ、とも思う。だとすると、交際一か月、二回デートしただけの人間に、何が分かるというのか。いずれこの件で、西川は行き詰まるだろう。しかし、一つの可能性に夢中になってしまっている人間にそのことを指摘しても、絶対に聞く耳は持たない。阿部がそうであったように。

「少し冷静になれよ」コーヒーを飲み干し、沖田は立ち上がった。

西川は何も言わなかった。コーヒーを飲み、調書に目を落とし……自分だけの世界に入りこんでしまっている。何で俺がこいつの面倒を見なくちゃいけないんだと不満を抱えながら、沖田は部屋を出た。まあ、仕方ないだろう。鳩山は当てにならないし、後輩たちに

「ストッパーになれ」と言っても無理だ。まったく、こんなことで給料を貰《もら》っているわけじゃないのに……沖田は、次第に募るストレスを何とか押し潰そうと努めた。

観察は、捜査の第一歩である。会うべき相手が見つかった場合、沖田はすぐに顔を合わせるようなことはしない。余裕がなければ別だが、そうでない場合は、必ず事前に相手を観察する。自分と話していない時――普段はどんな態度を取り、会話を交わしているのかが知りたいのだ。可能ならば、盗聴でもして、普段の喋《しゃべ》り方から知っておきたい。だがそんなことができない以上、取り敢《あ》えず視覚から得られる情報に頼るしかない。

それにしても……でかいな。沖田は、数十メートル先で動く男に、既に気圧《けお》されていた。公式プロフィールでは、身長百九十センチ、体重百五キロ。もちろんその体格は、過剰な筋トレとプロテイン摂取、もしかしたら筋肉増強剤によるものかもしれないが、圧倒的な存在感を発揮する肉体は、確実に沖田を圧倒していた。

光岡剛《みつおかごう》――元プロレスラー、三十六歳。沖田はプロレスにはまったく興味がないが、事前に調べたデータでは、フリーのレスラーとして、あちこちのリングに上がっていたらしい。

一年前、暴行事件を起こして逮捕された。酒場での喧嘩がエスカレートし、たまたま居合わせた他の客に怪我《けが》を負わせてしまったというのだが、示談が成立した結果、起訴猶予になっていた。しかし本人は、その事件をきっかけにリングを降り、今は運送会社の倉庫で働いている。引退の表向きの理由は、腰の怪我のためということになっていたが、沖田が見る限り、怪我の影響はまったく感じられなかった。大きな段ボール箱を二つ、両肩に軽々と抱えて歩く姿は、人間より進化した別の生物さえ想像させる。作業服を着ているので体形ははっきり分からないが、未《いま》だに仕事とは別にトレーニングを積んでいるのではないだろうか。

「真面目《まじめ》でしょう」横にいる倉庫の管理主任、越川《こしかわ》が言った。話を聴く前に、少し光岡を見てみたいと言ったら、ついてきたのである。広い倉庫の一角で動く光岡からは目につかないように、柱の陰に隠れている。

「あれじゃ、フォークリフトはいらないんじゃないですか」

越川が丸い腹を揺するように笑った。

「さすがにそこまでは、ね」

「勤務態度はどうですか」逮捕されたことがあるにしても、二つの事件が起きた頃、光岡は自由の身ではあった。

「極めて真面目です」

「何で、ここで働いているんですか」

「彼の高校時代の先生の紹介でね。プロレスはできないけど、やっぱり力仕事しかないからって」

越川が腕時計を見た。オメガのスピードマスターであることに、沖田は目ざとく気づいた。話が弾まないなら、この時計の話題をきっかけに関係を築いてもよかったな、と思う。時計好き同士なら、それをネタに、何時間でも喋れるものだ。

「そろそろ休憩に入ります。自分で摑まえて喋って下さいよ」

「紹介してもらった方が、話が早いんですけど」いきなり刑事が一人で声をかけたら、誰でも緊張する。上司が一緒なら、そういうことはないはずだ。

「いやいや、大丈夫です。基本、素直な男だから。それじゃ、私はこれで。あ、休憩時間になったら、ブザーが鳴りますから」

一礼して、越川はさっさと立ち去ってしまった。後ろ姿を見送り、沖田は気持ちの準備をする。「百九十センチの男」に会うのは今日二回目だが、自分の身長が縮んだように感じる。

倉庫の隅にある事務所、その脇にある自動販売機で缶コーヒーを二本、買った。倉庫の前の広い駐車場にはひっきりなしにトラックの出入りがあるし、倉庫の中でもフォークリフトが動き回っているので、かなり煩《うるさ》い。まともに話ができるだろうか、と不安になった。

先ほどまで監視していた柱の陰に戻ると、小さなブザーの音が響いた。あちこちで動き回っていた作業員たちが動きを止め、体を伸ばす。光岡も同様で、手袋を外すとほっと溜息をつき、その場で腰を伸ばした。何かに耐えるように、顔がかすかに歪《ゆが》んだのに気づく。どうやら腰の痛みは本物で、まだ完治していないようだ。

沖田は彼に歩み寄り、「お疲れさん」と声をかけた。いきなり知らない人間が寄って来たせいか、光岡が警戒心を露《あらわ》にして眉根《まゆね》を寄せた。

「警視庁捜査一課の沖田です」

光岡の目の上がひくひくと痙攣《けいれん》した。「警察」には拒絶反応があるのだろう。事件の責任は感じているかもしれないが、警察とかかわり合いにならなければ、人生が狂うこともなかった、と逆恨みしていてもおかしくない。

「ちょっと時間、もらえるかな」

缶コーヒーを差し出すと、一瞬躊躇《ためら》ったものの、受け取った。缶は、彼の手の中にほとんど隠れてしまう。

「どこか、座る場所はないかな。立ったまま話してると、首が痛くなるんだ」

「ああ。じゃあ」

意外と甲高い声で言って、光岡が倉庫の片隅にあるベンチを指差した。一メートルほどの間隔を置いて座る。背中を丸めた光岡は、自分の存在感を消そうとでもしているようだったが、まったく失敗していた。体の大きさからは、確かに元プロレスラーという感じはするが、態度は弱気と言っていい。顔つきも、どちらかといえば優しい方である。これで、リングの上ではちゃんと戦えたのだろうか、と沖田は心配になった。

横に細長い倉庫は、駐車場に面した全面が開いている。荷物の上げ下ろしを楽にするためだろうが、おかげで外の風が遠慮なく吹きこみ、寒かった。光岡は薄っぺらい作業服だけでも寒さを感じていない様子だったが、沖田は、体の芯《しん》から冷えてくるのを意識していた。熱い缶コーヒーを握り締め、そこから何とか熱を貰おうとする。

「腰、痛めたんだって？」

「そうっす」軽い口調で光岡が答える。

「やっぱり、プロレスってのは体にダメージがくるのか？」

「腰とか、首とか。皆、騙《だま》し騙しやってますよ」

「それでプロレスを辞めた？」

「あんな事件もありましたから」

向こうからその話題が出たので、沖田は少しだけ気が楽になった。決して強面《こわもて》のタイプではなく、警察に対しては遠慮と恐れを持っているようだ。本格的に事情聴取を始める前に、頭の中でデータをひっくり返す。事件がきっかけになり、離婚。現在はこの倉庫に近い西新宿のマンションに一人暮らしだが、二つの事件が起きた当時は、妻子と一緒に大井町に住んでいた。現場からは遠くない。

「今日来たのは、あの事件のことじゃないんだ」

「そうなんすか」安心したのか、急に彼の体が萎《しぼ》んだように見えた。

「ああ。あの事件は終わってる。あなたはきちんと働いているわけだし、誰かに文句を言われる筋合いはないよ」

「人生、だいぶ変わっちゃいましたけどねえ」光岡が缶のプルタブを開けた。

「まだまだ、これからじゃないか」

「自分、あまり酒が強くないんすよ」

「その体で？」

光岡の唇が歪んだ。コーヒーを一口飲むと、白い息を吐く。倉庫の中は相当冷えているのだ、と沖田は改めて意識した。

「体がでかいから酒が強そうに思われるんですけど、全然駄目なんすよね。プロレスの世界って、酒のつき合いも多いんですけど、いつも途中からは、水割りだって誤魔化《ごまか》してウーロン茶を飲んでましたから」

「だったら、何で酒場で喧嘩なんかしたんだよ」

「ちょっと、いろいろありまして」光岡が言葉を濁した。

「いろいろって？」事件の筋には関係ないだろうと思いながら、沖田はつい聴いてしまった。

「いや、あまり言うとまずいんで……今さらですし」

「警察的には、事件の処理は終わってるよ。今さら何を聴いても、問題にはならない」人殺しの告白でも始まったら別だが、と思いながら言った。

「先輩と一緒だったんですよ。それで、先輩を馬鹿にする人がいたんで……」

「かっとなって殴った？」

「そんなところです」

「それ、取り調べの時にちゃんと言ったのか？」

光岡が無言で首を振る。要は、酒の席でからかわれた先輩を庇《かば》った、ということだろうか。

「言えば、少しは状況が変わったかもしれないのに」

「先輩に迷惑かけるわけにはいきませんから」

馬鹿だな、という言葉を呑《の》みこんだ。そんなことで身柄を拘束されて、人生計画を狂わせて……。

「あんた、もしかしていい人なのか？」

「リングの上では違ったすけどね」

「悪役？」

光岡がにやりと笑う。どこか凄《すご》みを感じさせる笑い方で、リング上での凶暴な振る舞いが連想された。

「ま、それだけ体がでかいんだから、少し自粛しないとな。指で弾いただけで、相手は吹っ飛んじまうだろう」

「ええ」光岡が苦笑する。丸めていた背筋をすっと伸ばし、ちらりと沖田を見た。「それで、あの、今日は……」

「ああ」沖田はゆっくりと手帳を開いた。「ちょっと、他の事件の関係で確認させて欲しいんだ」

「何ですか」

光岡が顔を引き締める。硬そうな顎《あご》に皺《しわ》が寄ったが、そこに深い傷が一本走っているのを沖田は見つけた。

「去年の五月十二日……どこで何をしていたか、教えて欲しい。確かその頃は、もう示談が成立して保釈されてたんだよな」

「そうっすね」

「そうか」手帳から顔を上げ、首を捻《ひね》って光岡の顔を覗《のぞ》きこむ。「で、その日は？　ピンポイントで悪いんだけど」

「ちょっといいすか」光岡が、ズボンのポケットから携帯を抜き出した。太い指で小さなキーを素早く操作し、スケジュールを確認する。「その日は、会社へ行ってました」

「ここのこと？」沖田は手首を捻って親指を下に向け、床を指差した。

「いや、あの事件の時に契約していたプロレスの会社で……そこの先輩に誘われて、リングに上がってたんすけどね」

「その先輩が、問題のからかわれた人だったんじゃないか？」

「そうっす。で、あんなことになって、契約の問題で話をしなくちゃいけなくて。夕方から夜まで、ずっと会社にいました。で、その後で先輩と呑みに行って」

懲りない奴だな、と思いながら苦笑を噛《か》み潰した。そんなことをしていたら、同じような事件を起こすかもしれない、とは思わなかったのだろうか。

「何時ぐらいまで呑んでたか、分かるかな」

「日付は変わってたと思います。終電も終わってて、タクシーで帰ったから」

「そうか」最初の事件のアリバイ、成立。しかし、もう一件がある。「六月十日は?」

「はい?」光岡が、しまいかけた携帯をまた開いた。太い指からは想像もできない素早い動きでスケジュールを確かめる。何かに気づいて、表情が一気に暗くなった。「ああ……」

「何かあった?」

「いや、離婚の話し合いが終わった日でした」

「そうか」沖田も胸の奥が痛くなった。

「その日は、まあ、自棄酒《やけざけ》でした。ろくに呑めもしないのにね」

「一人で?」

「後輩が何人か、つき合ってくれました。悪いことをしたけど、仕方ないっすよね」

「そうだな」あとは、アリバイを裏書きする人間の名前を教えてもらえば完了だ。

沖田は次第に、自分のやっていることが無意味に思えてきた。相本《あいもと》の目撃証言は当てになるのだろうかと、今になって疑念が湧《わ》きあがってくる。百九十センチの男など、本当にいたのだろうか。もしかしたら、もっと背の低い人間を見間違えていただけではないか。例えば小沢のような……そういえば、相本の身長は、百六十センチを少し超えるぐらいだ。身長の見え方は相対的な部分もあり、さほど背の高くない人からすれば、百八十センチの人間は、雲をつくような大男に見えるかもしれない。

どうも俺は、間違った線に固執し過ぎているのかもしれない。西川のせいだ。あいつが暴走しているから、俺まで変な影響を受けている。いい加減、あいつには冷静になってもらわないと……。

それにしても、あの小沢という男は、本当に犯人なのだろうか。だとしても、西川の仮説の半分しか証明していないことになる。西川は、浜田千夏と市田《いちだ》保美《やすみ》、二人に関係している人間の犯行だという説を捨ててはいない。その説が正しいと証明するためには、小沢は市田保美とも何らかの知り合いでなければならない。接点はフリーマーケット。西川は既にそこに突っこんでいるだろうかと考えながら、沖田は光岡のアリバイを確かめるために、寒風の吹く街を再び歩き始めた。


プロレスラーといえば、光岡のような大男。沖田のそんな先入観は、あっという間に覆された。五月十二日に光岡が一緒に呑んだという先輩レスラー、それに六月十日に自棄酒をつき合わせた後輩レスラーに会ったが、二人とも身長は沖田をわずかに上回る程度だった。もちろん、過剰なトレーニングで肉体は膨らませていたが、身長だけを見れば、まったく普通の人という感じである。

結果、光岡の証言は裏づけられた。二人ともスマートフォンでスケジュールをまめに管理しており、二日間とも、光岡と一緒だったことが裏づけられた。後は、店の方に確認して……やらなければならない仕事ではあるが、妙に疲れて気持ちが乗らない。アリバイの確認は、捜査の基本として絶対に必要なのだが、今回のように「やっていないであろう」

ことが前提になっている場合、無駄な行為だという感覚が生じる。

呑み屋の場所は、錦糸町《きんしちょう》と中野。自宅に近い板橋本町《いたばしほんちょう》で事情聴取を終えた沖田は、駅前に立ち尽くし、頭の中で地下鉄の路線図を検討し始めた。どうやって動けば、一番効率がいいのか……溜息をつき、足に重い疲労感を覚えて、アキレス腱《けん》を左右順番にぐっと伸ばす。一人の捜査は気楽でいいが、どうしても効率が悪い。横に誰かがいれば、仕事とは関係のない軽口を叩いて気を紛らすこともできるのだが。

夜。冷たい風が体の正面から吹きつける。環七と国道十七号線が交わるこの付近は、車の通行量も多く、空気が悪い。駅の入口は環七に面しており、帰宅するサラリーマンが次々と吐き出されてくる。その流れに逆らうように立つ自分が、何だか間抜けな存在に思えてきた。どこかで飯でも食って気合を入れ直すか……この辺で、すぐに食事が取れる店があっただろうかと考えながら、歩き出そうとした瞬間、携帯が鳴った。環七沿いの歩道は、車が多くて話もできない。咄嗟《とっさ》に、駅の出入口の隣にある雑居ビルに逃げこんだ。正面玄関は歩道からかなり引っこんでおり、少しは車の騒音から逃げられるのだ。

「ああ、沖田さん？　毎度どうも」

早口の関西弁が耳に飛びこんでくる。大阪府警の刑事、三輪《みわ》だった。何度か捜査で一緒になったことがある、旧知の仲だ。

「どうも」少し警戒しながら沖田は言った。プライベートな話もする関係だが、こんな時間に電話してくるのは珍しい。もしかしたら、何か用事があって東京へ出てきているのかもしれない、と思った。だったら、誘い出して呑みに行くか。聞き込みにつき合わせてもいい、などと馬鹿なことまで考える。

「いや、お久しぶりで」三輪の声に緊張感はなかった。「三井さんはお元気ですか？　追跡捜査係へ異動しはったんでしょう？」

「張り切ってやってますよ」

「ああ、彼女ならそうでしょうな」

三輪がにやにや笑うところが目に浮かぶ。さやかは彼のお気に入りで、三輪はそれを隠そうともしないのだが、さやかの方では露骨に迷惑がっている。関西ノリが苦手らしい。

「で、何かありました？」

「ちょっとした情報なんですけどね」小さなことを大きく見せる――もったいぶって話すのが、彼の悪い癖だ。「自分が直接担当してる件じゃないんで、はっきりしたことは言えんのですが」

「ああ」じれる。我ながら気が短いと思いながら、沖田は声を荒らげた。

「沖田さん、今、何の事件やってはります？」

「去年の春に芝浦で起きた連続殺人だけど」

「一か月ぐらい間を置いて、二人が殺されたやつですね？　どっちも被害者はＯＬさんでしたな。それやったら、大当たりや」

「大当たり？」

「こっちで強盗で捕まった奴が、いきなり喋りだしたんですわ。自分がやったって」

沖田は、記録的な速さで田町《たまち》駅から芝浦署まで走り切った。ほとんど全力疾走。足ががくがくして息が上がったが、それでも自分を許さず、階段を駆け上がって三階の特捜本部に顔を出す。

混乱していた。外に出ていた刑事が全部戻って来たのか、部屋の中はごった返して空気が熱い。怒鳴り声、電話に向かって大声で叫ぶ声が錯綜《さくそう》し、誰が何を言っているのかまったく分からなかった。意味なく出入口に向かって突進して行く者、外から戻って来て報告のために部屋の前の方へ走って行く者……収拾がつかない感じで、沖田は身の置き場をなくしていた。阿部が電話を切って立ち上がり、誰かを大声で呼びつける。三人の刑事がすぐに集まって来て、彼の指示を真剣な表情で聞いていた。指示はすぐに終わったようで、三人はコートを掴むとすぐに部屋を飛び出して行った。今ならまだ、新大阪行きの新幹線があるはずだ。今日中に何とか向こうについて、できればすぐにでも事情聴取を始めよう、という勢いなのだろう。

阿部が腰に手を当て、特捜本部の中を見回す。顔は興奮のせいか怒りのせいか汗で濡《ぬ》れ、てかてかと光っていた。一段落ついたようだと判断し、沖田は彼の元へすっと歩み寄った。沖田に気づくと、阿部は厳しい顔でうなずきかけ、デスクの背後から出てきた。

「煙草をつき合え」

それだけ言うと、さっさと部屋から出て行ってしまう。沖田は余計なことを言わず、彼の背中を追った。階段を降りる時、ダッシュで酷使した足が悲鳴を上げる。一方、阿部は軽快な足取りで、ほとんど駆け下りるようなスピードで姿を消してしまった。行き先は分かっているから焦ることはないのだが……遅れるな。沖田は自分を叱咤《しった》し、必死で階段を下りた。

阿部は先に駐車場に出て、どこかむきになったように煙草をふかしていた。喫煙者としては、焦ったように煙草を吸いたくなる気持ちはよく分かる。しばらく吸っていなかった時、急速にニコチンを摂取しなければ、と焦るものだ。一本目はとにかく早く吸って、二本目でじっくり味わう——酒で言えばかけつけ三杯のようなものだ。

阿部は早くも一本目の煙草を吸い終え、間髪を容《い》れずに二本目に火を点けた。沖田は少し距離を置いて立ち、風に邪魔されながら、何とか煙草にライターの火を移した。

「大阪の件、聞いたか?」阿部が、煙草の火先を沖田に向ける。

「府警の知り合いの刑事が知らせてくれました。そいつは直接担当してないんで、詳しい事情は知らないんですが」

「かなり確度の高い情報だ」阿部の顔が、署から漏れ出てくる灯《あか》りを受けて光った。「いきなり供述を始めたそうだが、誘導されたわけでも何でもないからな」

「そう聞いてます」別件で逮捕された人間が、その容疑と直接関係ない犯罪を突然自白する——身柄を拘束されると、全てを諦《あきら》めてしまう容疑者はいるのだ。こちらで何もしていなくても、勝手に仏になってしまう人間。

「今回もそれだな」目を細めて煙草を吸い、ほう、っと息を漏らす。テンションがおかしかった。「まったく……今までの苦労は何だったのか」

「こういうことは、珍しくないですよ。今は完全に自供させて、事件を仕上げる方が先でしょう。こっちで割れなかったのは残念ですが」沖田はつい、慰めの言葉を口にした。今の阿部は、あまりにも哀れである。半年以上に及ぶ苦労は報われず、棚から牡丹餅《ぼたもち》のような形で犯人が捕まっても、嬉《うれ》しくも何ともないだろう。

「ま、そういうことだな」二本目の煙草をペンキ缶に投げ捨て、すぐに三本目を口にする。今度は火を点けなかった。

「感触としてはどうなんですか？　犯人に間違いない？」

「確度は高い」阿部がうなずいて繰り返した。「秘密の暴露があるんだ。携帯の件なんだけどな」

「ええ」それで沖田はすぐにぴんときた。事件が起きた時、その全容がマスコミに知らされることはない。必ず一部は、意図的に伏せられるのだ。秘密の暴露——「犯人しか知り得ない事実」をあからさまにしないためである。今回の事件の場合、後で犯人が捕まった時、その事実を本人が供述すれば、強烈な証拠になる。今回の事件の場合、どちらも被害者は携帯電話を奪われていた。その事実は、ずっと伏せられている。

「助けを呼ばれないように、最初に携帯電話を奪った、と供述している」

「奪ってどうしたんですか」

「そのまま運河に捨てたらしい」

「事件の後、川浚《ざら》いはしなかったんですか」

「やった」阿部の顎に力が入り、表情が引き締まった。「中途半端だったかもしれん」

実質的な敗北宣言だ、と沖田も真剣に受け止めた。負けたくない人間、失敗を恐れる人間が、とうとう自分のミスを認めたことになる。阿部にすれば、大変な勇気が必要な発言だろう。

「もう一度、やる必要がありますね」

「半年経っているから、上手くいくとも思えんが」阿部が煙草に火を点ける。少し咳《せ》きこみ、拳《こぶし》を口に押し当てた。「とにかく、まずは供述をしっかり取ることだ。その後で、こっちへ移送する」

「府警の方の捜査はいいんですか？」

「強盗の件か？　今日、起訴されたんで、一通り終わってる。もしかしたら、それがきっかけで喋る気になったのかもしれん」

「ああ」

「可能なら、明日にでもこちらへ移送する。手続き的には問題ない」

「そうですね」

事件はこれで大きく動き出すのだろうか、と沖田は訝《いぶか》った。阿部の努力。西川の執着。

全てが無に帰すことになる。もちろん、犯人が捕まることが一番大事なのだが、二人とも、虚脱感に襲われるだろう。だからここは、自分がしっかりフォローしなければならない。沖田は急いで煙草を吸い終え、一礼して立ち去った。阿部は三本目の煙草をゆっくり吸っていたが、決して楽しんで味わっている様子ではなかった。

あてがわれた部屋に戻ったが、無人だった。「自供」の一報を聞いても、西川たちはまだ小沢の取り調べをしているのかと驚き、取調室を覗いてみたが、誰もいない。小沢を解放して、三人で飯でも食べに行ったか……夕食を食べそびれた恨めしさも忘れ、沖田は三輪に電話をかけて、さらに情報を収集することにした。特捜本部で電話してもいいのだが、あの中では話を聞ける雰囲気ではない。

三輪はまだ居残っていた。彼にはまったく関係ない事件なのだが、突然飛び火してきたということで、やはり興奮するようだ。声のトーンは高く、いつも以上に早口になっている。広げた手帳にメモしていくのに、一苦労した。

「名前は、浅尾《あさお》光義《みつよし》。本籍地は東京になってますが、今は住所不定、無職ですな。西成近辺にいたらしい」

「身長は？」沖田にすれば、真っ先に確認しなければならないことだった。

「百八十九センチ」

一センチ足りなかっただけか、と息を呑む。見た目では、百八十九センチも百九十センチも見分けがつかないだろう。西川が作ってくれたリストには、名前はなかった。警視庁管内で、これまでに逮捕された経験はないわけだ。

「自供の内容は？」

「強盗事件で今日起訴になって、留置場に戻って来た時に、急に言い始めたらしいんですわ。『東京で人を殺してきた』って。そんで、係の連中もえらく慌てましてね」

「慌ててないでしょう。大阪府警のベテランさんたちが、こんな程度で動揺するとは思えない」

三輪が声を上げて笑った。いつもは心地好い響きなのだが、今日は少しばかり耳障りである。

「いやあ、実際慌てとったらしいですよ。取調室の外にまで、『何じゃ、そりゃ！』って声が聞こえてきたそうやから。いきなりそんなことを言われて、驚かん人間はおらんでしょう」

「そうかもしれない」自分でも同じような反応を示したのではないだろうか、と沖田は思った。「で、犯行については、どんな風に言ってるんですか」

「とにかく、東京で人を殺してきた、と。それで大阪に逃げて、潜伏しとったらしいですな。日雇いで仕事をしていたそうやけど、結局金に困って、今回の犯行に及んだっちゅうわけで」

「そっちの事件は、どんな感じ？」

「ミナミでバアサンを襲いましてな。突き飛ばして、大怪我させとるんですよ。なんせあの体格やから……バアサン、死なんでよかったですわ」

「奪った金額は？」

「五千円。通報があってすぐに、現場近くで捕まりましてな。だいたい、ミナミで路上強盗をやろうとするなんて、完全なアホですわ。あの辺、警察官がうようよしてますさかい」

「なるほど」次第に喋るペースが上がる三輪の話を何とか手帳に書き写しながら、沖田は相槌《あいづち》を打った。「東京の事件については、どんな自供を？」

「場所と日付は合ってますな。奪った金額もはっきりしとるし、携帯電話を運河に捨てたっちゅう話も、秘密の暴露になるんちゃいますか」

「それは間違いない」

携帯が見つかれば完璧《かんぺき》だ。しかし沖田は、かすかな違和感を覚えていた。若いＯＬを襲い、首を掻き切って殺し、現金を奪う。かなり強引かつ乱暴な手口であり、明確な殺意がないとできない犯行だ。ミナミで老婆を突き倒して金を奪うのとは、明らかにレベルが違う。逆ならあり得そうな感じもするのだが……路上強盗が武器を持ち、ついに殺人にまでエスカレートしたというのなら、何となく理解できる。自分で行動を抑えきれなくなった、ということだ。

「うちの刑事が、もうそっちへ向かいましたよ」

「ああ、聞いてますわ。こっちの事件はもう終わってますから、東京へ身柄を移して本格的な取り調べ、っちゅうことになるんでしょうな」

「たぶん」

「沖田さん、なんやあんまり嬉しそうじゃないですな」

「追跡捜査係のアイデンティティが、危機を迎えてるんだ」

「大袈裟《おおげさ》やな」三輪が声を上げて笑う。少しだけ大人しくなっていた。「何でもかんでも、沖田さんのところで解決できるわけ、ないでしょう」

「それは分かってるけど……」釈然としない。だが、その気持ちを三輪に話すのは躊躇われた。大きい意味での警察一家の仲間だし、気の合う相手でもあるのだが、普段一緒に仕事をしているわけではない。薄いが、間違いなく壁はあるのだ。

「二つ目の事件については？」

「それに関しては、何も喋っとらんようですけど、時間の問題ちゃいますか？　二人殺したら死刑やろうから、いくら仏さんになった犯人かて、ぺらぺらとは喋れませんわな。相当の覚悟がいるはずですわ」

「そうかな」

「そらそうや。一人やったら、まだ十五年ぐらいで済むかもしれんけど……この事件は特に、殺し方が悪質やし」

「分かった」

「まあ、そう気を落とさんと。またきっと、いいことありますわ。何でも自分で抱えこんだらあきまへんで」

無責任なことを。しかし沖田は、かすかに湧きあがってくる怒りを抑えながら、礼を言って電話を切った。頬《ほお》を膨らませてから息を吐き出し、腕組みをしてテーブルの下に足を伸ばす。西川が置いていったノートパソコンのスクリーンセーバーが、何となく煩《わずら》わしい。解除しようと手を伸ばしかけ、結局引っこめた。

あいつ、落ちこんでるんじゃないかな。

かといって、わざわざ電話をかけて励ますのも気が進まない。あれだけ衝突した後だから、素直に「頑張れ」と言う気にはなれなかった。

今日はもう、どうでもいいか。どうせ明日になったら、犯人は東京へ移送されてくる。今夜は一杯呑んで、何か食べてこのまま家へ帰ろう。そう考えて立ち上がったが、芝浦から自宅のある板橋までは相当遠いのだと気づく。山手線で有楽町まで出て、有楽町線に乗り換え……途中、桜田門で降りて、追跡捜査係のソファで寝てしまうか。まだそんなに遅い時間でもないのに、ひどく疲れて、何をするのも億劫《おっくう》だった。

取り敢えず、ビールだな。一人で酒を呑み、飯を食べるのはひどく侘《わび》しい感じがしたが、今夜は誘う相手もいない。立ち上がり、コートに袖を通す。西川はここへ戻って来るつもりだろうかと思いながら、部屋の電気を消した。

スクリーンセーバーは、相変わらずこちらを馬鹿にするように踊っていた。

田町駅へ向かってぶらぶら歩いて行き、最初に目についた中華料理屋へ入った。ビールの大瓶に、つまみはザーサイ。半分ほど呑んだところで、担々麵《たんたんめん》を頼んだ。テレビのニュースをぼんやりと見ながら、やけに辛味の強い担々麵を食べ続ける。普通、ゴマのコクが口中に広がってから、辛さがくるのだが……ラー油を遠慮なしに投入しているようだ。食べ終わる頃には、かすかに汗をかいていた。

外へ出ると、風の冷たさが心地好い。相変わらず家に帰るか警視庁に戻るか決めかね、少し散歩しながら考えをまとめることにした。無意識のうちに、足が犯行現場に向いてしまう。

水の気配を感じながら橋を渡る。側道に、一人の男がぼんやりと立っているのを見つけた。

西川。

沖田は橋の途中で足を止めた。歩道の上に、コンクリートとタイルで作った、船を模したベンチが置いてあるので、腰かけて煙草に火を点ける。立ち上る煙草の煙を通して、眼下にいる西川の姿を観察した。街路樹の下に立ち、コートのポケットに両手を突っこんだまま、ぼうっと川面《かわも》を見詰めている。何やってるんだ、あの男……煙草を一本灰にしたところで、沖田は立ち上がり、側道に下りた。

まだかなり距離があるところで、西川が気づく。顔を背け、あくまで沖田を無視しようという様子だった。沖田は平然と近づき、「よ」と軽い調子で声をかけた。面倒臭そうに、西川が顔をしかめる。

「何してるんだ」

「現場百回、かな」西川がぽつりと言った。

「それは俺の台詞じゃないか」沖田はからかうように言った。

「……大阪の件、聞いたんだろう？」

「三輪から電話がかかってきたよ」沖田は声を潜めた。

「そうか」

西川が前へ歩いて、手すりに両手を乗せた。沖田は少し距離を置き、背中を預ける。西川の背中は丸まっていた。

「こんな解決もあるんだな」

「結局、お前の勘が当たってたってわけだ」西川が顔を上げ、皮肉っぽく言った。

「まだ分からないぞ。もしかしたら、被害者二人と犯人は、関係があるかもしれない」

「そうだとしても、結果論だ。俺の推理は、犯人逮捕に役立ったわけじゃなかった。机上の空論だよ。それより、お前の引っかけてきた目撃証言の方が正しかった」

「どうでもいいよ。それこそ結果論だ」

「俺の推理は、役にたたなかった」西川が弱気な口調で繰り返す。

「おい……」さすがに心配になる。

「まあ、こういう失敗もあるさ」急にわざとらしく明るい口調に切り替え、西川が言った。「俺たち、撤収すべきか？」

「犯人が捕まったら、基本的にはもう用なしだよな。後は特捜本部の方で後始末をするだろう。それが筋だ」

「そうだな」

「だけど、明日は芝浦署へ集合した方がいいと思う。どんな男か、見ておくべきじゃないか」

「ああ」西川が首を振った。

「ちょっと呑みに行くか？」

「この時間から？」西川が腕時計を覗きこんだ。「やめておく。疲れるだけだ」

何という弱気。西川と二人切りで酒を呑む機会は滅多にないのだが、呑むと長くなる。基本的に西川は、強いのだ。大抵、沖田の方が先に潰れる。四十にもなって潰れるまで呑むのもどうかと思うが。

「今日は帰るわ」西川が手すりから体を離した。「お疲れ」

「なあ」

「ああ？」歩き始めた西川が歩みを止める。

「今回、何でこんなにむきになってたんだ？　お前らしくなかったぜ」

「だから失敗したのかもしれないな」

「まだ失敗って決まったわけじゃないだろう。本格的な捜査はこれからだぜ。俺はもう少し、手伝ってみるつもりだ」

「そうだな」

「お前、どうするんだ」

「それは鳩山《はとやま》さんが決めるさ」

そんなにショックを受けることなのか？　西川の背中を見送りながら、沖田は新しい煙草に火を点けた。今回のあいつは、まだ調子が狂ったままだ。

第九章

浅尾《あさお》光義《みつよし》の東京到着は、午後五時過ぎの予定だった。

前夜、特捜から三人の刑事が大阪へ派遣されたが、到着は深夜になり、実質的な取り調べは今日早朝からになった。浅尾が事実関係を認めてから諸々の手続きが始まったので、大阪を発つのが午後になってしまったのだ。

浅尾を待つ間、西川《にしかわ》はじわじわと心臓を握り潰《つぶ》されるような不快感を味わっていた。浅尾が到着し、捜査が本格的に始まれば、自分の間違いが証明される。決してミスではない。誤認逮捕をしたわけではないし、誰にも迷惑はかけていないのだが……筋読みを間違うのは、西川にしてはこれ以上ない失敗、かつ屈辱であり、しかも誰にも責任を負わせることができない以上、一人で引っかぶるしかなかった。

あてがわれた部屋で待機する間、さやかと庄田《しょうだ》が居心地悪そうにしているのが申し訳なかった。元々、小沢《おざわ》を見つけてきたのはこの二人である。仲が悪い割には、きっちりと結果を出しているわけで、そこは褒めてやっていい。しかし結果的に小沢は事件に関係なかったということになりそうで、その意味で二人も、失敗の責任を西川と分かち合うつもりのようだった。とはいっても、西川としては二人を責めることはできない。「その線でいこう」とプッシュしたのは西川自身なのだから。かといって、「こういうこともあるさ」と慰めるのも筋が違う気がした。

沖田は「芝浦署へ集合」と言っていたのに姿を見せていない。十時過ぎ、重苦しい沈黙に耐え切れず、西川は立ち上がった。椅子《いす》が耳障りな音を立ててしまい、さやかと庄田がびくりと体を震わせて西川を見る。

「ちょっと本庁に行ってくる」

「はい、あの……」言いかけ、さやかが口をつぐんだ。

「調べ物だ」

「はい。私たちは……」

「夕方までは仕事はないと思う。楽にしててくれ」

さやかが唇を噛《か》んだ。庄田と二人きりになるのが嫌で仕方がない様子だが、言いつける用事もない。ふと思いつき、「浅尾の周辺、少し探っておいてくれないかな」と頼んだ。

二人が同時に反応して顔を上げる。

「東京にいた頃の様子、知っておいて損はないだろう。奴の昔の住所、分かってるな?」

「はい」さやかの顔に赤みが戻った。

「じゃあ、特捜をあまり刺激しないように、軽く近所の聞き込みをしてくれ。午後四時、ここへ集合にしようか」

「分かりました」

庄田には何も言わず、さやかが部屋を飛び出していった。庄田はぼんやりと壁を見詰めたまま、動こうとしない。さやかとは一緒に動きたくない、と躊躇《ちゅうちょ》しているのだろう。

「お前はゆっくりしてればいい」

「はあ」

「相変わらず、喧嘩《けんか》してるのか」

「そういうわけじゃないですけど……」庄田が顔を擦《こす》った。声にも元気がない。「向こうが一方的に突っかかってくるだけですから、喧嘩じゃないですよ」

「そこは鷹揚《おうよう》に構えてやってくれよ。仲間なんだから」

仲間、という言葉に庄田がかすかに反応して、顔を引き攣《つ》らせる。西川はゆっくりと首を振り、この問題にはこれ以上かかわらないことにした。先輩としては人間関係をきちんとするよう、アドバイスしてやるべきなのだが、今は面倒臭くてそんなことをやる気になれない。

燃え盛っていた炎が急に消え、残った煙が顔にまとわりついて息苦しくなっているような感じだった。沖田が来る様子はないが、自分にはやることがある。西川は、重い腰を上げた。

追跡捜査係は、捜査一課の大部屋の一角にある。毎度のことだが、捜査一課には人が少ない。特捜に参加している刑事たちは、基本的に一日中、そちらに詰めっ放しなのだ。残った刑事たちは、ひたすらアイドリングを続けている。経費の精算などの書類仕事では気合が入るわけもないが、オンとオフの切り替えが上手《うま》くいかなければ、刑事の仕事は長続きしない。いざ事件となれば、アドレナリン全開で走り回ることになるのだから、何もない時は思い切り気を抜き、体力を温存しておくのも仕事のうちなのだ。

パーティション一枚で仕切られただけの追跡捜査係も、妙に静かだった。鳩山《はとやま》もおらず、後輩の大竹《おおたけ》が、何か書類に目を落としているだけだった。他の連中は、どこかの現場に首を突っこんでいるのだろう。

大竹が顔を上げ、無言でうなずいた。庄田、さやかより半年ほど前に仲間に加わったこの男は極度に無口で、どうして刑事になったのか、西川は未《いま》だに理解できない。容疑者を前にした時、まともな取り調べなどできそうにないのに……しかし、何故《なぜ》か容疑者は、この男を前にすると喋《しゃべ》ってしまうのだった。もしかしたら、沈黙の圧力に耐え切れないのかもしれない。だとしたら大竹は、警視庁内で一番効率のいい捜査員だ――最小のエネルギーで最高の結果を生み出す、という意味においては。

「係長は？」

「定期健診です」

「休みか」

「午前中だけです。もう来るはずですよ」

うなずき、久しぶりに自席に腰を下ろした。これから何をすべきか……「調べ物」とは言ったが、重苦しい雰囲気に耐えきれず、逃げ出しただけである。一応浅尾の顔は拝んでおこうとは決めていたが、それから先のことが何も決められない。犯人逮捕となれば、追跡捜査係の仕事は終了、すぐに撤収していいわけだが、何となく悔しい。尻尾《しっぽ》を巻いて逃げ帰るようで、釈然としないのだが、これ以上自分にやれることがあるとは思えなかった。となると、やはり上司である鳩山の指示を待つべきなのだが……肝心な時に、あの男はいない。苛立《いらだ》ちを抑えるため、西川はコーヒーの準備をした。

香りが漂ったのか、大竹が一瞬だけ西川の顔を覗《のぞ》き見る。奢《おご》って欲しいのかと思い、カップを顔の高さに持ち上げて見せたが、大竹は首を横に振るだけだった。昼飯前、空《す》きっ腹のこの時間では、コーヒーを飲む気にはなれないか……今日のコーヒーは、いつもより少し濃い。もしかしたら、胃がやられているのかもしれないな、と西川は弱気に思った。ストレス耐性はある方だと自負しているのだが。

コーヒーを飲み終えたところで、鳩山が部屋に入って来た。今日も冷えるのに、額に汗を浮かべており、そそくさとコートを脱ぐ。太い肩に引っかかって、難儀していた。肝臓が悪いという割に、また太ったんじゃないか？　節制のできない人間は最後に苦労するのだ、と思わず首を振る。

「どうした」ようやくコートを脱いだ鳩山が、西川に目を向けた。

「いや……今、向こうで用事がないですからね」

「あの小沢という男はどうした？　完全に放したのか？」

「今朝、丁重に事情を説明しましたよ」怯《おび》えながら署に出頭した小沢としては、狐《きつね》につままれた思いだっただろう。「取り敢《あ》えず、これ以上警察に来ていただく必要はありません」という西川の言葉に対して、黙ってうなずくばかりだった。

「まあ、お前だって外すこともあるわな」

鳩山がにやにや笑いながら言った。本人は気を遣って場の雰囲気を和まそうとしているのかもしれないが、その態度は西川の神経を逆撫《さかな》でした。

「分かってますよ」つい、ぞんざいな言い方で応じてしまう。

「しばらく、特捜につき合え」

鳩山の命令に、思わず目を剝《む》く。中腰になり、彼のデスクに向かって身を乗り出した。

「こっちはもう、用なしなんじゃないですか」

「乗りかかった船ということもあるだろうが。最後まで見ておけよ。三井と庄田にはいい研修になるし、データを取る意味もある」

「ああ……そうですね」

データ——捜査一課内では、密《ひそ》かに「黒い手帳」と呼ばれているデータのことだ。内容はひたすら、「何故失敗したのか」の分析。追跡捜査係が応援に入ると、必然的に、「犯人逮捕に至らなかった経緯」を調べることになる。そのデータの蓄積が、捜査能力の底上げにつながる、という考えだ。このデータの存在は、捜査一課の人間なら誰でも知っている。知っていて、その話題になると嫌な顔をする。課員には公開されず、係長以上の管理職だけが見られるので、「何が書かれているのか」と憶測ばかりが広がってしまうのだ。このレポートを担当しているのは、今は主に西川だが、中身は感情を交えない淡々とした記述であり、自分では完全に客観的なものだと思っている。

「今回の件は、特に反省点がたくさんあるだろうな」鳩山が渋い表情を浮かべて言った。

「そうなりますね」

「読み通りだったのは、犯人が通り魔だったことだけだ」鳩山が腕組みをし、天井を見上げた。

「通り魔というか、強盗」

「その件に関してだけは、特捜の読みが正しかったわけだ。阿部《あべ》さん、ほっとしてるんじゃないか」

「まあ……」結局阿部の失態は不問に付されるのではないか、と西川は予想した。終わりよければ全《すべ》てよし。犯人逮捕という事実の前では、あらゆる問題が消散してしまう。

そして反省は忘れられ、同じ失敗が繰り返される。

「ま、お前の筋読みだって間違うことはある。後は淡々と、レポートを仕上げてくれ」

拒否することもできたと思う。しかし西川は反射的に「分かりました」と受け入れてしまった。言ってしまってから、自分の心理状態を分析する。一度かかわってしまった事件には最後までつき合いたい、という気持ちは否定できない。どんなに居心地が悪くても、特捜の動きを精査し、できたら捜査員たちの、この半年の動きを入念に確認する。方針が決まるプロセス、失敗の過程を聞き出して、捜査の全体像を明らかにするのだ。

「特捜の連中も、複雑だろうな」

「ラッキーじゃないですか」皮肉っぽいな、と思いながら西川は言った。

「胸を張って『事件解決です』とは言えないだろうが」鳩山が太い肩をすくめる。「取り敢えず何もなければ、昼飯にでも行くか？」

「そうですね……」鳩山の食事シーンを思い出すと、気分が悪くなる。警視庁の一階にある食堂でも、だいたいいつも二人分を平らげるのだ。若い、体育会系の大学生なら微笑《ほほえ》ましい光景だが、中年も後半にさしかかってきた男が凶暴な食欲を発揮するのを見ても、げんなりするだけである。「今日は遠慮しておきます」

「そうか？　残念会で奢ってもいいぞ」

「いいですよ」内心の苦い思いを噛み殺し、愛想笑いを浮かべながら立ち上がる。この男の最大の欠点は、人の気持ちを忖度《そんたく》できないことだ。

そういう自分は、さやかや庄田の気持ちを慮《おもんぱか》ってやれているのだろうか。


芝浦署に戻った西川は、デスクに置かれたメモに気づいた。

「特捜の手伝いをしています　庄田」

猫の手も借りたい状況の特捜が、あいつを引っ張っていったのか……それにしても、こちらに一言ぐらいは挨拶《あいさつ》があって然《しか》るべきなのに。

まあ、そんなことで文句を言っても仕方ない。西川は、浅尾に関する少ない資料を広げた。前科がない人間に関しては、警察もデータを持っていない。手元にあるのは、運転免許証から拾った住所、本籍地ぐらいである。普通自動二輪の免許を持っているようだが、百九十センチ近い長身の人間が４００ccのオートバイに乗っても、原付に跨《また》がっているようにしか見えないかもしれない。

大阪府警が送ってきた顔写真を凝視する。特に凶悪な面相ではなかった。逮捕されてから写真を撮られると、どうしても人間の暗い一面が浮き上がるものだが、浅尾の場合、証明写真のように表情は淡々としていた。長くがっしりした顎《あご》、高い鼻。短い髪をオールバックにしているので、秀でた額が目立つ。

大阪で犯した強盗事件の調書を読み返す。知りたいのは、犯行そのものの状況ではなく、そこに至った経緯だった。

浅尾は、東京で勤めていた会社が倒産した後、大阪に流れてきた。日雇いの仕事で何とか糊口《ここう》をしのいでいたが、しばらく仕事にあぶれる日が続いた結果、その日食べる物にも困るようになり、犯行に及んだという。

東京での勤め先が分かったので、その会社について調べてみた。「品川美装《しながわびそう》」。看板制作などを請け負う会社だったが、不況のあおりを受けて、十か月ほど前に倒産したらしい。社長を摑《つか》まえることができたので、電話で話を聴いた。

「大阪の強盗の話は聞いています。向こうの警察からも、散々話を聴かれましたから」声を聞いた限り、社長は真面目《まじめ》で暗そうな感じの男だった。「あいつがあんなことするなんて、信じられませんよ」

「どんな人間だったんですか」

「真面目ですよ。美術の専門学校を出て、うちでずっと働いてくれてたんです。十年もいましたから、よく知ってます」よく、というところを強調した。

「強盗をするようなタイプじゃない、ということですか」

「真面目な人間なら、人様からお金を奪おうなんて考えないでしょうけど……」

「だったら、よほど追い詰められていたんですか？」

「でしょうなあ」社長が溜息《ためいき》をつく。「申し訳なくてねえ。会社を潰した後、他の会社に世話しようとしたんだけど、あいつ、ふらっといなくなっちまったんですよ。緊張の糸が途切れたのかもしれない。倒産はいきなりだったから、心の準備もできてなかったんでしょうなあ」

社長は、倒産に至る事情を延々と説明したが、西川は半分聞き流した。社長自身がもう年金暮らしで、後は適当に生きて死ぬだけだ、と笑い飛ばした時だけ、胸が痛んだが。

「いなくなった後、連絡は取りましたか？」

「何度か携帯にはかけてみたんだけど、一度も出なかったね。家もすぐに引き払ったみたいだったし」

浅尾は、携帯——東京にいた頃から使っていたものだ——だけはずっと持っていたというが、連絡を取り合う相手は選別していたのだろう。

「貯金とか、なかったんですかね」

「いや、うーん……なかったんじゃないかな」社長が唸《うな》った。「うちも、そんなに高い給料は出せなかったから。それにあいつ、ずっと実家に仕送りしてたんですよ」

「実家は……」西川は免許証のコピーに視線を落とした。「岐阜《ぎふ》ですね」

「そうそう。オヤジさんがもう退職して、今は年金頼りなんだそうだ。年の離れた弟がいるんだけど、まだ大学生だっていうからねえ。何かと金がかかるでしょう」

「ええ」

「それで、毎月五万円ぐらいは実家に送ってたらしいんですよ」

西川は、頭の中で考えをまとめた。東京で一人暮らしをしている独身の男が、困ったことがあった時にまず頼るのは実家だろう。しかし、ずっと仕送りをして支えてきたような人間は、何かあっても「実家に迷惑はかけられない」と考えるのが自然だろう。金銭的に頼れる恋人や友人がいなければ、転落するのは時間の問題だったはずだ。

電話を終え、西川は手帳を広げて時間軸を整理した。

・3月15日：品川美装、倒産
・3月20日：品川美装社長、浅尾と連絡が取れなくなる
・5月12日：第一の犯行

・6月10日：第二の犯行
・6月22日：浅尾が大阪で最初に日雇いの仕事をしたことを確認（浅尾の証言では、6月初め、大阪入り）
・12月27日：ミナミで引ったくり強盗を起こし、現行犯逮捕
・1月16日：強盗で起訴、東京での犯行を自供
（・1月17日：東京に移送予定）


穴が多過ぎるな……西川は顎を撫でた。三月二十日以降、最初の犯行が起きるまでの間、浅尾はどこで何をしていたのだろう。大阪府警の調べに対しては「あちこちをうろついていた」と証言している。大阪入りしてからは、働いた記録などで動向がある程度確認できるのだが、最初に仕事を得る前の行動は不明確なままだ。府警としては、そこまで詳しく行動を調べる必要はないから、これで十分なのだろうが……これから穴を埋めていくのは結構大変だろう、と西川は溜息をついた。特捜でも当然、そこに全力を注ぐだろうが、人手が足りるとは思えない。ここはやはり、自分たちも手を貸すべきだろうな、と思った。

ちょうど、さやかから電話がかかってきた。声は特に沈むでもなく弾むでもなく、いつものの、少し前のめりになったような調子である。若い奴は立ち直りも早いのかと感心しながら、聞き込みの結果を聞いた。

「近所の人とのつき合いはほとんどなかったようですね」

「独身なら、そんなもんだろうな」

「自宅近くに、行きつけの中華料理屋とスタンドバーがあるぐらいです。中華料理屋の方では簡単に話を聴けました。週に一回か二回は来てたみたいですね。物凄《ものすご》く食べるんで、お店の人もよく覚えてました」

「百九十センチもあったんじゃ、それなりに食べないと体を維持できないだろうな」

「大盛りラーメンに、麻婆《マーボー》豆腐の定食、とかですよ。聞いてるだけで気持ち悪くなってきました」

「鳩山さんの近くにいれば、そういうのにも慣れるさ。で、店の人の印象は？」

「大人しい、静かなタイプ、だそうです。酒も、そんなに呑《の》まなかったみたいですね。食事の時にビール一本ぐらいで。昔からずっと同じ感じらしいですよ」

「そんなに長く通ってたのか」

「学生の頃から、だそうです」

「大阪で捕まった話は知ってたか？」

「まさか。私が知らせる格好になりました」

　そもそも、この件はまだニュースで流れていない。「自供した」だけでは、マスコミに情報を提供しないものだ。ある程度裏付けが取れてからでないと、とんだ恥をかくことになる。

「店の人の感想はどうだった？」

「そんなことをする人だとは思ってなかったって。暗いけど、真面目そうなタイプに見えてたみたいです」

「東京の事件の関係はどうだ？」

「それについては、全然分からないそうです。事件のことは、もちろん知ってましたけどね」

「その中華料理屋の住所、教えてくれ」

彼女が告げた住所をパソコンに打ちこんでいく。東京で住んでいたアパートのすぐ近く……番地までほとんど一緒だった。芝浦の現場からも、それほど遠いわけではない。

「スタンドバーの方は？」

「まだです。開店が六時ですから」

「じゃあ、どうして浅尾がそこの客だって分かったんだ？」

「中華料理屋の人に教えてもらったんです。そこの店のご主人も、たまに顔を出すそうで」

「分かった。そっちは任せる」

「で、庄田はサボってるんですか」声に非難の調子が混じる。

「あいつは特捜に引っ張られた……いい加減、庄田と喧嘩するなよ」

「喧嘩してませんよ。生理的嫌悪感が我慢できないだけで」

「あいつ、そんなに気持ち悪いか？　結構いい男じゃないか」

「相性は、どうしようもないです」

　西川は溜息をついた。ここまで嫌っているなら、無理に和解させる必要もないかもしれない。自然に、流れるままに、だ。幸いなことに、宮仕えの人間には異動がついて回る。同じ人間と何十年もコンビを組んで仕事をすることなど、あり得ないのだ。

「夕方、一度芝浦署に上がってくれ。もう一度動き出すのは、浅尾の顔を拝んでからにしよう」

「特捜との調整、どうしますか？」

「それは俺の方でやっておく」

　電話を切った瞬間、ドアが開いた。沖田が、げっそりした表情を浮かべて入って来る。西川は無言で調書に視線を落とした。

「大遅刻だな」

　皮肉を浴びせると、沖田がすぐに反論してきた。

「ふざけんな。こっちは朝から聞き込みしてたんだよ」

「聞き込みって、何の」

「浅尾の近所」

「こっちへ集合って言ってたじゃないか」

「気になったんだよ」

「三井とバッティングしなかったか？　あいつも回ってるぞ」

「見なかったな」音を立てて椅子に腰を下ろし、沖田が紙コップのコーヒーを啜った。顔をしかめ「まずい」とつぶやく。

「で、成果は?」

「でかいから、よく目立ってたみたいだぜ。家の近くのコンビニなんかに出入りしているのは分かったけど、深いつき合いはなかったようだな」

「三井が、近くの中華料理屋で話を聞いてきた。時々顔を出してたみたいだぜ」

「あ、それ、『品川飯店《しながわはんてん》』じゃないか? 俺が行った時、まだ閉まってたんだ」

「当たりだ」西川はやっと顔を上げた。沖田の疲労困憊《こんぱい》ぶりが目立つ。「ただし、あまり具体的な情報は出てこなかった。真面目で暗いっていう評判が聞けたぐらいだな」

「お前と同じか」

沖田の皮肉をやり過ごす。今日は、この男とつき合う精神的なゆとりもなかった。眼鏡を外して丁寧に拭《ふ》き、かけ直す。クリアになった視界の中で、沖田が頬杖《ほおづえ》をつき、だらしなく姿勢を崩しているのが見えた。

「とにかく、あとは本人の顔を見てからだな」沖田がゆっくりと姿勢を立て直した。

「こいつだ」

西川は、運転免許証のコピー、それに府警が撮影した写真をテーブルの上に滑らせた。勢い余って落ちそうになり、沖田が平手でテーブルを叩くようにして止めた。写真を取り上げると、顔に近づけてじっくり見詰める。

「強盗をやるような顔には見えないけどな。呑気《のんき》そうな感じじゃないか」

「東京での勤め先にも話を聴いた。社長も信じられないって言ってたよ。倒産してから、すぐに連絡が取れなくなったんで、申し訳ないって恐縮してた」

「倒産した後の社員の行動にまで、責任を感じる必要はないだろう。自分のことで精一杯のはずだぜ」

「小さい看板制作会社なんだ。家族経営みたいな感じだったんじゃないかな」

「なるほどね」沖田が写真をテーブルに置き、両手で顔を擦った。「そこで何年仕事してたって？」

「ほぼ十年」

「だったら、家族同然になっていてもおかしくないな。倒産が大変なのは分かるけど、今後の身の振り方については、社長に相談するのが普通だろう。いきなりいなくなるっていうのは、いかにも不自然じゃないか」

　西川は、浅尾が仕送りをして実家の家計を支えていたことを説明した。沖田の目が細くなる。

「そういうマメな人間だったら、ますます次の就職先のことを心配するんじゃないか？　勤めていた会社の社長には、真っ先に相談するはずだよな」

「世話になったから、これ以上面倒かけるわけにはいかないって思ったのかもしれない」

「内に抱えこむタイプか」沖田が、右の掌《てのひら》で胸を叩いた。

「そいつの顔を見てから決めようぜ」これで話は終わりとばかりに、沖田がコーヒーを飲
「そうかもしれない。でも、人間は環境で変わるんだぞ」

「まあ……」西川はテーブルに両手を置いて前屈《まえかが》みになった。気持ちがすっと沈んでいく。

けじゃ、強盗をやるような人間には思えないだけだ。お前もそう思わないか？」

「犯人が捕まれば、状況も変わるんだよ」沖田が唇を尖《とが》らせる。「ちょっと話を聴いただ
を言うんだ」

予想通りに通り魔、というか強盗だったんだぞ？　何で、自分の説を否定するようなこと
「ちょっと待てよ」西川は立ち上がった。「お前はずっと、通り魔説を採ってただろうが。

「人を殺してまで？」

ようって気にもなるだろう」

「二か月もあれば、どんな人間だって追い詰められるよ。まして金がなければ、強盗をし
「それから二か月で事件を起こしている……ちょっと早くないか？」

「三月十五日」西川は即答した。

「会社が倒産したの、いつだ」

供述をベースに調べて、起訴まで持っていったんだ。何もおかしくないと思うけど」

「何か問題あるか？　本人は、金に困ってやったたって供述してるんだ。府警だって、その
「そういう人間が強盗ねえ……」沖田が首を捻《ひね》った。

「俺は、そんな風に見てるけどね」

み干した。「顔を見れば、また印象が変わるかもしれない」

浅尾の送致を取材するために、報道陣が大挙して芝浦署に集まっていた。西川は特捜本部ではなく、二階にある生活安全課の部屋から、下の騒動を見守っていた。隣には高島《たかしま》。突き出た腹を支えるように、背筋をぴんと伸ばし、うなだれるようにして観察を続けている。

「大騒ぎだな、ええ？」高島が皮肉っぽい調子で言った。

「そうですね」

「ま、あれだけの事件だから、マスコミさんも飛びつくよな。逆にありがたい話だぜ？最近、殺しの記事も小さいからな」

「社会面用には、もっと重要な記事があるってことでしょう」西川は、この先輩の存在が次第に鬱陶《うっとう》しくなり始めていた。駐車場への入口や特捜本部がざわついているから、わざわざ生活安全課から観察しているのに、先ほどから高島が煩《うるさ》く喋《しゃべ》りかけてくるせいで、集中力が削《そ》がれている。

「来たぞ、おい」

言われなくても分かってます、という言葉を何とか呑みこんだ。

一台のワンボックスカーが左側から走《と》ってきて、右にウィンカーを出した。外勤の制服警官が二人飛び出して、他の車を一時停め、ワンボックスカーを右折させる。待機していた報道陣がわっと押し寄せ、テレビカメラのライトが灯って、その周辺だけが昼間のように明るくなった。カメラのストロボが瞬き、ワンボックスカーの白色をさらに白く際立たせる。制服警官が何人もかかって通路を確保する中、ワンボックスカーは報道陣の波を分けるようにゆっくりと進み、庁舎の横の通路を通って署の裏側に消えて行った。ワンボックスカーが見えなくなると、テレビカメラの照明が一斉に消える。ショー、終了。

西川はいつの間にか、息を止めていたのに気づいた。細く、長く息を吐き出し、もしかしたら三輪《みわ》が同行しているのでは、と妄想を膨らませる。今回はそういう予定はないはずなのだが、あの男は出張が大好きだ。特に最近は、東京への出張が。どうもさやかに気があるらしい。

馬鹿らしい。今回の事件には、三輪は直接関係ないのだ。

「お前、居心地悪くないか」

この男は……無神経な高島の一言が、西川の神経を逆撫でする。まあ、この男に怒っても仕方がない、と自分を宥《なだ》める。

「針のむしろですね」と切り返して、生活安全課を後にする。針のむしろであっても、浅尾の顔は確認しなければならない。

特捜本部は、異様な熱気で沸き立っていた。まるで、自分たちの手で犯人を逮捕したような……刑事たちが輪を作り、時折笑い声が漏れているほどだった。その中心に庄田がいるのを見て、西川は目を剝いた。特捜の手伝いに駆り出されて、いったい何をやらされていたのか。すっかり特捜の連中に馴染《なじ》んでいるようで、他の刑事にばしばしと肩を叩かれても、顔に浮かんだ笑みは消えない。

西川に気づくと、人の輪をかき分けるように外へ出て来て、立ち止まって一礼した。相変わらず、顔は喜びで崩れそうになっている。彼の体からかすかな異臭が漂っているのに気づき、西川は顔をしかめた。

「何か手柄でも立てたか？」

「携帯、見つけたんですよ」

「浅尾が捨てたって言ってるやつか？」西川は思わず、前に詰め寄った。犯人が携帯を捨てたのは、理解できる。すぐに被害者の身元につながる証拠は幾らでもあるが、現在なら携帯はその最たる物だ。被害者の身元を隠せば、自分につながる材料が消える——そう考えて、咄嗟《とっさ》に携帯を運河に投げ捨てたのは、いかにもありそうなことである。しかし、あの運河から小さな携帯電話、しかも半年以上も前に捨てられた物を見つけ出すのは、相当難しい。運河の流れは緩やかだし、携帯はすぐに底まで沈んでしまうから、簡単には流されないだろうが……。

「電源は入らないんですが、機種は間違いなく浜田千夏《はまだちなつ》が持っていたのと同じです。ストラップも何とか判別できました」

「本人のものと見て間違いないんだな」

「ええ。それで、逮捕状も請求できたようです」

完全な秘密の暴露だ。捨てたと供述した携帯電話が実際にそこから出てきたのだから、浅尾の犯行はほぼ間違いないことになる。西川は、事件が自分からどんどん離れて行くのを意識した。

「お前が見つけたのか？」

「たまたまです」

照れて言ったが、庄田の声は弾んでいた。このクソ寒いのに、わざわざ運河の中に入って携帯を捜していたのか……この男には、東北人特有の粘り強さに加えて運もあるな、と西川は感心した。

「じゃあ、犯人の顔を拝んでおくか……お前は見たのか？」

「まだです」

「取り調べはお前の仕事じゃないかもしれないけど、犯人の顔ぐらいは見ておいた方がいいぞ」

「分かりました」庄田の顔から笑みが消え、真剣な表情になる。

特捜は、ある程度事件の形ができるまで、庄田を放さないかもしれない。どんな捜査でも「ラッキーボーイ」が現れることがあるものだ。そうなったら上の方は、その人間を効果的に使おうとする。科学捜査全盛の時代といっても、刑事は未だに験担《げんかつ》ぎが大好きなのだ。中には、自分の「守護神」を決めている刑事もいて、行き詰まると毎回同じ神社や寺に参拝したりする。そういう話を聞くと、捜査の神様は何人もいるのだろうかと、西川は鼻白んでしまうのだが。

　西川は、同じフロアにある取調室の前に足を運んだ。刑事たちが鈴なりになっているのではないかと思ったが、マジックミラーを覗《のぞ》きこんでいるのは阿部一人だった。気まずい空気を感じ取ったが、ここまで来て引き返すわけにはいかない。阿部がちらりとこちらを見たが、何も言わずにマジックミラーに視線を戻してしまった。腕組みをして仁王立ちになり、視線で鏡を割ろうとでもいうような勢いで睨《にら》み続けている。

　マジックミラー越しに、浅尾の顔を正面から見ることができた。長身は長身だが、巨体ではない。むしろほっそりした感じで、頼りなげだった。背筋を丸め、視線をデスクに落としたまま、時折うなずいている。誰が取り調べをしているかは知らないが、浅尾は素直に応じているようだった。

「完オチも時間の問題だな」

　阿部がつぶやく。独り言だろうと思って無視していると、突然振り向いて西川に声をかけてきた。

「そう思わないか？」

「自分から話し出してますからね」

「ある意味、可哀想《かわいそう》な男だよ。失業して、あっという間に転落した」

「ええ」阿部がこんな感傷的なことを言うとは……西川は、彼の意外な側面を知って驚いた。

「大阪に行ったのは、捜査から逃れるためだったんだろうな」

「身を隠すなら、大都市の方が安全ですからね」

そんなことを、失踪人捜査課の高城《たかしろ》が言っていたのを思い出す。それまでの人生を捨てて、ゼロからやり直そうとする人間は、決して田舎へは行かない。人が多い街へ逃げこんで、匿名性を維持しようとするものだ、と。逃亡する犯罪者も、似たようなものだろう。浅尾にしても、今回強盗事件を起こさなければ、このまま大阪の人混《ひとご》みに埋もれて、誰にも見つからずに生きていけたかもしれない。

「いずれにせよ、これで一安心だな」

気楽な話しぶりに、この男は俺が誰か忘れてしまっているのではないか、と西川は訝《いぶか》った。あれだけ俺が首を突っこむのを嫌がっていたのに……もしかしたら、憑《つ》き物が取れたように、気持ちがすっきりしてしまったのかもしれない。半年以上も心の重しになっていた事案がいきなり消え、足元がふわふわしているような感じではないだろうか。

目が合う。確かに、燃えるような気合は消えていた。それまで、不安定な梯子《はしご》に乗って大騒ぎしていたのが、気がついたら突然地面にいた、とでもいう感じだった。目には光がなく、肩の線も少し下がっている。

「管理官」

「何だ」

「とんびに油揚げをさらわれたような感じじゃないですか」

「事件が解決すれば、それでいい」皮肉にも特に反駁《はんばく》せず、阿部が目を逸《そ》らした。

「まだ解決してませんよ」

「時間の問題だろうが」

「二件目の事件はどうなります？　浅尾は認めてないんでしょう」

「時間の問題だ」阿部がゆっくりと繰り返した。「いずれ喋り出すさ。あの手口は、同一犯のものとみて間違いないからな」

「そうですか……」

「何か不満なのか？」阿部の声に、本来の刺々《とげとげ》しさが蘇《よみがえ》った。

「そういうわけじゃありません。二人殺したことを認めたら、死刑の可能性が高くなりますからね。そこまで覚悟を決めているかどうか」

「死ぬのが怖いんだったら、完全に黙っているはずだ」

「犯罪者の考えていることは分かりません」西川は首を振った。

「だったら余計な口を出すな」

「口は出しませんが、お手伝いはしますよ。そのために、ここにいるんですから」

「余計なことはしなくていい」

阿部はまた、マジックミラーに視線を戻した。取調室の中では、浅尾が驚いたように目を見開いている。こめかみを汗が流れ、顎に伝った。あの中も、それほど暑いわけではないはずなのに。

西川は会話を打ち切り、その場を離れた。何となく、いいことをした気分になってくる。阿部は怒っていてこそ、アイデンティティを保てるのではないか。気の抜けた阿部など、阿部ではない。この方が、彼の精神状態には絶対にいいはずだ――もちろん、怒りの矛先が西川の方に向いてこなければ、だが。

さやかは少しむっとした表情で、椅子に腰かけていた。

「浅尾の顔、拝んで来いよ」

「もう見ました」

「どう思った？」

「犯人のイメージ、湧《わ》かないんですけど」

誰もがそう言う。人は、見た目のイメージ通りに行動するわけではないのだが、少し引っかかった。

「だけど、供述通りに携帯が見つかってるんだぞ。もうすぐ逮捕状も発付されるはずだ。庄田も、この寒いのによくやったよ」

「運がいいだけじゃないですか」

自分の一言が、さやかの怒りに火を点《つ》けてしまったと気づく。嫌っている相手が褒められたら、やはりかっとするだろう。

「運を味方にできるのも、実力のうちだ」

「偶然ですよ、偶然」さやかが目を細め、西川を睨んだ。「たまたま大事な証拠を見つけたからって、調子に乗られたら困ります」

「あいつは別に調子に乗ってないぞ」にやけてはいたが。あんなむっつりした男でも、捜査一課の猛者《もさ》どもに持ち上げられれば、表情ぐらい崩れるだろう。

「別にいいですけどね」コートを摑んでさやかが立ち上がった。「一応、スタンドバーの聞き込みに行きますけど、この線、無理に進める必要はないですよね」

「そうだな。ある程度、浅尾の動向が摑めればいい」

「その後、どうするんですか？　私たち、明日から失業ですか」

「いや」西川は、嫌なことを思い出して、思わず頰《ほお》の内側を嚙んだ。「俺たちの仕事は、これだけじゃ終わらない。特捜のやり方をおさらいしなくちゃいけないんだ」

「それって、例の『黒い手帳』のことですか」さやかが顔をしかめる。追跡捜査係にきて日が浅いさやかは、まだこの作業を受け持ったことがないのだ。

「それも追跡捜査係の仕事だから。同じ捜査員に話を聴くのは嫌かもしれないけど、誰かがやらなくちゃいけない」

「分かりました……夜中の聞き込みの方が全然楽みたいですけどね」

「誰だってそうだよ」西川は苦笑して、彼女に向かって手を振った。部屋を出るさやかの足取りは重い。鬱陶しがられながら仕事をするのには慣れていないのだろう。

　さやかが出て行ったのと入れ替わりに、沖田が入って来た。こちらもむっつりした表情で、コートを着たまま、乱暴に椅子に腰を下ろす。ちらりと西川を見て、皮肉に唇を歪《ゆが》める。

「お、西川先生も、今日はまだ帰らないんだ」

「やることがある」西川は、沖田と目を合わせないようにした。

沈黙。西川はOSが立ち上がる間、じっとパソコンの画面を睨んでいた。沖田に向けて放った言葉と裏腹に、すぐに何かやることがあるわけではないが、沖田と会話を共有するのが辛《つら》い。しかしデスクトップが現れると、沈黙に耐えられなくなった。

「浅尾の顔、見たか?」

「見たよ」さらっとした調子で沖田が答える。

「どう思った?」

「感想は先送りでいいか? 本人と話したわけじゃないから、何とも言えない。お前こそ、どうだ?」

「こっちも同様だ」西川は肩をすくめ、眼鏡を外した。ぼんやりした視界の中、沖田を見詰める。「今の段階では、特定の印象は持ちたくないな」

「あいつが犯人じゃない、とか」

「ああ」眼鏡をかけ直すと、沖田がどこか不満気な表情を浮かべているのが見えた。「いろいろ、筋が合わないことがあるんだよ。事実関係もそうだし、浅尾の気持ちの問題としても」

「気持ち、ねえ」沖田が眉を上げる。

「もちろん特捜の連中も、その辺には気づくだろうけど」

「ああ」

話はこれでは終わらない。まだ二分の一だ。そして現段階では、浅尾は二つ目の事件――市田保美《いちだやすみ》が殺された件については、明確に否認しているという。そんなことを言われる理由が分からない、とでも言いたそうに戸惑っていたようだ。

「携帯はどこにあるのかね」沖田がぽつんと言った。

「市田保美の携帯？」

「ああ。同一犯なら、それこそ同じパターンを繰り返すだろう。最初の犯行で携帯をあそこに捨てたなら、二回目も同じようにしているはずだ」

「今のところ見つかってないな……浜田千夏の携帯は、庄田が見つけたけど」

「へえ、あいつがねえ」沖田が体を起こし、にやりと笑った。「東北人っていうのは本当に粘り強いんだな」

「最初にこの携帯が見つかってれば、状況は変わっていたかもしれない」当時行われた川浚《ざら》いは、結局甘かったわけか……この状態も、黒い手帳には書かなければならないだろうな、と西川は思った。阿部の熱さは空回りしていたのだろう。西川はここにきて、彼の管理職としての能力に本格的な疑念を持ち始めていた。

「まったく、釈然としないな」沖田が吐き捨て、立ち上がった。「俺は、出るぞ。ここにいてもやることはないから」

「外に出たら、やることはあるのか?」

「そんなの、歩きながら考えるさ……庄田は特捜の手伝いだな?」

「あいつは、特捜のラッキーボーイになったからな」

「三井は?」

「浅尾の家の近くにあるスタンドバーに行ったよ」

「じゃあ俺も、カクテルでもいただきに行こうかな」沖田が唇を歪めるようにして笑う。

「自棄酒《やけざけ》か?」

「自棄になる理由なんか、ないぜ」

軽口を残して、沖田が部屋を出て行った。いつもの軽い会話だが、本当に上滑りしていたと思う。

何かがおかしかった。その「何か」が分からないのが腹立たしく、苛立《いらだ》たしい。

軽く夕食を取った後、西川は部屋に閉じこもった。こうなったら、もう一度徹底的に調書を読み返し、今進んでいる捜査に問題がないか、調べ上げてやろう。魔法瓶のコーヒーがなくなってしまったので、署の近くにあるコーヒーショップから一番大きいサイズのコーヒーを買ってきて、夜の頑張りに備える。

庄田が一度顔を出して、取り調べの様子を教えてくれた。

「今のところ、素直に応じています」

「動機は何だ？　やっぱり金か」

「そうですね。失業して、いろいろ仕事を探したんですけど、上手くいかなかったみたいです。このご時世ですからね」

「それは分かるけど、えらく短絡的に犯行に走るんだな」

「人間、追いこまれると、まともに考えられなくなりますから」庄田がしたり顔でうなずいた。それから部屋の中を見回し、「三井はいないんですね？」と用心深く訊ねる。

「安心しろ。遅くまで戻って来ないと思うから」

「そうですか」

思い切り安堵《あんど》した様子で息を吐く。それを見て、思わず声を上げて笑ってしまった。

「三井とは、もう少し普通につき合えよ」

「君子危うきに近寄らずっていうじゃないですか」

「まあ、いいけどな……それより今のところ、浅尾の供述に矛盾点はないのか？」

「ないようですね。一々全部の話が入ってくるわけじゃないんで、はっきりしたことは分かりませんけど」

うなずき、「飯は食ったか」と訊ねる。庄田は「特捜で弁当が出ました」と答えた。状況が一気に進展したから、今日はそれなりに豪華な弁当が出たのだろう、と西川は想像した。兵站《へいたん》部門を担当する所轄の警務課長は、何かと気を遣うものだ。普段の食事から、特捜解散の打ち上げで用意する酒の銘柄に至るまで。年に二回特捜本部ができたりすると、署の予算が逼迫《ひっぱく》する、とも言われている。

「ま、しばらく特捜に力を貸してやってくれ。一段落したら、別の仕事があるから」

「何ですか」警戒して、庄田が一歩下がった。

「黒い手帳だ。特捜の穴探し」

「ああ」庄田の顔が暗くなった。

「そんな顔するな。これも立派な、追跡捜査係の仕事なんだぞ」

「分かってますけど、まだやったことがないんですよ」

「いい機会だから、ちゃんとやり方を覚えておけ。教訓を摑むのは、後に続く連中が失敗しないために大事なことだ」

「でも、同僚から事情聴取するんですよね」

「向こうだって協力してくれるさ。仕事なんだから」本当は、そんなに簡単にはいかない。誰でも、自分の失敗を突《つ》かれるのは嫌なものだ。西川は比較的自分を抑えることができるが、沖田はしばしば、相手と派手に喧嘩している。逆の立場だったら――沖田が強行班に戻り、特捜で失敗して追跡捜査係の事情聴取を受けることになったら、絶対に協力しないだろう。

「じゃ、特捜に戻りますんで……失礼します」

庄田が出て行ったので、西川はふっと溜息をついた。腕組みをして天井を仰ぎ、じっと息を潜める。こうやっていても何かが変わるわけではないが、体の内側に力をこめたかった。そうしていないと、どんどん気合が抜けてしまう。

こういう時はやはり、調書に集中するに限る。自分の故郷。かつ、一番心安らげる場所。ファイルフォルダの中身をばらし、最初の事件と二番目の事件の、それぞれの現場の様子を書いた報告書を並べる。書いたのは別の人間なのだろうが、刑事は端的な報告書の書き方を叩きこまれるので、誰が書いても同じようになる。それぞれ三枚ずつ。上下に並べ、立ち上がって見比べてみた。そのうち、奇妙な違和感を覚え始める。中身ではない。今は、決して中身を読んでいたわけではないのだから……一枚ずつ取り上げて、違和感の元を探す。おいおい、こんな間違い探しのようなことをしても仕方ないぞ。思わず苦笑したが、一度気になってしまうと、探し出さないと気が済まない。

すぐに、違和感の原因に気づいた。報告書の右端がおかしい。この報告書は元々、阿部の所に一元化されていたのを、コピーしてきた物である。最初の事件の現場報告……その三枚だけ、右端の黒い丸が大きい。元々、六つ穴のバインダーに綴《と》じこまれていたのだろう。しかし他の報告書はどれも、同じサイズの黒い真円になっている。三枚だけ、無理に外すか何かして、穴が広がってしまったような感じがした。

意味が分からない。分からないが、取り敢えず状況だけは確認しておくことにした。特捜本部に足を運び、阿部がいないのをいいことに、芝浦署の刑事課長にオリジナルの調書を借り出した。調べる所は分かっていたので、その場で立ったままめくっていく。当該のページをすぐに見つけ出し、バインダーで綴じられた部分を確かめた。確かに穴が広がっており、一枚は穴の二か所が破れている。まるで誰かが慌てて外し、戻したかのように。

「この調書は、誰でも見られますよね」

「ああ、もちろん」刑事課長が軽い調子で言った。「ただ、見てる暇なんか、ほとんどないけどね」

「でしょうね……誰が見ていたかは分かりますか？」

「いやあ、そこまでは」

「そうですか」西川は顎に拳を当て、じっくりとバインダーを見た。

「それが何か？」西川がミスを発見したとでも思ったのか、刑事課長が遠慮がちに訊ねる。

「いや、特にどうこういうことはないんですが」

今のところは。ただし、何かが引っかかる。実際、刑事課長の言うように、ヒラの刑事がこれを見ている暇などないだろう。一方、阿部たちは穴が空くまで読みこんでいるはずだが、絶対に丁寧に扱っているに違いない。他のページを見れば、それは分かる。

誰かがこのページを読んだ……かなり乱暴に引き抜いた。おそらく、急いでコピーを取る必要があったのだろう。

その行為自体に問題があるとは思えない。しかし何かが引っかかり、西川を次第に苦しめ始めた。

第十章

スタンドバーね、と沖田《おきた》はどこか白けた気分になった。経営者がスタンドバーだと言い張ればスタンドバーなのだろうが、店内はどこか煤《すす》けた、垢抜《あかぬ》けない雰囲気である。カラオケの設備が置いてあるのも、「スタンドバー」の名前には合っていなかった。店主はカウンターの向こうでグラスを拭《ふ》きながら、真剣な調子でさやかの質問に答えている。薄くなった頭髪をオールバックにして頭蓋《ずがい》に貼《は》りつけ、鼻の下には油性ペンで描いたような髭《ひげ》。糊《のり》の効いた白いシャツに黒いベストと、格好だけは一人前のバーテンダーだった。

さやかが気づいて後ろを振り向き、沖田の顔を見て唇を引き締めた。邪魔だ、と露骨に顔に書いてある。それを無視して沖田はカウンターにつき、水割りを頼んだ。

「仕事中じゃないんですか」さやかが抗議する。

「もう、仕事の時間は終わってるよ」沖田は腕時計を持ち上げて見せた。「それに、優秀な刑事がちゃんと話を聴いてるんだから、俺は酒ぐらいゆっくりと呑《の》みたいね」

刑事二人のやり取りにマスターが戸惑っていたので、「水割り、お願いします」と笑顔で言った。スイッチが入ったように、マスターがすぐに作業に取りかかる。

できあがった水割りを取り上げ、顔の高さに上げて中を覗《のぞ》きこむ。大きな氷の周りに、薄い琥珀《こはく》色の液体がゆっくりと渦巻いていた。一口含むと、アルコールの刺激が上手《うま》い具合に弱められた、美味《うま》い水割りだった。どうやら格好だけのマスターではないようだ。

沖田はさやかに視線を向け、先を続けるように促した。さやかは呆《あき》れたように肩をすくめ、手帳に視線を落としてから、低い声で質問を発する。

「それじゃ、浅尾《あさお》は十年もこちらに通っていたんですね」

「そう、だいたい週末には来てましたよ」マスターの口調は丁寧だった。

「金曜日？」

「金曜か、土曜か。うち、日曜だけが休みなもんで」

一週間の仕事の疲れを、美味い酒で洗い流そうとしていたわけか。気持ちは分かるよ、と沖田は胸の中でつぶやいた。

「いつも一人でしたか」

「そうね」マスターがグラスを拭く手を休める。「うちは一人か、せいぜい二人連れのお客さんばかりなんで」

沖田は振り返り、店内を眺め渡した。ボックス席が二つあるが、やけに小さな作りで、四人で腰かけたら、二人は肩がはみ出しそうだった。低い音量で流れるＢＧＭが、次第に鬱陶《うっとう》しくなり始める。さやかとマスターのやり取りを聞くのを、微妙に阻害するような音量なのだ。さやかは気にならないようで、質問を続ける。

「浅尾は、こちらではどんな様子でしたか？」

「だいたいいつも、薄い水割り三杯ぐらいでしたね。そんなに乱れるわけでもなくて、静かに呑んでましたよ」

「話はしましたか?」

「世間話ぐらいは、ね。あの人、看板屋さんだったでしょう? このところ、不景気で仕事が減ってたから、最近の話題はそればかりでしたよ。でも考えたら、あの人が就職してからずっと、世の中は不景気だったんだよね」

「会社が倒産した話は聞きましたか?」さやかが核心に近づく。

「ああ、その後で一回来てね」マスターの表情が曇った。「あの時は、珍しく酔っぱらってたなあ。相当ショックだったんでしょうね。『社長は悪くない、悪いのは俺らだ』って、もう、嫌になるぐらいしつこく繰り返してましたよ。あんまり愚痴るから、こっちも相談に乗ってあげようと思っていろいろ聞いたんだけど、そうなったら今度は黙っちゃってね」

「泥酔、ですか」

「そう、あの時は泥酔だったね。七時過ぎにここへ来て、十一時ぐらいまで粘ってて……それも珍しかったんですよ。いつもは、一時間ぐらいでさっさと引き上げる人だから」

「会社のこと以外に、何か言ってませんでしたか?」

「何だか、弟さんがどうのこうの言ってましたけどねえ。あまり詳しく覚えてないんだけど、就職に失敗したとか何とか」

沖田は頭の中で、浅尾の家族構成を思い出していた。確か、年の離れた大学生の弟が一人いるはずだ。就職に失敗したという話と合わせて考えると、次のチャンスを待つためにわざと留年して翌年の就職活動に備えた、とも解釈できる。最近は、あくまで「新卒」で就職するために、故意に留年するケースも珍しくないはずだ。

「実家に仕送りしてたそうなんですけど」

「ああ、やっぱりね」マスターが真顔でうなずく。

「どういうことですか？」さやかがわずかに身を乗り出した。

「どこかで仕事を見つけないと実家がヤバいって、何度も繰り返してたんですよ。俺にまで、何か仕事はないかって聞いてきたぐらいですから、本当に困ってたんでしょうね。だけどそんな事言われても、こっちはただのスタンドバーのマスターだからねえ」困ったように腕組みをし、眉間《みけん》に皺《しわ》を寄せる。「でも、ちょっと真剣に考えておけばよかったかな？　金さえあったら、あんな事件は起こさなかったはずでしょう」

「それは結果論です」さやかがぴしりと言った。以前からの性向だが、彼女は犯罪者に対して少し厳し過ぎる。

「まあ、あんな大変なこと……ねえ」マスターが口籠《くちごも》る。人殺し、とでも言いたかったのだろうが、さすがにそれは口にできなかったに違いない。彼にとっては、何年も通って金を落としてくれた客なのだ。

いつの間にか、沖田のグラスは空に近くなっていた。美味い水割りは水のようなものだ。

喉《のど》に引っかかりなく通り過ぎて、体を内側から温めてくれる。お替わりを頼もうかと悩み、結局グラスをそのままカウンターに放置する。二杯目になると、少しだけ怪しくなるのだ。お替わりを頼む代わりに、自分でも質問をぶつけてみる。

「暴れるようなことはなかったですか」

「はい？」質問の意味を摑《つか》みかねたのか、マスターが首を傾《かし》げる。

「この店で、酔って暴れたりしたことはなかったですか？」

「それはないですね。基本的には静かに呑む人だったから」

「マスターの目から見て、どんな人でした」

無言で、また首を傾げる。どう答えていいか分からないようで、綺麗《きれい》に磨き上げたグラスをまた取り上げた。

「印象でいいんですよ。実際に何が起きたかじゃなくて、マスターの目からどう見えたか」

「大人しい人でしたよ」その印象を撤回するつもりはないようだった。「事件を起こしそうな人には見えなかった」

東京で人を殺し、さらに大阪で強盗事件を起こした事実を知っていて、なおこう言っているのだから、彼の中での浅尾は、あくまで「大人しい、静かな男」なのだろう。

「この店に、誰か他の人と一緒に来たことはなかったですか？」

「ないですね」

「間違いなく？」
「確証はないけど」マスターが顔をしかめる。沖田の突っこみが、少ししつこく感じられ
るようだ。「だって、十年も通ってるんだから。何年も前のことだったら、覚えてないで
すよ」
「友だちがいないタイプですか？　それとも、呑む時だけは一人がいいというタイプ？」
「どうだろう……でも、友だちは多くないと思いますよ。ここで話をする時も、だいたい
会社の話ばかりだったから。彼女もいない感じだったし。そういう人、いるでしょう？」
俺も似たようなものだ、と沖田は侘《わび》しく思った。地方出身で東京に住んでいる人間は、
多かれ少なかれ浅尾と同じパターンに陥るのかもしれない。自分の生活が出来上がってく
るに連れ、学生時代の友人たちとは次第に疎遠になり、一緒に遊ぶのは会社の仲間たちば
かりになる。
「誰かの噂《うわさ》話をしたりとか」
「そういう話のネタになってたのは、大抵会社の人でしたね。社長さんとか……東京での
親代わり、と言ってましたよ」マスターの手先で、グラスがきゅっと音を立てた。ゆっく
りとカウンターに置くと、真顔で沖田に訊《たず》ねる。「本当にあの人が、人を殺したんですか」
「本人はそう言ってます」
「信じられないな。そんな人には見えなかった……って、そういうのは結果論なんでしょ
うね」

「蟻《あり》一匹殺せない人が、突然凶暴な犯行に走ることもあります」金が絡めば、特に。いとも簡単に。

「何かの間違いってことはないんですか」

「ないでしょう。本人が自発的に自供してますからね」

「そうですか……」マスターが嘆息を漏らし、またグラスを取り上げた。

いずれ彼は、グラスを磨き過ぎて摩滅させてしまうのではないか。そんな妄想を抱きながら、沖田はさやかを連れて店を後にした。


もう一度品川飯店《しながわはんてん》に行こうという沖田の誘いを、さやかは断らなかった。事情聴取のやり直しではなく、夕飯。水割り一杯で空腹が刺激された沖田は、とにかく何か腹に入れておく必要を感じていたし、一日走り回っていたさやかも同じようだった。

「一度事情聴取したところで食事するのは、何だか変な感じですけどね」

「気にするな。食べ終わったら、客から刑事に戻ればいいんだから」

これで二日続けて中華になるな、と思いながら、沖田は店に入った。麺《めん》と米の違いがあるからいいか……昔ながらの町場の中華料理屋という感じの店で、壁には短冊型のメニューが一杯に張ってある。値段は、この辺の相場からすると、かなり安目だった。独身の男が毎日の夕飯に使うには、ちょうどいい店である。客の入りは半分ほど。夕飯時でこの状態だから、今からそれほど混み合うこともないだろう。事情聴取をするにはいい環境だ。

夕べは麺だったと思い出し、沖田は肉野菜炒めの定食を頼んだ。さやかはチャーハン。彼女は店の人間に見つかるのを恐れるように、注文する時もずっと顔を伏せたままだった。

「もう、ばれてると思うぜ」

「何だか、変な感じなんですけど」うつむいたまま、さやかがぶつぶつと文句を言った。沖田はそれには答えず、浅尾とこの店の関係を想像した。岐阜から上京して専門学校に入り、卒業後、就職。看板制作で、都内、あるいは神奈川や千葉でも仕事をしていたかもしれないが、この店は浅尾にとってずっと、東京の台所だっただろう。仕事の都合で引っ越しが多かった沖田は、東京でのホームタウンがどこかにあるという意識が低かったが、浅尾にとってこの街は、まさに東京における故郷のようなものだったはずだ。何しろ、人生の三分の一を暮らした街である。

「沖田さん」

さやかに言われて目を開けると、目の前で山盛りの肉野菜炒めが湯気を上げていた。この料理に「野菜」の名前をつける必要はないのではないか、と思った。ほとんど肉の山。その所々に、キャベツやもやしが覗いている感じだった。

さやかが早々にチャーハンを食べ始めたので、沖田も箸《はし》を割った。一口食べて、思わず唸《うな》る。火の通し方が絶妙だった。野菜は生の固さをわずかに残して、心地好い歯ごたえになっている。これで七百円なら安いな、と感心した。自宅の近くにあったら、週に三回は通うかもしれない。

さやかは、いつもより食べるペースが遅かった。何かが気にかかっている様子である。

「小沢《おざわ》の件は忘れろよ」

皿に視線を向けたまま、さやかがぴくりと肩を震わせる。ゆっくりと顔を上げると「気にしてませんよ」と冷たい口調で言った。

「そうか？　もうちょっとで賞状、ぐらいは期待してたんだろう」

「別に、賞状が欲しくて仕事してるわけじゃないですから」

「貰《もら》える物は貰っておかないと」

「何だか、論点がずれてますよ」

「そうか」

会話が途切れ、沖田は食事に専念した。いつの間にか他の客はいなくなっており、テレビの音だけが低く流れている。さやかが食べ終えた所で、厨房《ちゅうぼう》から初老の男が出てきて空いたテーブルに着いた。コック帽を脱ぐと、テーブルに乗せて溜息《ためいき》をつき、ぼんやりとテレビに視線を注ぐ。沖田は箸を置き、「あれか？」と小声でさやかに訊ねた。

「『あれ』はやめて下さい……ここのご主人です」

「始めるか」

うなずき、さやかが立ち上がる。昼間一度会っているので、この場は彼女に任せることにした。店主の向かいの席に座ったさやかが、「美味《おい》しかったです」と愛嬌《あいきょう》を振りまく。店主は「あれ、昼間の刑事さんだったの？　分かってれば大盛りサービスしたのに」と気さくに応じた。

「そんなに食べられませんよ」

切り返しておいてから、さやかが沖田を店主に紹介した。沖田はワイシャツの胸ポケットから煙草《タバコ》のパッケージを取り出し、吸ってもいいか、と店主に目で訊ねた。店主が黙って、べこべこになったアルミ製の灰皿を引き寄せ、沖田の前に置くと、自分も煙草をくわえて素早く火を点《つ》けた。

年の頃、六十代半ばだろうか。ほぼ白くなった髪は、ずっとコック帽を被《かぶ》っていたせいで、ぺったりと頭蓋に貼りついている。鼻の血管が切れて赤くなっているのは、酒とのつき合いが長い証拠だ。でっぷりとした体型で、全体には髭のないサンタクロースといった感じである。どうやらさやかのことは気に入ったようで、雑談は軽快に転がっていた。

さやかが急に真顔になり、両手を組み合わせた。それを見て、店主も唇を引き締める。

「浅尾が、東京に連行されました」

「ああ、そうなんだ」店主の目の色が暗くなる。

「本人は、強盗事件を起こしたことを認めています。時間的に、この街に住んでいた頃のことでした」

「ああ」店主の顔から血の気が引いた。

「それで、最後にここへ顔を出した時のこと、思い出してもらえました?」

昼間ここへ来た時、宿題を出していたわけか。店主が、一瞬嫌そうな表情を浮かべたが、すぐにうなずく。

「あれから嫁と話してみたんだけどね、間違いないのは、去年の五月の頭だったと思う」

「ゴールデンウィークの頃ですか？」さやかが手帳を開き、去年のカレンダーを確認した。

「こどもの日よりは前だったと思う。うちね、五月は三日から五日まで粽《ちまき》をサービスするんですよ。中国風の粽だけど」

「ああ、餅米《もちごめ》で……」さやかが両手をこねくり回して、料理するような真似《まね》をした。

「そうそう。で、去年も浅尾さんがそいつを持っていったのは間違いないんだ。好きだって言ってね。毎年同じやり取りをしてたんだけど」

「間違いないんですか？　渡したお客さんの名簿を作ってるわけじゃないでしょう」

「たかだか去年の話だよ？　それに浅尾さんは、十年も通ってくれてたんだから。そういうの、忘れるわけがないでしょう」

「なるほど……」

　さやかが手帳に「五月三〜五日、粽　品川飯店」と書きつけるのが見えた。あとは、アパートを引き払ったのがいつだったかが問題だが、これは大家に確認すれば分かるだろう。事件前後の浅尾の行動パターンは、次第に狭まってくるはずだ。焦点は五月十二日、それに六月十日だ。犯行当日、まだ東京にいたのか、他の街にいたのか。事件の設計図を作る上で、それは重要なポイントになる。

「その後は見てないんですか？」さやかがさらに切りこんだ。

「そういうこと」店主が頭を掻《か》く。「うちらの記憶にあるのは、去年のゴールデンウィークが最後です」

会話が途切れたタイミングを狙《ねら》って、沖田は割りこんだ。

「浅尾って、どういう人間でしたか？」

「よく食う男でねえ」店主が苦笑しながら答える。「あの体でしょう？　痩《や》せてるっていっても、まあ、びっくりするぐらい食べますよ。痩せの大食いって言うのかな。うち、定食はどんぶり飯で出すでしょう？　それの大盛りを頼んで、いつもお替わりしてたから。そうじゃなければ、定食とラーメンとかね。あんまり食べるもんだから、そのうち浅尾さんが来ると、おかずも大盛りで作るようになっちゃってね。こっちからすると赤字なんだけど、何だか憎めない人なんですよ」

「愛嬌がある？」

「いやいや、そういうタイプじゃないけどね、放《ほう》っておけないっていうか」店主が顔の前で手を振った。「何て言うか、素朴？　田舎から東京に出てきて長いのに、何だかずっと仮暮らしみたいなタイプの人、いるじゃないですか」

「ええ」

「そんな感じでしたね。本人も、いつまでも東京にいるつもりじゃなかったと思うけど」

「そうなんですか？」初めて聞く情報である。沖田は思わず身を乗り出した。

「二、三年前だったかな」店主が腕組みをした。「閉店間際に飛びこんできてさ、こっちも暖簾《のれん》を仕舞っちゃって、しばらく世間話をしたことがあるんですよ。親がもう年寄りだから、できたら独立して、田舎に帰って自分で会社を始めたいって言い出してね。今の仕事が嫌だってわけじゃなくて、親御さんを純粋に心配している様子だった。優しい人だよねえ」

「具体的に、独立して田舎へ帰るような話はしてなかったんですか？」

「その時聞いたのは、あくまで希望としてだったから。看板屋さんっていうのも、どうなのかね？　昔みたいな職人の世界っていうよりも、最近はデザインをコンピューターでやっちゃうんでしょう？　誰でも始められる分、競争も激しかったみたいですよ。田舎だと需要が少ないだろうから、そう簡単には始められないだろうしね」

「それでも、本気だったんですかね」

「俺はそう思ってたけどね。商売として成り立つかどうかはともかく、親御さんの近くにいて面倒を見たいっていう気持ちは本当だったんじゃないかな。だから、もしかしたら看板屋じゃなくてもよかったのかもしれないね。何か、取り敢えず金になる仕事があれば……」

「弟さんのこと、何か話してませんでしたか？」さやかが訊ねた。

「ああ、誠君《まこと》ね」

名前まで知っている？　だとしたら浅尾は、相当詳しく家庭の事情を話していたことになる。

「足を骨折したって話だったけど」

「ええと」さやかが手帳を見下ろした。何が書いてあるわけでもない。話がいきなり変わったので、混乱を避けるために頭を整理しようとしているのだ。「就職活動に失敗したと聞いています」

「交通事故だったんですよ」店主が真顔で言って顎《あご》に力を入れた。「バイクで、車と衝突しちゃってね。右の大腿骨《だいたいこつ》を折って、入院とリハビリで半年ぐらいかかったそうです」

さやかが顔を歪《ゆが》める。話だけで痛みを感じているようだった。

「それじゃ、就職活動どころじゃないでしょう？　しきりに弟さんに同情してたね。自分が何とかしてやりたいけど、コネもないからって、悩んでましたよ。弟さん、いい大学に行ってるんですよねえ。本人も優秀で、やる気もあって、就職なんかそんなに難しくないって話だったんだけど、怪我《けが》じゃしょうがないのかな」

「いろいろ大変だったんですね」

さやかが心底同情するような口調になった。何も言わなかったが、沖田も同じ気持ちだった。今までのところ、浅尾に対する悪口は一切聞こえてこない。会社が倒産さえしなければ、こんな事件を引き起こすことはなかったはずだ。都会の片隅で、突然足場を失い、自分の存在意義を怪しく感じ始めた男の苦しみは、沖田にもよく分かる。

「だから、あんたが事件のことを言ってきた時、びっくりしたよ。悪い冗談じゃないかと思った」

「私のこと、凄《すご》い顔して睨《にら》んでましたよね」

さやかに指摘され、店主がまた頭を掻く。愛嬌のある顔に苦笑が浮かんでいたが、それはすぐに引っこんで、苦悶《くもん》の表情が取って代わった。

「それぐらい、浅尾さんはいい人だと思ってたから」

彼は罪を犯したかもしれない。しかし、無事に出所すれば、立ち直りに手を貸してくれる人がいるのではないか。少なくともこの街の人は、笑顔で、手を広げて受け入れてくれるのではないか。

しかし、もう一件殺人を犯していたら、無理だ。彼に待っているのは死刑台である。


夜になって、風は身を切るように冷たくなっていた。山手線を降り、芝浦署へ向かう道のりが、寒さのせいでひどく長く感じられる、海が近く、運河があって高層ビルも多いから、気まぐれな強風が吹く要素は揃《そろ》っているのだが、それにしても冷える。さやかは背中を丸め、一刻も早く暖かい場所へ帰り着こうと、早足で歩いている。沖田はその背中を追いながら、根拠のない違和感を覚えていた。

本当に浅尾がやったのだろうか。

優しい、穏やかな男。そういう男だから絶対に犯罪に手を染めないとは限らないが、あれだけ家族のことを思っている人間なら、短絡的な犯行には走らないような気がする。家族にどれだけ迷惑がかかるか、まずそういうことが頭を過《よぎ》るからだ。しかも残虐な手口……人を殺すには、大変な覚悟がいる。心理学的に見て一番大変なのは、首を絞めるなど、直接の肉体的接触を要する手口で、罪悪感が少ないのは銃を使うケースだと、誰かが言っていた。刃物を使うのは両者の中間だろうか。しかし、相手の体温を感じながらナイフを使うのは大変だろうし、血を浴びる覚悟もしなければならない。

だいたい、本当に金が欲しかったら、別の方法を考えるのではないだろうか。普通の家に盗みに入った方が、よほど楽に、しかも安全に大金が手に入りそうなものである。騒がれ、その場で逮捕される恐れ——実際、大阪では現行犯逮捕されている——がありながら、人を襲うというのは、どこか浅尾の思考・行動パターンから外れている感じがした。

「三井《みつい》」

呼びかけると、さやかが少しだけ歩調を緩め、振り返った。沖田は彼女の横に並び、「本当に浅尾がやったと思うか？」と訊ねた。

「本人が自供してるし、物証も見つかってるんですよ。間違いないでしょう」さやかが顔も上げずに答える。

「誰かを庇《かば》っているとか、考えられないだろうか」

「誰を？」

「……例えば、弟とか」

「事件当時、骨折のリハビリをしてたんじゃないですか」

「それは、確認してみないと分からないことだよな。話は聞いたけど、あくまで傍証だ。

家族に確かめないと」

「ま、そうですかね」不満気に、さやかが唇を尖《とが》らせる。

「仮に弟がやったとしたら、浅尾は庇うぐらいしそうじゃないか？」

「確かに……事件後、すぐに名乗り出そうなものですよね」

「最初は、ばれないと思っていたのかもしれない」

「うーん。ちょっと変ですね」立ち止まって、さやかが首を捻《ひね》る。「だったら、今回逮捕された時だって、黙っていればよかったじゃないですか。他に被疑者がいたわけじゃないんですから」

「そうだな」どうも今回の事件では、頭の働きが鈍い。最初からノリが悪かったからなと思い、すぐにそんなことでは捜査なんかできないぞ、と自戒の念を抱く。

「どうなるんでしょうね、この事件」

「ああ」沖田は言葉を濁した。普通に考えれば、二つ目の事件も自供させて、連続通り魔殺人事件としてまとめる。だが、どうしてもその構図で自分を納得させることができなかった。理由は分かっている――印象だ。浅尾という男の優しさ。

もちろん、優しさが反転して、強烈な殺意を生むこともある。だが常に家族を思いやっていた男が、残虐な殺しを二件も続けて犯すとは思えなかった。さらに突っこんで考えれば、二件の事件の間隔もおかしい。最初の事件で、浅尾がいくら奪ったと供述しているかは分からないが、それほど多額ではないことは容易に想像がつく。若い女性会社員が、それほど多くの現金を持ち歩いているとは考えられないからだ。奪ったカードを使った形跡もない。人を殺すほど状況が逼迫《ひっぱく》していたなら、もっと短い間隔で次の事件を犯すのではないか。

どうにも腑《ふ》に落ちないことが多過ぎる。特捜本部は、今回は特に過ちを犯してはいない——現段階では。だが、このまま浅尾を追及していけば、彼を追いこみ、関係ない犯行まで無理に自供させることになるのではないか。取り調べの可視化が盛んに喧伝《けんでん》される中、絶対に避けなければならないのは、自白の強要である。阿部《あべ》の強引な性格、優しさと裏腹の浅尾の弱気。複数の要因が絡み合った時、冤罪《えんざい》が起きかねない。

「何だかさ」言う気がなかったのに、沖田は無意識のうちに口にしてしまった。「浅尾がやった気がしないんだ」

さやかが眉《まゆ》を吊《つ》り上げる。一瞬寒風が吹き抜け、彼女の前髪を揺らしていった。

「無実だって思ってるんですか」さやかが低い声で訊ねる。

「いや、最初の事件はやっているかもしれない。でも、二番目の事件はどうだ？　あいつが、そんなに簡単に二人も人を殺すとは思えない」

「そういうイメージを固めるには、まだ早いんじゃないですか」さやかは冷静だった。「本人と話してもいないんでしょう？　周りの人の印象だけで決めてしまうのは危険ですよ」

「分かってる。だけど往々にして、本人よりも周りの人間の方が、本人のことをよく分かっていることもあるだろう」

「そうですね」さやかが冷たい目で沖田を見た。「自分で意識されているかどうかは分かりませんけど、沖田さんは情に流されやすい人だし」

「生意気言うな」

さやかがぱっと大きな笑みを浮かべたが、かなり無理しているのは明らかだった。すぐにうなだれ、コートの襟元をかき合わせる。風が、コートの裾《すそ》をはためかせた。沖田も、後頭部に湿った冷たさを感じる。雪でも降りそうな天気だった。ふと見上げると、完全な曇り空で、今にも冷たい物が落ちてきそうだった。

「生意気かもしれませんけど、当たってるんじゃないですか」

「――そうかもしれない」

認めてしまって、会話は手詰まりになった。本人の供述が詳しく分からない状況で、いくら推理を展開しても、それは机上の空論に過ぎない。そこに裏づけがなければ、話をするだけ時間の無駄だ。

「とにかく、浅尾が今日何を話したか、聞いてみましょうよ。そうすれば、もう少し先の見通しも立つんじゃないですか」

「そうだな」夜の捜査会議は何時からだろう。今日は間違いなく遅くなる。犯人を手中に入れたのだから、この段階で搾り取れるだけ搾り取ろうと考えるのが普通だ。批判は覚悟で、できるだけ遅くまで取り調べも引っ張るだろう。沖田は徹夜を覚悟した。少なくとも、今日は家へ帰れないだろう。

「とにかく、戻りましょう。ここ、冷えますよ。風が強くて……」

「そうだな」

並んで歩き出した途端、携帯が鳴る。ズボンのポケットから引っ張り出し、着信を確認すると西川だった。別に話すこともないんだがな……と顔をしかめながら電話に出た途端、西川が爆弾を落とした。

「二つの事件、犯人は別だと思う」


冗談じゃない、と沖田は悪態をついた。もしも西川の言う通りだったら、特捜は最初から、まったく違う線を追っていたことになる。しかし、あれだけ似た手口の事件が、どうして別の犯人によるものだと言える？　必死で走っているせいか、考えがまとまらない。あの野郎、まったくとんでもないこと言い出しやがって……頭の中で文句を湧《わ》き立たせながら、沖田はさらにスピードを上げた。既にさやかは、かなり遅れてしまっている。

電話を受けた地点から芝浦署まで、一キロはない――多分八百メートルほど。そういえば、陸上のあらゆる競技の中で、八百メートルほどきついのはない、と誰かが言っていたな。短距離でも長距離でもなく、スピードとスタミナが同時に要求される、非常に難しい競技だ――理屈はともかく、煙草で汚染された自分の肺が悲鳴を上げ、頭がくらくらしてくるのは間違いない事実だ。

署に飛びこみ、階段で三階まで上がった。肺だけでなく足も悲鳴を上げるのは承知の上で、もはや自棄になっていた。呼吸を整える間もなく、思い切りドアを開き、西川を睨みつける。

「お前……変な予告編みたいなこと、やってるんじゃないよ」

西川が突然声を上げて笑った。彼にしては非常に珍しいことだった。

「上手いこと言ってる場合かよ。でも、予告編としたら大成功だな」

「そんなことはどうでもいい……何なんだ、いったい？　思わせぶりなことばかり言いやがって」

「話はちょっと複雑なんだ。そんな酸欠の頭じゃ理解できないぞ。少し落ち着け」

言われるまま大きく深呼吸したところへ、さやかが飛びこんできた。膝《ひざ》に両手をついて荒い息をしているが、遅れを取ったのがよほど悔しいらしく、上目遣いに沖田を睨みつける。それは因縁だと思ったが、何も言わずに無視した。

乱暴に椅子に腰を下ろす。まだ呼吸が安定せず、喉が焼けるようだった。胃の中からは、酸っぱい物がこみ上げてくる。何とか呑みこみ、「さっさと話せ」と西川に脅しをかけた。彼は当然動じる様子もなく、パソコンをいじっている。ケーブルをつなぎ、何かを確認してから満足気にうなずき、立ち上がってドアを閉めた。次いで、部屋の灯《あか》りを消す。プロジェクターが、壁の一面に西川のパソコンのデスクトップを映し出しているのに、沖田は気づいた。

「これから、何枚か写真を見てもらう」

「いいから早くしろ」

「まあまあ」

西川は、いつもの調子を取り戻したようだった。自分に自信がある時は、常にゆったりと振る舞う。そうでない時は……昨日までの西川だ。焦り、不機嫌に、無口になる。

「これは、事件直後に、被害者のバッグの中身を撮影したものだ。口が開いた状態で、中に何が入っているのか確認するために」

「そんなこと、見れば分かるよ」沖田は乱暴に吐き捨てた。

壁には、二枚の写真が並んで写っていた。ノートパソコンサイズの画面を無理矢理拡大しているため、粒子が粗く、見にくい。しかも壁がスクリーン代わりとあって、全体にぼんやりとしている。だが文句を言っても、西川は相手にしないだろうと思い、沖田は無言を貫いた。

「左側が浜田千夏《はまだちなつ》のバッグ。右が市田保美《いちだやすみ》のだ。違いが分かるか?」

「別のブランドみたいだな」

「馬鹿、茶化してる場合か」西川が、薄い闇《やみ》の中、沖田を睨んだ。「よく見てみろよ。お前の観察眼とやらをしっかり使ってくれ。そういうものがあれば、だけどな」

むっとする言い方だったが、西川にいつもの調子が戻ってきているのを沖田は意識していた。バッグはいずれも開口部を大きく広げ、中を俯瞰《ふかん》するように撮影されている。どちらにも、鑑識課員の手が写りこんでいるのがご愛嬌だった。

千夏のバッグの中は、綺麗《きれい》に片づいていた。化粧品、手帳、小さなタオルハンカチ。細々としたものが、整然と詰めこまれている。それに比して保美のバッグの中は、雑然としていた。これでは、何かを探す時に、中を散々引っ掻き回さなければならないだろう。彼女が喫煙者だったことに沖田は気づいた。パッケージの上側が見えているだけなので、ブランドまでは分からなかったが。しかし女性だったら、煙草とライターは小さな煙草入れにしまっておくのではないだろうか。女性の服にはポケットが少ないから、そうするものだ、と聞いたことがある。

「だから、何なんだよ」沖田は苛立《いらだ》ちを隠さず訊ねた。

「分からないか？」西川はほとんど笑い出しそうになっていた。

「分かんねえよ。いい加減にしろ」沖田はぶっきらぼうに答えた。

西川が部屋の灯りを点け、立ったままのさやかに声をかけた。

「ちょうどいい。そういうトートバッグを持つ場合、どうする？」

西川が、さやかのバッグを指差す。たまたま、さやかも今日、横長のトートバッグを持っていた。

「どうって、どういうことですか」

「普通に歩く時どうしているか、ちょっと見せてくれよ」

「こんな感じですけど」さやかが二本の持ち手をまとめて、左肩にひっかけた。

「利き手じゃない方の肩にかけることが多いよな。それで、開口部はどうしてる？」

「閉めますよ」さやかは困惑していた。「満員電車の中なんかで、スリに遭ったら困るでしょう」

「普通に歩いている時は？」

「やっぱり閉めますね。東京に住んでいる人だったら、当然それぐらいは用心します」

「そうなんだよ」西川がまた部屋の灯りを消した。「沖田、二つのバッグの中をよく見てくれ。浜田千夏のバッグの方には、中まで血が飛んでいる」

「そうだな」沖田は渋々認めた。俺はこれを見逃していたのか……血塗《ちまみ》れというほどではないが、点々と血が飛び散り、赤い水玉模様のようになっている。

「市田保美のバッグの方はどうだ？」

「中は綺麗だな」

「ということは、三井、どう思う？」

「ええと、襲われた時、浜田千夏のバッグの口は開いていたけど、市田保美の方は閉まっていた？」

「もう一声」

「西川、いい加減にしろ」沖田は立ち上がり、テーブルを回って西川に詰め寄った。自分の影が、映像を遮るのが分かる。「言いたいことがあるならはっきり言え。クイズ大会じゃないんだぞ」

「いい加減、気づけよ」西川が肩をすくめた。「二人のバッグの状態の違い。それから、さっきの三井の話だ。歩いている時でもバッグは閉めている……元々口が閉まらないバッグは別だけど、二人のバッグにはちゃんとジッパーがついていた。つまり——」

「浜田千夏は、バッグを漁《あさ》られてから殺された」無意識のうちに、沖田は答えていた。

「市田保美は、殺されてからバッグを漁られた」

「そうなんだ」

西川が、また照明を点けた。暗くなったり明るくなったりで、沖田の目は焦点が合いにくくなってきた。

「三井、ちょっとバッグを持って、ここに立ってくれ」西川が、さやかをドアの近くに立たせた。自分はさやかのすぐ後ろに陣取る。それからおもむろに左手を伸ばし、三井のバッグに手をかけた。「セクハラになるからこれ以上くっつかないけど、後ろから襲ってバッグを奪おうとしたら、こういう感じにならないか?」

「左手を使ったのは、浅尾が右利きだから、だな」沖田は補足した。「右手にはたぶん、凶器を持っていた」

「その通り。傷跡も、左から右へ走っている。右手で刃物を使えば、そうなるのが自然だ」西川がさやかの背後でうなずく。「左手でバッグを漁り、ジッパーが開いた後で右手で喉を掻き切った……浜田千夏を殺したのが、中の物を盗む前か後かは分からないが、少なくとも殺す前にバッグは開いていたはずだ。この状態で喉を掻き切ったら、バッグの中はどうなる？」

「血塗れになる可能性が高いでしょうね」さやかが低い声で答えた。

「そういうことだ」西川がさやかの背後から離れた。目が、嬉《うれ》しそうに輝いている。ゆっくりと椅子に腰かけると、足を組んで右足のつま先を揺らす。

「気取ってる場合かよ」沖田は皮肉を吐いたが、西川には通用しなかった。

「で、お前はどう思う」西川が挑むような視線で沖田を見た。

「どうって……先にバッグを漁ったかどうかの違いだけだろう？　細か過ぎるよ」

「連続殺人犯の基本的な手口、説明できるか」

「そんなもの、犯人によって全然違うだろう」

「基本は、同じことを繰り返すんだよな」西川が自分に言い聞かせるように言った。「日本ではケースが少ないからデータが取れないけど、アメリカなんかの事件を見た場合、ほぼ常に、同じ手口で犯行を繰り返す。一度成功したら、それが最高の手口だと思うんだろうな」

「それは分かる」

「浅尾に直接聴いてみないと分からないけど、あいつも最初は、殺すつもりはなかったのかもしれない。あれだけでかい男だぜ？　女性が相手なら、背後から抱きかかえただけで、抵抗を受けずに簡単に金を奪えると思ってたんじゃないかな。それが予想外に暴れたんで、殺してしまったとか」

「だったら二回目は、先に殺して金を奪う方が簡単だとでも思ったんじゃないか？　単なる修正だよ」刑事としての常識から反論したが、沖田は自分の言葉を信用できなかった。

「現場は山の中じゃないんだぜ。誰が見てるか分からない状態で、いきなり人は殺せない。東京で、通行人から金を奪うのに、一番有効な方法は何か、分かってるだろう」

「自転車かバイクを使ったひったくり」さやかがぼそりと答えた。

「その通り」西川がさやかを指差す。「大阪なんかじゃ、それが大問題になっている」

「ああ。三輪《みわ》ならよく知っているだろうな」

沖田が皮肉を飛ばすと、さやかが顔をしかめた。彼女にすれば、三輪のまとわりつきはストーカーのようなものだろう。

「沖田、浅尾を調べさせてもらおう」

「無理だ。特捜ががっちり押さえてる。どうしてもあいつに話を聴きたかったら、特捜にやってもらうように頼むんだな」

「それじゃ駄目なんだ」西川が拳《こぶし》を握りしめる。「自分で確かめないと」

「お前、本当にどうしたんだ？」沖田は目を見開いた。「そういうキャラじゃないだろうが」

「誰だって、燃える時はあるんだよ」

そう言う西川の顔は、少しだけ赤くなっている。照れるぐらいなら臭い台詞《せりふ》は吐くなよ、と沖田は内心白けた。

「阿部さんには、俺よりお前の方が受けがいいだろう。ちょっと割りこませてもらって、浅尾から話を聴いてくれ」

「勝手なこと言うな。だいたい、どうやって阿部さんを納得させるんだ？　お前、この事件のことを何だと思ってるんだよ」

「二件目は、模倣犯なんだ」西川が低い声で断言すると、部屋の温度が二、三度下がったようだった。

連続した二つの事件――俺たちは、全然別の事件を、同じ物として追いかけていたのか？　胃の中に、冷たい塊ができたように感じた。その嫌な気分に、西川がさらに追い討ちをかける。

彼の推測は、沖田の気持ちを凍りつかせた。

案の定、阿部は渋い顔をした。沖田が取り調べに割りこんでくるのも気に入らない様子だったし、時刻もかなり遅い。いくら何でも、取り調べを深夜まで引っ張ると、後で問題になりかねないのだ。沖田は、「十分で済む」と粘りながら、どうして西川のためにこんなことをしてやらなくちゃいけないんだ、と内心うんざりしていた。そんなに気になるなら、自分で阿部を口説き落とせばいいではないか。

「二番目の事件については、まだ詳しくは触ってないですよね」

「まず、一件目の容疑を固めるのが先決だ。そんなことは常識だぞ」

「二件目については、否認しているんですよね」

「あれはまだ、仏になっていないだけだ。いずれ、落ちる」

「とにかく、十分でいいんです。二件目の事件について、どうしても聴いておきたいことがあるんです」

「……十分だぞ。時間を計ってるからな」

「すみません。間違いなく、十分で終わらせますから」

「今日の調べは、もうすぐ終わりだ。そのタイミングで取調室に入れ。その後で起きたことは、記録に残さない。あくまで雑談だからな」

お前は特捜の人間ではない。何が起きても責任は取らないぞ、と阿部は念押しをしているのだ。冗談じゃない。話を聴くだけで、問題が起きるわけがないじゃないか。沖田は西川に、さらに阿部に対する怒りを腹に抱えたまま、無言でうなずいた。チャンスはチャンス。少しぐらい屈辱を受けても、黙って受け止めるべきだ。

取り調べと記録係の刑事が二人、部屋から出て来た。芝浦署の留置管理係が既に待機していて、浅尾を引っ張って行こうとしている。沖田は彼に黙礼して、もう少し待つように伝えた。

「こっちから見てるからな」阿部が低い声で忠告し、マジックミラーを指差した。さらに、腕時計をはめた左手を、顔の高さに上げて見せる。

「ドアを開けておいてもいいですよ」

阿部が何も言わなかったので、沖田は部屋に入るとすぐにドアを閉めた。西川がこの先、どんな風に事件を転がしていくつもりか分からないが、これから聴く内容は、しばらくは阿部には黙っている方がいいだろう、と判断する。

初めて直接対峙《たいじ》する浅尾は、やはり大きかった。体つきは細いが長身なので、それだけで周囲を圧するような雰囲気をまき散らしている。昨日から百九十センチ台の人間と何人も会ったが、上から押し潰されるような感覚には、なかなか慣れない。

椅子を引いて座り、浅尾の顔をまじまじと観察した。長い、巨大な顔だが、疲労感は隠しようもない。顔の下半分は、無精髭で青くなっていた。頬《ほお》と額には脂が浮き、目は充血している。ほとんど寝ない時間が長く続いているのは明らかだった。

「捜査一課の沖田だよ」沖田はわざと気さくな調子で声をかけた。「といっても、係が違う。直接特捜と一緒に仕事をしてるわけじゃないんだ」

「はあ」浅尾が気の抜けた声を出した。案外甲高く、風貌《ふうぼう》に合っていない。

「だから、あんたが今回逮捕された件に関しても、直接は何も聴かない。知りたいのは別のことなんだ」

「はい」返事は素直だったが、どこか釈然としない様子だった。大阪で逮捕されて以来、彼を取り巻く環境は激変したはずで、まだ対応できていないのだろう。何が何だか分からず、頭は混乱しているに違いない。

「二件目の事件のこと、もう聴かれたよな」

「あれは関係ないです」浅尾の声に芯《しん》が通った。

「やってないのか」

「関係ないです」同じ返事に、さらに力が入る。「絶対に、やってません」

「ほとんど同じ手口なんだ。特捜本部はずっと、同一犯による連続通り魔事件として調べていたんだぞ」

「そういう風には言われました」浅尾がしっかりと沖田の目を見た。「でも、違います。やっていません」

「じゃあ、何で同じ手口の事件が起きたんだ？　最初に上手くいったから、二回目も、と考えるのは自然だと思う」

「やってません」浅尾が、食いしばった歯の隙間《すきま》から押し出すように言葉を発した。「やってないものはやってないんです。あんなこと……一回やったら、もう……」

怖くてできない。目の前で、一人の女性の命が消えていくのを見たら、恐怖に支配されてしまってもおかしくない。だが、彼の言い分をそのまま信用するわけにはいかなかった。

「そんなに怖がってるなら、どうして殺したんだ」沖田は憤りを抑え切れなかった。

「暴れたので……あのままだと顔を見られると思ったんです」

「あんたは、大阪でも事件を起こしている。人の金を奪うのが怖くなったわけじゃないだろうが」

「すみません……」浅尾が肩をすぼめる。弱気が顔を見せ、視線はデスクの上を彷徨《さまよ》った。

「大阪では、本当に金がなくて」

「日雇いの仕事は？」

「景気が悪くて、今は仕事もあまりないんです。選んでたわけじゃないんですけど」浅尾がまた顔を上げ、必死に言い訳する。「だから、どうしても……金がないと、何にもできないんです」

「本当に、二番目の事件はやってないんだな」

「やってません。だいたい俺、その時はもう大阪にいたんです」

「本当か？」沖田は思わず身を乗り出した。「自分がどこにいたか、ちゃんと説明できるのか」

「友だちのところに転がりこんでました。でも、いつまでも世話になるわけにもいかなくて……」

「その友だちの所へいつ行ったのか、正確な日付を教えてくれ」沖田は手帳を広げ、去年のカレンダーを確認する。

「それは……」浅尾の顔が蒼《あお》くなる。「すみません。携帯を見れば分かるんですけど、取り上げられているんで」

「友だちの名前は」

「あいつに話を聴くんですか？　散々迷惑をかけたのに……」浅尾の顔がさらに蒼褪《あおざ》める。

「そういうことを言ってる場合じゃない」沖田はわずかに声のトーンを高めた。「これは、君にとって生きるか死ぬかの問題なんだぞ。友だちに迷惑がかかるとか、そんなことを言ってる場合じゃない！」

座っていても沖田より頭一つ高い浅尾が、びくりと体を震わせる。体の大きな彼がそうしていると、心底気の毒だった。椅子も小さ過ぎ、いかにも窮屈そうである。判決が下りる前から、既にある種の牢獄《ろうごく》に囚《とら》われてしまっているようだった。

「……丹羽《にわ》です。丹羽優《ゆう》」

「住所は」浅尾が喋るまま、沖田は手帳にボールペンを走らせた。いつもより筆圧が高く、薄いページにくっきりと溝ができるほどだった。

第十一章

自分が混乱しているのを、西川《にしかわ》ははっきりと意識していた。最初に調書に目を通した時にこの事実に気づいていたら、捜査はもっと別の方向に向かっていたはずだという、悔い。一方で、ずっと見逃されてきた穴を見つけたのは自分だという、小さな誇りもある。どうすればいいのか……見つけた穴は埋めなければならないが、それが最悪の結果を招くかもしれない——いや、その可能性が高い。

西川はまず、二件の事件発生当時の新聞記事を全《すべ》てかき集めた。丹念に目を通し、やはり被害者の持ち物に関しては詳しく報道されていなかった、と結論づける。広報部も捜査一課長も、公式には詳細に発表しなかったわけだ。もちろん、他の刑事たちが顔見知りの記者に話した可能性は否定できないし、それを知った記者の方が、何らかの事情で記事にしなかったのかもしれないが——やはり、マスコミに情報は流れなかった、と西川は結論づけた。昔に比べて記者も、事件に対する食いつきが悪くなっている。こんな細かい情報をやり取りするほど、一線の刑事とは接触していないのではないだろうか。それに、仮に記者と深い関係にある刑事がいても、この件は漏らさないだろう。現場の状況は、犯人逮捕までなるべく隠しておきたいものだ。

となると……最悪の想像が、先ほどから頭の中を駆け巡っている。しかも時間が経《た》つに連れ、想像ではなく十分理論的な推理だと思えてくるのだった。

沖田《おきた》が静かに部屋に入って来た。西川は黙ってうなずきかけ、彼の言葉を待った。無言。沖田は沖田で、いろいろ考えているようだ。彼が椅子《いす》を静かに引き、腰を下ろすのを西川は見守った。見ていると、腰が落ちそうなほど浅く腰かけ、両足を遠くへ投げ出している。両手はズボンのポケットに入れたまま。椅子の背に引っかけてあったコートが、ずり落ちそうになっている。

「二件目の事件に関しては、アリバイを主張している。阿部《あべ》さんには、その件は話した」

沖田がぽつりと言った。

「反応は？」西川は彼の顔を見ずに訊《たず》ねた。

「どう反応していいか、困ってたぜ」

「そうか」うなずく。阿部の内心は、簡単に想像できた。とにもかくにも、最初の事件の犯人は手の内にある。当然、二つ目の事件の自供も時間の問題だろうと考えていた。ところが、浅尾《あさお》がアリバイを持ち出してきた上に、追跡捜査係が疑義を唱えている――苛々《いらいら》しない方がおかしい。「で、どうするって？」

「アリバイの件は、捜査共助課を経由して、府警に確認してもらうことになったけど、こっちでも手を打ったよ。三輪《みわ》に頼んだ」

「そんなことしたら、捜査の手順が滅茶苦茶《めちゃくちゃ》になるぞ」

「いいんだよ。彼は好奇心旺盛《おうせい》だからな」

にやりとした瞬間、携帯が鳴り出した。沖田が体を捻《ひね》り、ズボンのポケットから携帯電話を取り出す。着信を確かめて、驚いたように肩をすくめた。

「はい、沖田……ああ、どうも。え？ もう確認が取れた？ ちょっと早過ぎないですか？」西川に向かって、眉《まゆ》をひそめて見せる。「緑橋《みどりばし》？ ああ、府警の近くなんだ」

西川はパソコンで大阪市中心部の地図を開き、「緑橋」の場所を確認した。地下鉄中央線なら、府警本部の最寄駅の谷町四丁目から二駅。パトカーを飛ばせば、五分で行けそうな場所だ。何だかんだで大阪府警は対応が早いし、今回は特に急いで仕事をしたのだろう。浅尾は、府警と警視庁の共通の容疑者なのである。

沖田が眉間《みけん》に皺《しわ》を寄せながら、しばらく黙って三輪の声に耳を傾けていた。一つうなずくと、「じゃあ、間違いない？ アリバイ成立でいいんですね」と確認する。

西川に向かってうなずきかける。これで、自分の立てていた仮説が事実である可能性が高くなった。しかし爽快感はなく、頭の中にどんよりと暗い雲が漂っているようだった。

「そう……六月三日から二週間ほどね。だけど、ずいぶん長居したもんだな。いや、そういう意味じゃなくて、友だちの所で、家族にも申し訳ないから出て行ったたって言ってたんでしょう？」沖田の声が止まった。三輪の説明に驚いている様子である。「ああ、そういう人ですか。じゃあ、奴も、もっと居候していてもよかったんだ。いや、それはこっちの勝手な想像ですけどね……了解。また何か頼むことがあるかもしれないけど、よろしくお願いしますよ。そう、今度何か奢《おご》るし、こっちも何でも手伝うから」

電話を切り、沖田が軽く溜息《ためいき》をついた。携帯電話をそっとテーブルに置き、右肘《ひじ》をついて身を乗り出す。

「前代未聞、稀《まれ》に見る親切な人だったそうだ」

「どういうことだ？」

「寺の住職だってさ」

「何でそんな人が浅尾の知り合いなんだ？」西川は目を見開いた。

「専門学校時代の同級生みたいだぜ」

西川は首を振った。好きに生きようと決意して、東京で美術の専門学校へ入ったものの、結局親の跡を継いで寺に入った、ということか。人生は様々だし、他人には口を出す権利はないが、遠回りにもほどがある。

「お前が何を考えているかは分かるけどさ」沖田が煙草《タバコ》を取り出し、掌《てのひら》の上で転がした。

「とにかくそういう人なんだ。いつまでもいてもらっていいって言ってたそうだ。寺だから、泊まるスペースにも事欠かなかったらしいし」

「浅尾っていう男は、変に律儀なところがあるんだな」言いながら西川は、浅尾が勤めていた看板制作会社の社長の言葉を思い出していた。「真面目《まじめ》」。そういう人間は概して、人に迷惑をかけたがらないものだ。人に世話になるのを、恥ずかしいとさえ考えているかもしれない。

「住職は何も知らなかったのか」

「その件は聞いてなかったそうだ。でも浅尾には、絶対に良心の痛みがあったはずだぞ。結局そこにいるのが苦しくなって、逃げ出したんじゃないか？　とにかくこれで、二件目に関してはアリバイ成立と考えていいな」

「ああ……ということは、だ」西川は無意識のうちに立ち上がった。狭い部屋の中を右に左に行き来し始めたが、考えがまとまらない。何を言うべきかが決まらない。

「お前が何を考えてるかは、分かってるよ」

沖田の一言が、西川の足を止めた。西川は不自然に体を捻ったまま、沖田に視線を投げた。沖田は相変わらずテーブルの下に足を投げ伸ばしたままで、鼻の下を人差し指で擦《こす》っている。

「認めたくない、言いたくないだろうけど、俺たちがやるべきことは決まってるんじゃないか」

「分かってる」西川は足の位置を変えて、沖田に正対した。この男は完全にリラックスして、何も思い悩んでいないように見える。

「あれこれ考えるのは後でいいんじゃないか。先に犯人に辿《たど》り着くべきだ……どうするかは、それから決めればいい」

「そう簡単には割り切れないんだけど」西川は思わず歯を食いしばった。

「割り切れよ。割り切らないと、この事件は終わらないぞ」

「ああ」沖田のアドバイスは実質的で的確だったが、何故《なぜ》か素直に受け入れる気になれない。何かが棘《とげ》のように気持ちに引っかかっており、すぐには賛同できないのだ。

「今夜はもう、帰れよ。どうせ明日の朝から忙しくなるんだから」沖田の声は妙に優しかった。

「そうするか……」実際、もう十一時近くになっている。

「どうする？　明日はここへ集合でいいのか？」

「いや、お前は好きに動いてくれ。俺は一度、本庁に寄る」

「何で」沖田が眉根を寄せた。

「向こうじゃないと調べられないことがあるんだ」

「……人事二課、か？」沖田の目の色が暗くなった。

「そういうことだ。何か分かったらすぐ知らせるから」

「俺は、その結果を待ってから動いた方がいいか？」

「それは任せる。今さら、誰かに気を遣う必要はないと思うよ……それよりこの件、阿部さんには話したのか？」

「いや、まだだ」

「どうするかな」

「ああ。どうするかな」

沖田が顔を擦った。この問題を考え始めると、すぐに袋小路《ふくろこうじ》に入ってしまうのは分かっている。考えないのが正解なのだが、果たしてこのまま事の本質に辿り着いた時、正しい判断ができるかどうか、西川には自信がなかった。

「ずいぶん遅いですけど、大丈夫ですか」玄関まで出迎えてくれた美也子《みやこ》が、心配そうに眉をひそめた。

「ちょっとややこしいことになってね」

「ニュースでもやってたけど……」

「そのことなんだ」一般の主婦にしては、美也子はニュースをよく見る。警察官時代の習性が、まだ抜け切っていないのかもしれない。西川よりも詳しく、ニュースをチェックしていることがある。

リビングルームに入ってコートを脱ぎ、美也子に渡す。ネクタイを緩めて一息ついたが、首が楽になると、逆に体の奥に溜《た》まった疲れを意識するだけだった。壁の時計を見ると、間もなく日付が変わる時刻である。睡眠不足は、目と脳の敵なのだが……首を振り、ネクタイを完全に外す。首が涼しくなり、西川は首の後ろを平手で撫《な》でた。

コートをクローゼットにしまった美也子が戻って来た。

「何か食べますか?」

「いや、済ませてきたから。今夜はもう寝るよ。風呂《ふろ》も明日の朝でいい」少しでも睡眠時間を稼いでおかないと、勝負できない。もっとも今夜は、いつものように横になった途端に眠れるとは思えなかった。

美也子が、少しだけ長く西川を見詰めた。何かを疑っている目つき。彼女は、自分の最大の仕事は、西川の肉体と精神の状態を常に平常に保っておくことだと心得ている。自分にはでき過ぎた嫁だし、何だか掌の上で転がされている感じもするのだが、普段はそれが心地好い。だがこの件ばかりは、彼女には相談できないのだ。話して、彼女に余計な重荷を背負わせたくない。

「お風呂ぐらい、入ったら？」美也子が静かな声で言った。「沸いてるし、このままお湯を抜いたらもったいないわよ」

しばし無言で、西川は美也子の顔を見詰めた。少し一人になって考えろ、ということか……うなずき、服を脱ぎだす。一分後には、湯船に身を沈めていた。少しぬるめの湯が体を包みこむ。体の奥から疲労感が溶け出してくるのを感じながら、西川は目を瞑《つぶ》った。湯気が顔の周りにまとわりつき、汗と混じって肌を濡《ぬ》らしていく。

この件を最後まで押し進めていったらどうなるだろう。誰かが責任を負うことになるのは間違いない。それが自分ではないが故に、気が重かった。犯人を追い詰めることで、誰かを窮地に——もしかしたら決定的な窮地に立たせてしまう。この件が警視庁の屋台骨を揺るがしかねないことを、西川ははっきり意識していた。単なる警部補、中間管理職に過ぎない自分が心配する問題ではないのだが、気づいてしまったことを悔いてさえいた。何も気づかず、結果的に見逃してしまった方が、組織にとってはよかったのかもしれない……。

そんなことを考えてしまう自分に嫌気がさす。自分の仕事は何だ。袋小路に入りこんだ事件を、日の下に引っ張りだしてやることではないか。あくまで職務に忠実に仕事をこなし、自分の能力を生かしたい。組織がどうこう言うのは、その後の話だ。

悪いことは何もないのだが、どうしても割り切れない。

事態がはっきりし、真相に直面した時、沖田ならもっと悩むはずだ。自分でも分かっているからこそ、あいつは結論を先送りにしたのだろう。沖田にしては珍しい、大人の判断である——いや、そうするしかなかったということか。危険なことには近づかず、取り敢《あ》えず距離を置いて、結果を待つ。

顎《あご》まで湯に浸かった。体の重みは消えていたが、逆に気持ちは重くなっている。このまま風呂の底を突き抜け、どこまでも落ちていってしまいそうだった。

ラッシュアワーの電車に揉《も》まれているうちに、早くも体力を使い果たしたような気分になる。今日一日の仕事は、これでもう十分だ——西川は重い足取りで、地下鉄霞《かすみ》ケ関《せき》駅から警視庁へ向かう道のりを急いだ。やらなくてはならないことがあるのだから、とにかく出勤しなくてはいけない。いつもより早く歩いているのは分かったが、気持ちの上では匍匐《ほふく》前進程度のスピードしか出ていなかった。

追跡捜査係には、まだ誰も出勤してきていなかった。荷物を降ろし、コートを脱いだところで、大竹《おおたけ》がやって来る。いつものようにほとんど聞こえない声で朝の挨拶《あいさつ》をし、自席に着いた。西川がここにいるのが不思議なようで、視線を投げてくる。

「ちょっと用事があってね」訊《き》かれてもいないのに答え、西川はネクタイを直した。何となく、居住まいを正さねばならないような気分になっている。大竹には行き先を告げず、部屋を出た。

警視庁の人事課は、二つに分かれている。警部以上の人事を扱う人事一課と、警部補以下が対象の人事二課。西川が足を運んだのは、人事二課だった。一つだけ心強かったのは、二課長の川井《かわい》と顔見知りだったことである。ずっと警務畑を歩んできて定年間近の川井は、以前西川と同じ所轄にいた。当時はその警務課長で、刑事課にいた西川と直接仕事をすることはなかったが、当然言葉を交わしたことは何度もある。

二課に入ると、川井はちょうどコートを脱いだところだった。一瞬、西川が誰なのか分からなかった様子だが、認識するとすぐに、愛嬌《あいきょう》たっぷりの笑みを浮かべた。所轄の警務課長時代に比べれば白髪が増えたが、元々老け顔なので、定年間際になってもそれほど年を取った感じがしない。

「おやおや、これは珍しいお客さんで」

「ご無沙汰《ぶさた》してます」西川は頭を下げた。

「こんな早く、どうした？　まあ、座って」

パソコンの電源ボタンを押しながら、川井が自分の横にある丸椅子《いす》を指差した。西川は少し距離を置き、慎重に椅子に腰かける。どこまで話していいものか……人が多い課内なので、あまりはっきりしたことは言えない。大声を上げるなど、御法度だ。結局、椅子を少しだけ前に出して、ささやき声程度でも話ができる距離を作る。

「ちょっとご相談……というか、教えていただきたいことがありまして」

「捜査一課の頭脳と言われたあんたから質問？　これは怖いね」相変わらず笑みを浮かべたまま、川井が言った。元々明るい男で、口数も多い。その愛嬌の良さで課長まで上り詰めた、とも言われているぐらいだ。

「辞めた人間についてのデータが欲しいんです」

「どうして？」笑顔は消えていないが、川井の声は少しだけ硬くなっていた。

「捜査の関係で必要なんです」

「辞めた人間の扱いは難しくてねえ」川井の人差し指が、デスクを叩《たた》き始めた。「もう関係ないといえば関係ないから、あまり表に出したくないんだな。取り扱い注意、なんですよ。もう民間人になってるわけだから……って、うちと関係のあるところに行った人じゃないよね」

他の公務員と同様、警察官にも天下りはつきものである。ある程度の階級にまで上がった人間には、辞めた後に、一般の会社の警備担当のような仕事が待っている。クレーム対応要員として、重宝されているのだ。

「今は、警察関係の仕事はしていないはずです」

「そんなにベテランじゃないのかな?」

「若手です」

「若くて辞めるのは、もったいないよね」急に真顔になり、川井がうなずいた。「警察官の試験の倍率は、他の仕事に比べて結構高いんだよ。せっかく合格して、厳しい訓練をして一線に出たのに、すぐに辞めちまうのは残念だ。ちょっと我慢すれば、警察官ほど楽な商売はないんだけどね。給料だって、他の公務員に比べればずっといいし、居心地も悪くない」

堰《せき》を切ったように、川井がまくしたて始めた。忘れていた——と西川は後悔した。この男は昔から、お喋《しゃべ》り好きで有名なのだ。

「仰《おっしゃ》る通りなんですが、若くても辞める人間は少なくないですよね」西川は咄嗟《とっさ》に彼の話に割りこんだ。「辞める理由は様々ですが」

「そうね。一概には言えないな」

「辞めた人間の人事関係の書類、見せてもらえますか」西川は本題に切りこんだ。

「いや、それはどうかな……辞めた人間なら特に、プライバシーを守らなくちゃいけないし」

「それが捜査でも、ですか?」

「被疑者なのか?」川井の顔から完全に笑みが消えた。「勘弁してくれよ。そんな人間が警察から出たら……」

「被疑者と判断すべきかどうか、まずそれを調べているんです。基本的なデータがなければ始まりません。どうか、ご協力を」西川は頭を下げた。

「しかしなあ……」

川井はまだ渋っている。西川はゆっくり頭を上げ、無表情に告げた。

「私に渡さなくても、いずれは誰かに渡すことになりますよ。特捜本部が興味を持つのは時間の問題なんです」

「特捜って、あんた……」川井と特捜の関係といえば、所轄時代にバックアップしたことぐらいだろう。警務課の人間は、あらゆる警察活動を裏から支えるのが仕事である。所轄で特捜本部ができれば、寝具や食事の手配から、事件が解決した時の打ち上げのセッティングまで、雑務をこなさなければならない。その程度のかかわり合いであっても、あの独特のぴりぴりした雰囲気は、何度も肌で感じたことがあるはずだ。

「お願いします」西川はまた頭を下げた。今度は短く。じっと川井の目を見据え、覚悟を決めて迫る。「ここで教えてもらえれば、捜査の手間がずいぶん省けます。ややこしいことにはしたくないんですよ。それとも、一課長名で、データを出してもらうようにお願いしないといけませんか？　あるいは刑事部長名で。そうなったら、かなり面倒になりますよね」

「おい、葛西《かさい》！」

川井が怒鳴ると、若い課員が飛んできた。川井のそんな怒鳴り声を、西川は一度たりとも聞いたことがなかった。葛西という若い課員に、データを揃《そろ》えるよう指示を出すと、川井は恨めしそうに西川を見た。

「あんた、こんな強引な人じゃなかったと思うけどな」

「変わったのかもしれません」相棒ががさつな男なので、と言いかけ、西川は口をつぐんだ。今回の事件では、明らかに沖田ではなく自分の方が暴走気味だ。その理由ははっきり自覚できているが、説明したところで沖田は納得してくれるだろうか。鼻で笑われそうな気がする。このことはあいつには打ち明けないようにしよう、と西川は心に決めた。


追跡捜査係に戻ると、鳩山《はとやま》も出勤してきていたが、西川を一目見ただけで何も言わない。俺は、声をかけたくないほど厳しい顔つきをしているのだろうな、と西川は思った。仕方ない。誰でも、勝負をかけなくてはならない時はあるのだ。

西川は自席で、人事二課から持ってきた書類を広げた。全部コピーだが、ここに一人の男の警察官人生の全《すべ》てが詰まっている。人事の人間でもない限り、こういう書類を見る機会はほとんどないわけで、西川は軽い緊張を覚えた。ざっと目を通して、まず沖田に電話をかけ、必要な情報を伝える。

石崎智樹《いしざきともき》、現在は三十一歳。本籍は東京都足立区、住所は目黒区になっていた。都立高校を卒業後、試験に合格して警視庁入り。警察学校での研修を経て、最初は石神井《しゃくじい》署の交番勤務から警察官人生をスタートさせている。その後、二十三歳で同署の刑事課、二十六歳で機動捜査隊に異動し、遊撃捜査で活躍している。二十九歳で捜査一課に抜擢《ばってき》され、その一年後、異動でやってきた阿部の下につくことになった。

賞罰——署長表彰二回。総監表彰一回。総監表彰の方は、機動捜査隊にいる時、殺人犯を事件直後に取り押さえたのを評価されたことによるものだった。警視総監表彰は、世間で思われているほど重みがなく、結構乱発されているのだが、ただの若手というわけではないだろう。二十九歳の年齢で捜査一課入りというのは、成績抜群というわけではないが、かなり優秀な証拠である。

人事記録に添付された顔写真を見る。制服姿で撮影された写真は、石崎の印象を一変させた。どことなく自信がなさそうで、目に光がない。細い顎《あご》、薄い唇、高い鼻。今時の若者という感じで、刑事に特有のふてぶてしさは感じられなかった。ずいぶん前に撮られたもので、今はこんな感じではないかもしれないが……もちろん、見た目と実際の行動がまったく違う人間もいる。

住所と実家の住所を控える。これでデータ編は終わり。後は警察を辞めた理由だ。こちらは別紙に、かなり詳細に書かれている。記入者は、人事二課の係長である警部補だ。まず、事情聴取した相手として、直属の上司である阿部、その下にいる係長、主任の名前がある。阿部への事情聴取は、六月七日になっていた。最初の事件発生から一か月も経っていない時期に、いきなり時間を奪われ、彼が苛立ったことは容易に想像できる。

「石崎巡査部長は、本年五月十二日、港区内、芝浦署管内において発生した通り魔事件の捜査に、同日未明より参加。ただちに特捜本部に組み入れられ、周辺の聞き込み捜査等に当たっていた。

五月二十日夜、聞き込みの不手際を（＊注1）、捜査会議の席上で阿部管理官に叱責《しっせき》され、翌日から無断欠勤。欠勤は三日続き、二十四日になって突然人事二課に辞表を提出した。阿部管理官ら捜査一課の上司には、一切報告がなかった。辞職理由は『一身上の理由』となっている。

無断欠勤については、この時点まで特捜本部からも捜査一課からも報告がなかった。

＊注1：聞き込み対象の市民（五十二歳男性）に暴言を吐き、この男性から本庁広報課にクレームが入った」

報告がなかったのは当たり前だ、と西川は白けた気分になった。人事二課とすれば、状況が危なくなる前に何故報告しなかった、と捜査一課をなじりたいところだろうが、刑事部の仕事とはそういうものではない。精神的にも肉体的にもタフな人間ばかりが選抜されてくるものだし、脱落した人間は無視しておけ、という暗黙の了解もある。逆に言えば、少し上司に叱《しか》られたぐらいで辞めるような人間は一課には必要ない、ということだ。

一方人事では、警察官が辞めることに関して、異常に神経を尖《とが》らせている。川井が言ったように、最近、せっかく試験に合格したのに、早々と辞める人間が目立つからだ。警察学校在学中に辞めるならまだしも、一線署に配備されてから辞表を出されると、戦力配置の計算が狂う。

昔のように、スパルタ式で鍛える古参の警察官は少なくなり――西川は、自分たちはそういう教育を受けた最後の世代だと思っている――理不尽なことを言う上司は少なくなったが、仕事そのものをきつく感じる若者は少なくないだろう。腐乱死体を調べたり、古株の暴力団員相手に遣《や》り合って一歩も引かないなどというのは、二十代前半の人間にはかなりきつい試練である。辛《つら》い事態に直面し続け、バッジの重みに負けてしまう人間がある程度の数いるのは、西川にも理解できる。

しかし、石崎の行動は不可解だった。三十一歳……刑事になって八年、捜査一課に抜擢されて二年も経《た》てば、細やかな神経は失われる。嫌でも図々しくなり、多少のことではショックを受けなくなるものだ。阿部は確かに、上司にしたくないタイプだが、少し怒られたぐらいで辞めてしまうほど、石崎は神経が細かったのだろうか。確かに写真を見た限り、ハンサムで優しげな顔には見えるのだが。

報告書を続けて読む。

「捜査会議席上での叱責について、阿部管理官は『それほどきつい物言いはしていない』と証言。同席していた係長、芝浦署刑事課長も『常識の範囲内だった』と証言している。

録音を精査した結果、人事二課としても同様の結論に達した」

三人で口裏合わせをした？　可能性は否定できない。いびり倒された若い刑事が辞めるとなったら、管理職連中は「これはまずい」と意識を一致させるかもしれない。だが人事二課の調査は、これを否定していた。録音された会議の様子もチェックされているのだから、この判断は間違いなかったと言っていいと思う。もっとも、録音してそのファイルを人事二課に渡した刑事の態度は褒められたものではないが……一課の規律を無視し、スパイ行為をしたようなものだ。これが問題にされないのは何故だろう。

西川は腕組みをし、目を細めた。警察は、他のどんな組織よりも不祥事を問題視する。悪を取り締まるはずの警察が問題を起こしたら洒落《しゃれ》にならないし、何よりそれが表沙汰《おもてざた》になって、世間に叩かれるのを恐れているからだ。それ故、本当にまずいことなら隠蔽《いんぺい》してしまおうという思惑も生じる。警察は、真実を探り出す捜査のノウハウを持っているので、逆に事実を覆い隠すテクニックについても周知しているのだ。

ただし、これは隠蔽工作ではないだろう。吊《つ》るし上げもそれほど大袈裟《おおげさ》なものではなかったのだし……西川は、人事二課の結論を受け入れた。結局、若い刑事が一人、辞めただけの話なのだ。どこの組織でもあり得る話だし、特に不祥事とは言えない。もしも阿部が暴力沙汰でも起こしていたなら問題だが、そういう噂《うわさ》は一切伝わっていなかった。さすがにそれほどのことがあれば、特捜本部の中だけで隠しておくことはできないはずである。

「石崎巡査部長は、芝浦署管内の事件捜査に参加する一月《ひとつき》ほど前から、精神的に不安定な状況がしばしば見られ、二回の無断欠席が記録されている」

その一節を見て、西川は阿部には責任はない、という思いを強くした。何らかの理由があって気持ちが揺れ動いていたのを、それまで経験したことのないような阿部の雷を受けて精神的に崩壊した、ということではないか。この状況で阿部の責任を問うのは、少し厳し過ぎる。そもそも無断欠勤があったということは、石崎自身が問題児扱いされていたのではないか。

となると、西川の推理の一端は崩れる。

西川は、物事をシンプルに考える癖がある。複雑に入り組んだ事件に見えても、解決してしまえば何ということはなかった、という経験を何度もしてきたせいだ。最も犯人らしく見えるのが犯人。そして犯人は——特に粗暴犯は——犯行現場では焦り、アリバイ工作や証拠隠滅をしない。

今回の連続通り魔事件は、「連続」にみせかけた模倣犯——それが西川の読みである。そして犯人は、警察内部の情報を入手できる人間でなくてはならない。そうでなければ、最初の犯人——浅尾と同じ手口を繰り返すことはできないのだ。

問題は動機である。西川は、特捜本部が立った直後に警察を辞めた刑事の存在を思い出した時、阿部に対する恨みをまず念頭に置いた。あれだけ焦って捜査員の尻を叩いていた男である。若い刑事の恨みを買ってもおかしくないと思い、石崎という男に焦点を当てたのだが、入手した情報を見た限り、阿部に恨みを抱いているとは考えにくかった。辞める兆候は、以前から見られたのだから。だいたい、何のために最初の事件を模倣して人を殺した？　特捜本部を混乱させ、阿部に恥をかかせるため？

動機としては、弱い。

人間が犯行に走るには、あらゆる動機があるが、この推理には無理がある。石崎というのが本当はどういう男か分からないが……実際に会ってみてから判断しよう、と腹をくくった。

携帯が鳴る。沖田からだった。

「目黒のマンションにはいない」短い報告。

「引っ越したのか？」

「ああ。今は別の人間が住んでいる。これから不動産屋と大家を当たるよ」

「三井《みつい》に区役所を調べさせるか？」

「念のため、そうしてくれ」

沖田の声はフラットで、感情の揺れが感じられなかった。いつものあいつとはずいぶん違う。普通はあいつが怒ったり嘆いたりするのを、俺が宥《なだ》めるのだが……西川は一つ深呼吸して電話を切り、すぐにさやかを呼び出した。簡単に事情を説明し、区役所に向かうよう、指示する。

「それ、本当なんですか」さやかの声が一気に暗くなる。「刑事が、そんなこと……」

「元刑事、だ」西川は訂正した。そうすることで、事実の重みが軽くなるわけではなかったが。

「でも、直前まで警察にいたのは間違いないんですよ」

「そんなことで悩む暇があったら、走ってくれ」

唸《うな》るように言って電話を切る。鳩山が、心配そうにこちらを見ているのに気づいた。

「お前、何やってるんだ？」

西川は、鳩山の疑問に対して、簡潔に状況を説明した。鳩山は顔をしかめて腹をさすりながら、厳しい表情で聞いていた。

「それは、お前……」

「全ては、石崎を摑まえて話を聴いてからです。もちろん、俺の想像に過ぎない可能性もありますけど、その場合は、特捜本部に入っている刑事たち全員に、事情を聴かないといけないでしょうね。全員が被疑者です」

「悪い冗談はよせ」

「冗談でこんなことを言うほど暇じゃありません」

鳩山が唸った。言葉を探している様子だが、適当な台詞《せりふ》が見つからないのだろう。確かに自分の考えは、飛躍し過ぎているかもしれない。石崎に明確な動機があればともかく……。

電話が鳴った。また沖田からだった。ずいぶん早いと思って耳に押し当てると、「別件だ」という声が飛びこんでくる。

「何だ」

「思い出した。市田保美《いちだやすみ》のことだ」

「彼女がどうした」勢いを挫《くじ》かれたように感じ、西川はぶっきら棒な声で応じた。

「お前、自分で言ってたこと、忘れたか？　もう一度調べてみないと」

沖田の説明は、西川を凍りつかせた。もしかしたら、動機につながる話になるかもしれない。しかし、裏が取れるかどうか……偶然である可能性も捨てきれない。西川は立ち上がり、捜査資料のコピーを全てまとめて鞄《かばん》に突っこみ、コートを摑んだ。隣にかかった鳩山のコートが下に落ちるが、直している暇がない。

「大竹、行くぞ！」

大竹が無言で立ち上がる。口数の少ないのも、こういう時には助かる、と思った。余計な説明をせずとも、一声かければ動いてくれる。説明は、道々すればいいだろう。「おい！」という鳩山の怒鳴り声が背中を叩いたが、西川は無視して追跡捜査係の部屋を飛び出した。

積極的には外へ出ない西川だが、時に自分を将棋の駒《こま》のように感じることがある。東京を北から南へ、西から東へ——今日はまず、吉祥寺に飛んだ。ここに、現在の石崎の実家がある。途中、沖田と連絡を取り合う。沖田は、石崎の大家や不動産屋からは、引っ越し先の情報を摑めなかった。不動産屋には、移転先として実家の住所を告げていたのだが、これは書類の余白を埋めるための方便なのではないか、と西川は踏んでいた。さやかも空振り。区役所に、住居移転の届け出はなかった。取り敢えず沖田と落ち合い、家族を揺さぶってみることにする。

途中の電車の中で、西川は石崎の身上調書を広げた——本当は、公共の場所では絶対にやってはいけないことだが、事前に家族構成を摑んでおくのは必須の準備だった。採用に際して、警察は身元調査を徹底してやるから、ここでかなりの部分が明らかになる。昔は、学生運動をしていたような連中を弾《はじ》く目的もあったのだが、さすがに最近は、そういう心配をする必要はなくなっている。特に石崎の場合、背景に関してはまったく問題がなかったのでは、と思えた。何しろ父親も警察官である。代々警察官という家系は意外に多い。これは警察の方でも、内輪の人間の家族なら安心して受け入れられる、という計算があるからだ。

石崎の父親、石崎真佐夫《まさお》に関する細かい情報を詰めている暇はなかった。石崎本人を採用した時の身上調書によると、当時四十九歳で、交通規制課にいた。十二年前のことだから、既に定年になっている。どこかへ再就職したか、あるいは年金がもらえるまで、じっと大人しく暮らしているのか。

石崎の実家は、駅から歩いてたっぷり十五分ほどもかかる住宅地の中にあった。駅周辺の喧噪《けんそう》はすっかり消え、落ち着いた街並みが広がる。確かに、若い人から家族持ちまで、「住んでみたい街」ベストスリーの常連だ、と納得できる雰囲気だった。

「おい、おい！」

叫ぶ声に振り向くと、沖田が必死で走って来るのが目に入った。西川は立ち止まって彼が追いつくのを待ちながら、軽くうなずいた。

立ち止まった沖田が背中を伸ばし、呼吸を整えながら訊ねた。

「何か分かったか？」

「父親が警察官」

「ああ？」沖田が右目だけを大きく見開いた。「そうなのか？」

「知らなかったのか」

「部屋を借りた時の保証人は父親だったけど、無職になってたぜ」正常な呼吸が戻らないせいか、沖田の声はひどく聞き取りにくい。「目黒の部屋に引っ越したのが二年前……その時にはもう、警察を辞めてたんだろうな」

「そうか」辞めた理由は、西川には想像できなかった。とにかく訪ねて、本人に聴いてみるしかない。石崎の事件と直接関係があるかどうかは分からなかったが。

石崎の実家は、古い一戸建てだった。表札も風雨で汚れ、文字が滲《にじ》み、かすんでいる。「石崎」の名前があるだけなので、家族構成までは分からなかった。身上調書を信用するとすれば、両親と妹が一人いるはずである。母親の尚子《ひさこ》は石崎の父親と同い年、妹は、石崎と五歳違いのはずだった。実家に住んでいてもおかしくはない。

インタフォンを慣らすと、すぐに反応があった。よく通る女性の声で、これが尚子だろうと想像する。

「警視庁捜査一課の西川と申します。ちょっと伺いたいことがありまして、お邪魔しました」

言葉を切って反応を待つ。こういうやり方でよかったかどうかは分からない。警察一家の仲間意識を前面に押し出した方がよかったのではないだろうか。しかし、悩んでいる間もなく、尚子が顔を出した。小柄な女性で、年齢なりの皺が顔に現れ始めていたが、背筋はまだぴんと伸びている。そうすることが自分のアイデンティティだと信じている様子だった。いつも世間に恥じることなく背中を伸ばし、真っ直《ます》ぐ生きて行け、というような。

西川は表情を引き締め、深く頭を下げた。顔を上げた時、尚子が戸惑っているのが分かった。警察の人間が家に来ることには慣れているかもしれないが、一度に三人が、それも険しい表情を浮かべてというのは、予想外だったのではないだろうか。

「お忙しいところ、申し訳ありません」西川はもう一度頭を下げた。「ご主人、ご在宅ですか？」

「ああ……あの」尚子の顔に戸惑いが広がる。「主人は亡くなりました。もう二年近く前になりますが」

予想外の答えに、西川は一瞬間を空けてしまった。後ろに控えていた沖田がすっと前に出て、言葉を引き継ぐ。

「申し訳ありません。ちょっと、我々の耳には入っていなくて。息子さんは？」

「ここにはいませんよ」

「目黒のマンションは、引き払ったんですよね」

尚子の戸惑いが大きくなり、目線が泳ぐ。本人は経験したことがなくとも、これが事情聴取だということぐらいは分かるはずだ。

「……すみません、いきなりで無礼でした」沖田が一歩下がってから申し出た。「取り敢えず、お線香を上げさせていただけませんか？」


リビングルームにつながる畳敷きの六畳間には、かすかに線香の香りが染みついていた。三人で順番に線香を上げる間に――父親の遺影は制服姿だった――尚子がお茶を用意してくれる。六畳間のテーブルにお茶が並んだところで、西川は正座したまま話を切り出した。

「去年の春の話なんですが、息子さん、警察を辞めましたよね」

「はい、あの……みっともない話で、すみません」尚子が戸惑いながらも、頭を下げた。

「こんなこと、主人が知ったら激怒していたと思います」

「失礼ですが、亡くなったのは勤め上げる直前だったんですか？」

「定年まで二年でした」尚子の目が潤む。「その一年ぐらい前からずっと、病気で苦しんでいたんです。ほとんど出勤できない状態で、皆さんにご迷惑をおかけしたんで、中途退職になりました」

「そうでしたか」西川は精一杯の同情をこめてうなずいた。クソ、こういう話になったら沖田の方が得意なのだが。沖田はのんびりと茶を啜《すす》るだけだった。「親子二代で警察官だったんですね」

「ええ。息子が警察官になると言い出した時には、ひどく喜びましてね。刑事になれたのも、自慢していました。本人の前でそんなことを言ったことはありませんが」

「自慢の息子さんだったんですね」軽い調子で言いながら、西川はかすかに胸が痛むのを感じた。

「交通畑の父親から見れば、刑事の方がずっと格が上ですから。自分を超えたと思って、嬉しかったんでしょうね」

「息子さんが警察を辞めた理由、ご本人とはお話しになりました？」

「上司の方と上手《うま》くいかなかったって……いろいろ不満も溜《た》まっていたみたいですけど、もう少し頑張ってくれればよかったですね」

「それが本当の理由ですか？」

西川の突っこみに、尚子の顔が不満気に崩れた。遠慮がちに質問をぶつけてくる。

「あの、これは何かの捜査なんですか？」

「辞めてから、息子さんはどうしていましたか」彼女の質問を無視して、西川は続けた。

「何か仕事を始めましたか？　目黒の部屋からは引っ越したようですけど、行き先はご存じですか」

　尚子が押し黙った。不安気に唇を噛み締め、西川を睨《にら》みつけている。しかしその目に一抹の不安が宿っていることに、西川は素早く気づいた。何か知っている。知っていて、隠している。

「ご主人、息子さんが誇りだったんじゃないですか？　私たちが言うのも何ですけど、捜査一課の刑事はエリートです。あそこに行くのは、特別に選ばれた人間だけが参加できるクラブに入るようなものなんですよ。ずっと交通畑を歩かれたご主人にしても、当然このことの意味は分かっていたはずですよね」

　沈黙。西川は鞄を漁《あさ》り、一枚の写真のコピーを見つけ出した。証拠品袋に入れられた指輪。ごくシンプルなデザインで、二十四金、と説明がつけられている。

「この指輪に見覚えはありませんか」

　尚子は写真を見ようとしない。西川は正座したまま少し体を浮かし、写真を彼女の方に押しやった。つい、声を荒らげてしまう。

「見て下さい。見覚えはありませんか！」

　尚子が泣き出した。

　重苦しい空気を抱えたまま、三人は芝浦へ向かった。指輪……ほんの小さな証拠が、自分たちを犯人の元へ誘導する。結末は間近に迫っているのに、何故か西川は楽な気持ちになれなかった。高揚感も一切ない。気づくと溜息をついているのだった。電車の中、沖田はドアに背中をもたれかけさせ、西川を無視している。普段は、溜息をつこうものなら、からかいの言葉の一つも飛んでくるのだが。

「誰が手錠をかける？」

山手線を降り、田町《たまち》駅のホームに降り立った瞬間、沖田が口を開いた。発車のコールにかき消されそうになった言葉を、西川の耳は素早く捉《とら》えた。

電車が行ってしまうまで、西川は口をつぐんでいた。そう、これはまさに自分たちの手柄になる。しかし、犯人を確保するのは、別の人間がやるべきではないか——例えば、阿部。それは、今まで散々自分たちを小突き回した男に対する、暗い復讐《ふくしゅう》にもなる。かつての部下を自分の手で逮捕する。上層部は、その行動に対してどんな判断を示すだろうか。けじめをつけたと思うか、それとも……。

「行くぞ。確認が先だ」沖田が足早に歩き出した。大竹が例によって、無言で後に続く。一つ深呼吸をしてから歩き出そうとした瞬間、西川の携帯が鳴りだした。さやかが、切羽詰まった声で喋りだす。

「住所、割れました」

「ああ……」西川はつい、惚《ほう》けた声を出してしまった。「連絡が遅れてすまん。その件、ちょうど家族に喋らせたところだ」

「何だ、そうなんですか」さやかが、落ちこんだ様子が簡単に想像できるほど、がっくりした声を出した。「じゃあ、無駄でしたね」

「まだ確認する作業が残ってる」

「はい」さやかの声がにわかに緊張した。「どうしますか？」

「一度、芝浦署の特捜へ集合しよう。俺たちは、奴に会う前に、もう少し確認しておくことがある。できればすぐに片をつけたい——可能なら、今日中に」

「分かりました」さやかが唾《つば》を呑《の》む気配がした。

取り敢えず三人か……これだけいれば、十分対応できるだろう。相手は一人なのだ。阿部のことは後回しにしよう。今はとにかく、石崎の所在を確認する方が先だ。

西川は、階段へ向かう二人の背中を走って追った。


保美の母親、靖子《やすこ》は、恐怖感を露《あらわ》にして三人を出迎えた。三人で訪ねて来たので、何かあったのでは、と恐れている様子である。一度会っている西川が対応することにした。先ほどと同じように、指輪の写真を示す。

「この指輪に見覚えはありませんか？　保美さんがしていたものです」

「……はい」疲れ切った声で、靖子が答える。写真を見るだけで、全てのエネルギーを使い切ってしまったようだった。

「娘さんが、ご自分で買われたものですか？」訊ねながら、特捜はこんなこともチェックしていなかったのかと怒りがこみ上げてくる。

「いえ」

「誰かに貰《もら》ったんですね」

無言。西川は写真をテーブルに置いたまま、次の質問をひねり出した。

「この前ここに伺った時に聴いた質問、覚えていますか？　私は、保美さんには誰かつき合っている人がいたのか、と聴きました。それに対してあなたは、『誰か、いたかもしれません』と答えています」自分の言葉については記憶が曖昧《あいまい》だが、彼女の答えははっきり覚えている。「その後で、ご主人にもお会いしました。ご主人は、『つき合っていた男はいると思う』と答えました。この指輪を念頭においての発言だったんですね」

靖子が素早くうなずいた。西川が訪ねた後、二人がこの問題について話し合ったのは明らかである。

「どういうことでしょうか。保美さんには、やはりつき合っていた男性がいるんですか？　指輪はその人から貰ったんでしょうか。左手薬指の指輪は、やはり特別な意味を持つと思います」

靖子が、ぽつりぽつりと話し出した。しかし、内容は決め手に欠く。そうか、電話のせいだと西川は思い至った。昔——そう、西川が若かった頃は、携帯電話がほとんど普及していなかった。つき合っている相手とは家の電話でやり取りするしかなく、それが原因で家族にばれてしまうこともよくあった。今は一人一人が電話を持っているので、誰が誰と話しているかさえも分からない。

「亡くなる直前、保美さんはどんな様子だったんですか」

「何だか元気がなくて……」

「別れ話でもしていた感じですか」

「それは分かりませんけど……そうかもしれません」

「石崎という名前を聞いたことはありませんか？　石崎智樹」

　靖子の眉がぴくりと動いた。当たりだ、と西川は確信したが、やはり高揚感はない。自分は、刑事としての基本――狩の本能を失ってしまったのだろうか、と西川は不安になった。


　張り込みは既に、二時間に及んでいた。二台の車に二人ずつ乗りこみ、ひたすらその時が来るのを待っている。西川はさやかと組み、助手席に座って自分のメモを読み返していた。

　石崎智樹の現住所は、大田区仲六郷《なかろくごう》。多摩川を越えれば川崎という場所で、周囲には比較的新しい戸建ての住宅が建ち並んでいる。最寄駅は、京急《けいきゅう》雑色《ぞうしき》駅。駅前から続くアーケードの商店街は、かなり長いが道幅は狭く、人通りも少なかった。

　石崎の引っ越し先は、以前住んでいた目黒の部屋に比べると、ツーランクほど下がっていた。警察官の給料は、同年代のサラリーマンに比べればかなりいい。自らその職を放擲《ほうてき》した結果、石崎はまず、住まいにかける金を減らしたようだ。勤務先は、家から歩いて行ける小さな印刷工場。どういう伝《つて》で石崎がそこに職を得たのかは分からないが、彼の生活が警察を辞めた後に激変したことだけは、明らかだった。

既に、印刷工場には探りを入れていた。石崎は今日は休みで、工場の方には顔を出していないという。住んでいるアパートのドアをノックしてみたが、返事がない。同じアパートに住んでいるオーナーに確認すると、自転車置き場には彼の自転車がない、ということだった。どこかに出かけている。しかし、それほど遅くならないうちに戻って来るのではないかと西川は想像した。

車から降りた。今にも雪が降ってきそうな低い雲が、頭を圧迫する。寒さが全身を襲い、思わず身が震えた。アパートはかなり遠くにある――石崎が、覆面パトカーの存在に気づくのを恐れ、距離を置くしかなかったのだ。しかしこれだけ離れていると、いざという時に取り逃がす恐れがある。向こうは自転車を使っているはずだ。この辺りには、車も入れないような細い道も多く、そういうところへ逃げこまれてしまったら、追跡は難しい。自転車を降りた瞬間に、確実に捕捉《ほそく》しなければならないのだ。車を降り、アパートの近くで張りこむことにしようと思い、沖田に電話をかける。彼も了承し、すぐに車を降りてきた。

歩き出そうとした瞬間、後ろから声をかけられる。阿部だった。コートを身にまとい、強張《こわば》った表情で立っている。結局、詳しい事情を話さぬまま、彼に「二番目の事件の犯人は石崎だ」と伝えてここへ呼びつけたのだが、失敗だったかもしれない、と悔いる。彼の怒りは、明らかに西川に向けられていた。

「どういうことだ」

「それは、本人を捕まえてから説明します」

「今話せ」

「張り込み中です。奴が帰って来るかもしれないんですよ」

「駄目だ。そんないい加減な話で、うちの刑事たちを動かすわけにはいかん」

「申し訳ないんですが……」視界の端で、誰かが動くのが分かった。大竹が車から降りたのだと理解したが、動きが激し過ぎる。すぐにアパートの方へ視線を向けると、自転車が近づいてくるのが見えた。

石崎。髪がだいぶ伸びているが、間違いない。阿部が全身に緊張感と怒りをみなぎらせ、走り出そうとした。西川は彼の胸の前に腕を道路と平行に上げ、動きを制した。

「待って下さい。管理官が行くと、気づかれます」

「煩《うるさ》い！」

「お願いですから、ここにいて下さい！」きつい口調で言い残し、西川は走り出した。三人の男が自分に迫っている——当然、石崎は敏感に気づいているだろう。だが、もはや冷静に処理できる段階ではなくなっていた。

沖田と大竹が、左右から石崎を挟みこもうとした。だが、石崎は器用に身を捻《ひね》ると、二人の伸ばした手の間をすり抜け、スピードを上げてこちらに向かってきた。西川は頭を低くし、自転車に向かって突っこんで行った。
数瞬後、視界が暗転する。

第十二章

クソ、すばしっこい奴だ。

沖田《おきた》は身を翻し、すぐに自転車を追いかけ始めた。少し離れた所で、西川《にしかわ》が両手を広げて進路を妨害している。その向こうには阿部《あべ》、さらに車に乗ったさやかが控えている。

石崎《いしざき》は突然、暴挙に出た。西川が両手を広げて迫って行ったのに対し、自転車のスピードを上げて突っこんで行く。重さとスピードがある分、自転車に乗っている石崎の方が有利だ。右手を振り上げると、その先で何かが煌《きら》めいた。

「危ない！」

咄嗟《とっさ》に叫んだが、西川は状況を把握できていない様子だった。石崎が右手を振り下ろす。前傾姿勢になり、少し下を向いていた西川は、石崎の動きについていけなかった。石崎の右手が西川の頭を直撃し、直後、西川が頭を押さえて崩れ落ちる。あの野郎、ナイフか何か持ってやがる……拳銃《けんじゅう》を持ってこなかったことを悔やみながら、沖田は全速力で西川に走り寄った。

「大丈夫か！」

西川は頭を押さえたまま、その場でしゃがみこんでいる。出血が顔を赤く濡《ぬ》らし、赤くなっていない所は蒼白《そうはく》だった。

「大竹《おおたけ》、救急車！」

振り向くと、大竹は既に携帯電話を引き抜き、耳に当てていた。低い声で喋《しゃべ》りながら二人を追い抜き、さらに石崎を追う。

「クソ……」

西川がつぶやく。意識があると分かって、沖田は安堵《あんど》の吐息を漏らした。

「歩けるか？　今、救急車を呼んだからな」

「いいから、早く追え！」右半分が赤く染まった顔を上げ、西川が怒鳴った。必死の形相は、沖田が一度も見たことのないものだった。

立ち上がり、静止した姿勢からいきなりダッシュする。その瞬間、沖田の視界に入ったのは、道路を塞《ふさ》いださやかの車だった。石崎は急ブレーキをかけたが間に合わず、自転車の前輪が車の右サイドに衝突する。その勢いで投げ出されたが、石崎は奇跡的なバランス感覚を発揮し、ボンネットの上で一回転して、そのまま走って逃げ続けた。

さやかが車から飛び出して来る。沖田の目は、古いアパートの横の狭い路地に飛びこむ石崎の姿を捉《とら》えた。

「追え！」さやかに怒鳴り、自分もすぐに走り出した。一瞬だけ振り返って西川を見たが、依然として頭から血を流し、ふらつきながらもこちらへ向かって来る。沖田と西川の中間地点で、大竹が立ち止まり、二人の顔を交互に見ていた。

「大竹、行け！」西川が叫ぶ。それだけで力を使い果たしたようで、体がふらりと揺れる。今にも倒れそうになった瞬間、何とか体勢を立て直し、電柱にしがみついた。

そこで大人しく待ってろよ……心の中で声をかけ、沖田は再び走り出した。

路地は細く短く、すぐに行き止まりになっていた。走りながら、沖田はわずかに頬《ほお》が緩むのを意識する。あいつ、まだこの辺の地理に詳しくないのか？　だったら追いつける可能性がある。

石崎は、住宅街の中にある雑居ビルの非常階段を駆け上っていた。思わず立ち止まり、上を見上げる。四階……五階まである。行き止まりの小路《こうじ》へ飛びこむのではなく、上へ逃げる方法を選んだのだろうが、結果は同じことだ。誰も空へは逃げられない。

「馬鹿が」吐き捨て、沖田はスピードを上げてさやかを追い抜いた。追い抜きざま、「バックアップ！」と叫ぶ。さやかの反応を見る間もなく、非常階段に取りつく。見上げると、石崎は既に三階まで駆け上がっていた。

「石崎！」叫んだが、反応はない。むしろ石崎のスピードはさらに上がったようだった。

沖田は手すりを摑《つか》み、腕に力を入れて体を引っ張り上げた。走り続けて、息が切れ始めている。自分に気合を入れ、何とか階段を上り続けた。三階……そこで、頭上から声が降ってくる。

「来るな！」

見上げると、石崎が右手に握ったナイフを振りかざし、左手を手すりにかけていた。沖田がさらに一段上がると、甲高い声が降ってくる。

「来るな！」

「石崎、落ち着け」我ながら説得力がないと思いながら、沖田は呼びかけた。この段階でも、西川に対する暴行の現行犯で、石崎を逮捕できる。

「いいから、来るな」食いしばった歯の隙間《すきま》から吐き出すように、石崎が言った。長く伸びた髪が風に吹かれて乱れ、額に汗が滲《にじ》んでいるのが見えた。

沖田は右足を一段上の階段に置き、左手を手すりにかけたまま、その場で立ち止まった。少し高い所に上がっただけなのに、風は路上にいる時よりもかなり強く、頬を切るように吹いていく。石崎との距離は五メートルもない。彼の顔に、恐怖と怒り、それに諦《あきら》めに近い表情が浮かんでいるのが見えた。

「どうして逃げた？」風に吹き飛ばされないよう、声を張り上げる。

「黙れ」

「お前、何がしたいんだ？」

石崎が沈黙した。ひたすら目の前の危機から逃げるのに必死で、先のことなど何も考えていなかったようだ。

「話し合おう。な？　お前に聴きたいことがあるんだ」

「話すことなんかない」声が風に千切れる。

「俺の方ではあるぞ」

「ふざけるな」石崎が歯軋《はぎし》りする音が聞こえてきそうだった。

「石崎！」

下から阿部の声。沖田は焦って振り返った。ここに阿部が乱入してきたらどうなるか……予想もつかない。

「阿部さん、下がって！」

沖田は怒鳴った。阿部が一階下で立ち停《ど》まる。息は荒く、呼吸を整えようと胸を大きく膨らませながら息をするのが見えた。追いついてきたさやかが阿部を追い抜き、軽い足取りで上って来る。沖田のすぐ背後まで来てしゃがみこみ、次の動きに備えた。

「もう逃げられないぞ」

「煩《うるさ》い！」石崎が叫ぶ。

「とにかく話をしよう、な」沖田は努めて柔らかい声を出した。「馬鹿なことは考えるなよ」

「馬鹿なことって何だよ」からかうように石崎が言った。「俺が何をすると思ってるんだ？」

石崎が、手すりにかけた左腕に力をこめた。コートの上からでも分かるほど筋肉が盛り上がり、軽くジャンプすると、手すりを跨《また》ぐ格好になった。細い手すりの上で、体が不安定に揺れる。沖田は慌てて階段を駆け上がったが、石崎がナイフを首の横に当てたのが見えたので、低い姿勢で立ち止まる。刃が首に食いこみ、ほんの少しでも動かしたら、彼の命は流れ出してしまいそうだった。沖田は歯を食いしばり、次の一手を探した。死ぬ気でいる人間をどう止めるか……まだ距離は三メートルある。しかも階段が邪魔になって、一気に飛びかかるのは不可能だ。ここは一歩引き、消防を呼んで、下にマットを敷かせるか。四階から飛び降りても、マットがあれば大きな怪我《けが》を負うことはないだろう。

「石崎、そこを動くなよ」

「来るな」石崎が低く、唸《うな》るように言った。首筋に当てたナイフが細かく震える。

「分かった。俺は動かない。だからこのまま話をしよう」

「話すことなんか、ない」

「そう言うな。俺の方ではたくさんあるんだから」

「話す気はない」石崎の声に力が籠《こも》る。「一歩でも動いたら、俺は死ぬぞ」

「そうかよ」沖田は突然、激しい怒りに突き上げられて言葉を吐いた。こんな男を助ける必要があるのか？「だったら勝手にしろ。どうして死ぬ必要がある？　罪を認めているからだよな。もう逃げ切れないと分かってるから、自分で自分の最期を決めるつもりなんだろう」

「黙れ！」石崎が叫ぶ。

「黙らねえよ、馬鹿野郎！」沖田は頭に血が昇ったまま、叫び返した。この男の身勝手な行動が、どうしても許せない。「お前は人を殺した。しかも俺たちを騙《だま》してきた。簡単に死ねると思うなよ。これからたっぷり絞り上げてやる。そういうやり方は、お前もよく知ってるだろう！」

「沖田さん……」

さやかが沖田のコートの袖《そで》を引っ張った。忠告のつもりだろうが、沖田は腕を振って、彼女の手を振りほどいた。視線はずっと石崎に据えたまま。一瞬たりとも目を離すわけにはいかなかった。

「石崎、馬鹿なことはやめろ！」

「煩い！」

怒鳴り合いは、早くも膠着《こうちゃく》状態に陥った。このままではどうしようもない。下で控えている阿部も当てにできるかどうか……沖田は上を見たまま、さやかに囁《ささや》きかけた。

「消防に連絡しろ。所轄からも応援を貰《もら》え」

何も言わず、さやかが離れていった。足音を殺して降りて行くのを気配で感じ、沖田はゆっくりと一歩を踏み出した。

「動くな」低い声で石崎が忠告し、ナイフを前に突き出した。それほど大きくないナイフだが、弱い冬の陽光を浴びて刃が煌めくと、非常に危険な凶器に見える。

「落ち着けよ、石崎」沖田は意識して低い声を出した。「これからどうなるか、分かってるだろう？　大したことはないよ。お前は今まで、被疑者とどう接してきた？　立場が入れ替わるだけだ。死にやしないよ」

裁判員がどう見るかは別だがな、と沖田は皮肉に考えた。裁判員裁判が始まってから、量刑は重くなりがちである。

「いいから、そこを離れろ」

「離れられないことぐらい、分かってるだろう？　お前は刑事だったんだから」沖田は思い切ってもう一段、階段を上がった。近づくと、ナイフの刃が石崎の喉《のど》に深く食いこんでいるのが見えるようになった。一瞬だけ覚悟を決めれば、出血多量でほどなく死ねる――石崎自身が、そうやって保美《やすみ》を殺したように。

クソ、どうする？　話し続けるしかないのだ、と沖田は覚悟を決めた。時間を稼ぎ、応援を待つ。こんな時に西川がいてくれれば、と考える。あの男なら、口八丁手八丁で、石崎をこの場に足止めできるだろう。しかし今、あの男の助力は期待できない。

ふと、視界の隅で何かが動く。その動きはあまりにも速く、目の動きがついていかなかった。次の瞬間には、何か細長い物が石崎の顔を打っていた。ばし、と軽い音がして、石崎が顔をしかめる。同時に短い悲鳴をあげ、体がぐらつく。必死で手すりを摑《つか》もうとしたが間に合わず、階段を一階分転げ落ちた。

隙を突いて、沖田は残りの階段を駆け上がった。石崎はまだ右手にナイフを握っていたが、転げ落ちた時にどこかを打ちでもしたのか、動けない。沖田はすぐに石崎の右手を思い切り踏みつけた。ナイフの刃が踊り場の鉄板を打ち、硬く冷たい音を立てる。すぐにナイフを蹴飛《けと》ばすと、踊り場の隅まで飛んでいって、柵《さく》に当たって停まった。

コートの襟首を摑んで無理矢理立たせ、両手で胸倉を摑み直して手すりに体ごとぶつけていく。がたん、と鈍い音がして、石崎の体が跳ね返ってきた。一瞬体が離れたタイミングで目を覗《のぞ》きこむと、まだ意識は死んでいないのが分かる。激しい憎悪をこめて沖田を睨《にら》みつけ、唾《つば》を吐きかけた。沖田はもう一度、石崎の体を手すりに叩《たた》きつけた。石崎の表情が苦悶《くもん》で歪《ゆが》み、食いしばった歯の隙間から呻《うめ》き声が漏れる。

「石崎！」阿部の怒鳴り声が聞こえてきた。あっという間に階段を駆け上がった阿部が石崎と沖田の間に割りこみ、石崎の頰を激しく張った。甲高い音が、冷たい空気の中で鳴り響き、その場の動きが瞬時に止まった。

沖田は石崎の右腕をねじり上げ、手錠をかけた。手錠の片方を手すりにつなぎ、それでようやく安心して石崎から少し離れた。踊り場の上にへたりこみ、荒い呼吸を何とか整えようとする。阿部は呆然《ぼうぜん》として、石崎にかける言葉もなく、その場に棒立ちになっていた。石崎が一瞬早く我に返り、右足を蹴り出す。それが膝《ひざ》に当たって、阿部は一瞬後ろへ下がったが、何もしようとしなかった。自分のミスで起きた犯罪……そう考え、罪の深さを痛みとして体に染みこませようとしているようだった。駆け上がって来たさやかが、いつの間にか片づいてしまったその場の状況を見て、困惑の表情を浮かべる。

煙草《タバコ》が吸いたいな、とぼんやりと思った。この場では無理なのは分かっているが、ニコチンへの渇望が高まる。

ふと上を見上げると、屋上の手すりから西川がこちらを見下ろしているのが見えた。隣には大竹。二人の間には、綱引きに使うような太いロープがぶら下がって、静かに左右に揺れている。立ち上がった沖田は、手を伸ばしてロープを摑んだ。オイルが染みこんでいて、ずっしりと重い手ごたえがある。これが頭を直撃したら、致命傷にはならないが、バランスを取って手すりの上に座っているのは無理だろう。

沖田は首を振った。西川の顔はまだ血に濡れていたが、その顔には笑みに近い表情が浮かんでいる。あの馬鹿……沖田は、頬が引き攣《つ》るような笑みを浮かべた。

屋上で、西川は体力を使い果たして座りこんでいた。頭に当てたハンカチはすっかり赤くなっていたが、出血は止まっているようだ。沖田は傷口の醜さに思わず顔をしかめた。

「お前、これは禿《は》げるぞ」

「冗談じゃない」西川が文句を言った。声に張りがあるので、少しだけほっとする。「しかし、参ったな……ナイフか」

「一歩間違ったら、刺されてたぞ」

「そうだな」

「何であんな無茶をした。お前らしくない」

「あの場じゃ、ああするしかなかっただろう」西川が口を尖《とが》らせる。

「まあ、いいけど……それにしても、よくあんなロープがあったな」

「工事か何かに使った物だと思うけど、助かった。大竹は、手先が器用だよ」

「そうだな」

その大竹は、既にこの場を離れている。石崎を引っ立てて、覆面パトカーに戻っていた。所轄のパトカーが何台も到着し、現場のビルを封鎖し始めている。救急車の到着が遅れているのが気がかりだった。はしご車はもう下にいるのだが……今頃さやかが、事情を説明して引き取ってもらうのに必死になっているだろう。

「立てるか？」

「救急が来るまで待つ」面倒臭そうに西川が言った。「一度、担架で運ばれてみたかったんだ」

「馬鹿、何余裕こいてるんだよ」沖田は肩をすくめ、煙草に火を点《つ》けた。煙があっという間に強風に吹き飛ばされ、火先がぱっと赤くなった。

「まあ……ちょっとダメージが大きいかな」渋々、西川が認めた。顔を流れ落ちた血は既に乾き、ぱりぱりになっている。頰を擦《こす》ると、細かい破片になってコンクリートの床に落ちた。アドレナリンはとうに切れて、痛みに負けそうになっているはずである。

「奥さんに連絡しておこうか？　この怪我じゃ、入院が必要かもしれない」

「よせよ」西川が首を振った。「電話するのは、治療を受けてからでいいだろう。大騒ぎしたくないんだ」

「やっぱり、心配してくれるんだ」

「そりゃそうだよ。夫婦だから」

沖田はうなずいた。煙草を携帯灰皿に落としこんで消し、大きく伸びをする。石崎を取り押さえる時に無理をしたのか、肩が少しだけ痛む。

「入院するなよ」

「何で」西川が首を傾《かし》げる。

「これから本番じゃないか。筋書きは分かってるけど、石崎本人の口から聴かないと。お前も直接確かめたいだろう?」

「そうだな」西川が膝を叩いた。両手を床について立ち上がろうとしたが、力が抜けてへたりこんでしまう。

「情けない奴だな」沖田は笑いながら手を差し伸べたが、西川は首を振って拒否した。

「突っ張るつもりなら、俺は知らないぞ。救急に助けてもらえ」

言った側《そば》から、非常口のドアが開いた。入って来た救急隊員と入れ替わりに、沖田は建物の中に引っこんだ。


先に芝浦署に戻っていた阿部は、特捜本部ではなく、沖田たちが使っていた部屋で待機していた。いつもの強気な態度は鳴りを潜め、狭いスペースを右に左に歩きながら、宙を睨んでいる。後ろで組んだ手が、苛立《いらだ》たしげに小さく上下していた。

「どういうことなんだ」詰問する口調にも迫力がない。

沖田は椅子《いす》を引いて腰を下ろし、一つ深呼吸した。これまで積み重ねてきた推測を、改めて話す。立ったまま聞いていた阿部は、表情をまったく変えなかった。

「――というわけで、あの男が辞めたのは、特捜の会議で吊《つ》るし上げられたせいではないと思います」

「弱いな」指摘する阿倍の声も弱々しい。

「そうですね。本人の自供が得られるまでは、何とも言えません。さきほど逮捕したのも、西川に対する暴行の現行犯ですから」

「簡単には喋らないぞ。あの男は、口が堅い」阿部は、かつての部下の性格を熟知しているようだった。

「でしょうね。でも、それは覚悟していますから。絶対に口を割らせます」

「今のところ、傍証しかないんだぞ」

「あそこで逃げ出したのが、何よりの証拠ですよ。しかし、あいつも脇が甘い。東京じゃなくて、大阪なり札幌《さっぽろ》なりに逃げこんでいたら、見つけ出すのにもう少し時間がかかったはずです」

「東京が、犯罪者にとって安全な街だということは、あいつはよく知ってるよ」

「ああ、まあ」沖田は顔を擦った。汗で粘ついている。たっぷりの冷たい水で顔を洗いたいな、と唐突に強く思った。

「どうする？　すぐ調べを始めるのか」

「西川の怪我の様子が分かってからです。あいつが来られるなら、一緒に調べます」

「何でも喋れるような、どこか羨《うらや》むような調子があった。

「相棒、か」阿部の口調には、どこか羨《うらや》むような調子があった。

「石崎には、相棒がいたんですかね」沖田はぽつりとつぶやいた。「何でも喋れるような、相談できる相手はいなかったんですか」

阿部は無言だった。それが気に食わず、沖田はまくしたてた。

「人間なんて、一人じゃ弱いもんですよね。ちょっとした愚痴を零《こぼ》せる人間が近くにいれば、それだけでずいぶん違うと思いますけど……ま、終わったことをあれこれ言っても仕方ないですか」沖田は両腿《もも》を叩いて立ち上がった。「奴は、少し放《ほう》っておきましょう。監視は必要ですが、十分考えさせる時間を与えるべきです」

「その間に何か、言い訳を思いつくかもしれない」

「そんなもの、考えている時間はいくらでもあったはずです――半年以上も。今のあいつに必要なのは、覚悟する時間ですよ」

沖田は冷たい水でゆっくりと顔を洗い、トイレの鏡を覗きこんだ。ひどく目立つ隈ができ、目は充血している。無精髭《ぶしょうひげ》は、既に無精髭の段階を超え、顔の下半分が黒く染まりつつあった。

手に水をつけて髪を後ろに撫《な》でつける。時計を覗きこむと、現場を離れて――西川が救急車に乗せられてから一時間近くが経《た》っていた。そういえば、誰もつけてやらなかったな。さやかを行かせた方がよかったかもしれないと思った瞬間、鳩山《はとやま》に連絡を入れていなかったことに気づいた。部下が怪我したことも知らない係長——俺の中では、あの人の存在は実に軽い。そう思って苦笑しながらトイレを出て、歩きながら携帯を取り出した。鳩山への報告を終えると——彼はすぐにそちらへ向かう、と慌てて言った——自動販売機のコーヒーを仕入れ、駐車場に出た。冷たい空気に身を晒《さら》しながら、ゆっくりとコーヒーを飲み、煙草を二本灰にする。

コーヒーを飲み終えたところで、電話が鳴った。大竹だった。そういえば、あいつ、どこにいたんだろう……石崎をここへ運んできたんじゃないのか？　訝《いぶか》りながら電話に出ると、例によって低い、無駄のまったくない口調で喋りだした。

「無事です」

「ええと、お前、どこにいるんだ」

「病院です」

「西川につき添ってくれたのか」

「はい」

「怪我の程度は」

「額を七針。脳に異常なし」

「CTスキャンもやったのか」相変わらず、こちらで補ってやらないと、何を喋っているのか分からない。

「はい」

「本人、元気なのか」

「はい」

「喋れる?」

「はい」

「お前な、もう少し詳しく話す気はないのか」

「ありません」

「会話を楽しむとか」

「必要ないと思います」

沖田は携帯を耳から離し、深々と溜息《ためいき》をついた。まったく、この男は……新しい煙草に火を点け、深く一吸いしてから告げる。

「西川が戻るまで、石崎の取り調べはしない予定だ。大した怪我じゃないんだったら、さっさと芝浦署に来るように言ってくれ」

「はい」

電話はいきなり切れた。何なんだろう、この男は……無口な刑事は珍しくないが、ここまで愛想もないのは相当変わっている。

まあ、いいか。今は戯《ざ》れ言《ごと》を言う気分ではない。昨日からの動きが急過ぎ、立て続けに頭を殴られたようなショックがまだ残っているようだ。奥の方で低い音が鳴り響き、自分の周りを取り巻く環境が、どこか現実の物とは思えない。

「行くか」いや、焦る必要はない。西川が戻って来るまでには、まだ間がある。言葉と裏腹に、沖田は庁舎の壁に背中を預け、ゆっくりと煙草を吸い続けた。

西川は、頭に包帯を巻いて現れた。元気は元気だが、顔色がよくない。

「輸血してもらったか？」

「何言ってるんだ」西川が顔をしかめる。

「顔が蒼《あお》い。血が足りないんじゃないか」

「煩い」

「自分をぶん殴った男と対面するのは、どんな気分だ」

「分からん」

二人が立っているドアの向こうでは、石崎が待っている——いや、待ってはいないだろう。未《いま》だに、どうやったらこの窮地から逃げ出せるか、必死に考えているに違いない。こうなることを予想していなかったのだろうか、と沖田は訝った。取り敢《あ》えず人目につかない家、仕事を探し、都会のざわめきの中に埋没していれば何とかなる、とでも思っていたのだろう。だとしたら、大馬鹿者だ。そこそこ優秀な刑事だったのだろうが、経験の浅さは否めない。何十人、何百人もの犯罪者と接していれば、より安全な逃亡方法ぐらい、すぐに思いつきそうなのに。

「しかし、阿部さんがよくお前に調べを任せたな」西川が感心したように言った。

「最初だけだよ。俺が無理矢理頼んだんだ。ちゃんと喋らせたら、後は特捜が引き継ぐ」

「別の特捜を立てる必要があるんじゃないか」

西川の指摘に、沖田は思わず口をぽかんと開けた。彼の言い分は、ある意味正しい。同一犯による連続殺人事件という大前提は、今や崩れようとしている。二人の犯人による、まったく別の殺し——「連続」ではなく、実は二つの事件だったのだ。

「行くか」

「俺は、記録係はやらないぞ」西川が宣言した。

「それは三井《みつい》の担当だ。お前は安心して、ゆっくり見ててくれ。何だったら、石崎を蹴り上げてやってもいい」

「いつの時代の話だよ」西川が肩をすくめる。「今時、そんなやり方は通用しない」

今度は沖田が肩をすくめた。沖田本人は、取調室の中で待っている馬鹿者を一発ぶん殴ってやりたいという気持ちで一杯だった。それに昨日までは、西川自身が、容疑者に暴力を振るいそうな勢いだったではないか。

ドアを開け、狭い取調室の中に入る。さやかは既に、書記役の席につき、待機していた。防犯上の理由で、壁に背中を預けて立っていた若い刑事が、一礼して部屋を出て行く。刑事が三人入ると息苦しくなるほどだし、二人がかりで取り調べをしたら後で問題になる。西川はその状況を素早く読んで、椅子を引いてデスクから離れた。沖田の背後、ドアの横に椅子を持っていって、腰を下ろす。彼の静かな気配を感じながら、沖田はまず、軽いジャブを放った。

「いつもナイフを持ち歩いてるのか」

無言。石崎はうつむいたまま、自分の指先をいじっていた。手が荒れていることに沖田はすぐに気づいた。最近の印刷は、かなり機械化されているはずだが、人の手による作業もまだまだあるのだろう。逃亡生活中の苦労を思ったが、甘やかす必要はない、と自分に言い聞かせる。

「あやうく人殺しになるところだったぞ」

「今さら、何ですか」突然開き直った石崎が、顔を上げた。整った顔立ちだが、今はひどく疲れ、十歳分ほどの年齢を余計に背負っているように見える。「俺はもう、一人殺してるんだ」

「一人と二人じゃ、えらい違いだろうが」

石崎が肩をすくめる。はあ、と短く溜息をつき、沖田と目を合わせないように顔を背けた。

「ナイフの刃が開いていたら、今頃このオッサンは天国行きだったんだぜ」沖田は肩越しに、親指で西川を指した。

「沖田、そういうのはやめておけ」

背後から飛んできた忠告に、「はいはい」と軽く答えておいてから、沖田は本格的な取り調べにかかった。

「動機を聞かせてもらおうか。どうして市田《いちだ》保美を殺した」

「別れ話のもつれってやつですよ」石崎がこともなげに言った。「こういう簡単な話の方が、分かりやすいでしょう」

「どんな複雑な話でも聴いてやるぞ。時間はたっぷりあるんだ……そもそも、どこで知り合った？」

「合コンで」

「警察の仲間内の？」

「ご心配なく」石崎の唇が皮肉に歪《ゆが》んだ。「高校時代の仲間が主催したやつだから、警察は関係ないですよ……面子《メンツ》を気にしているようだから、言っておきますけどね」

「警察官だって、合コンぐらいはする」

「それがきっかけになってこんな事件が起きたらやばい……今、そう考えたでしょう」

どうにもやりにくい。逮捕された犯罪者には様々なタイプがいる。黙秘を貫く者、すぐに全《すべ》てを自供して泣き崩れる者、淡々と、他人の物語を語るように供述を続ける者——中には、目の前の石崎のようなタイプがいる。饒舌《じょうぜつ》で、こちらを挑発するような台詞《せりふ》を重ねるタイプの人間が。しかし経験的に、そういう態度が長続きしないことを沖田は知っていた。相手を苛立たせる言葉を吐き続けるにも、エネルギーが必要なのだ。それも、相当なエネルギーが。

「どうでもいいよ。俺には関係ないことだ」沖田は開き直った。実際、そう思う。何がきっかけでこの男が犯行に走ったとしても、自分には関《かか》わりがないことだ。「いつからつき合い始めた」

「去年の……一月」

「で？　何で別れ話のもつれになったんだ？」

「それは、いろいろありますよ」

石崎がちらりと沖田を見る。その唇に皮肉な笑みが浮かんでいるのを、沖田は素早く見て取った。

「いろいろって？　具体的に言ってもらわないと分からないな」

「しつこい女だったんですよ。こっちは別に、まだ結婚する気もなかったのに、いきなりそんな話を持ち出してきてね」

「指輪をプレゼントしただろう」

「それぐらいは……軽いもんですよ。それなのに、勝手に思いこんで、突っ走って……鬱《うっ》陶《とう》しくなるのは分かるでしょう」

保美は二十六歳。最近の傾向からすると、決して結婚を焦る年ではないのだが……目の前の石崎は、確かに女性受けしそうな顔立ちだが、保美の判断は早過ぎるような気がしていた。

「だから、こっちは引いちゃってね。だけど、あの女は図々しかった。俺の家だけならともかく、警視庁にまで顔を出したんですよ？」

「何だって？」

「面会だって、桜田門まで来て。誤魔化《ごまか》すの、大変だったんですよ。しばらく暇な時期で、ずっと本庁に詰めていたから。そんなことが何回も続くと大変なの、分かるでしょう」

「ああ」この件は裏が取れる、と思った。来庁者の名前は全てデータベース化され、管理されているのだ。ただし、何か月分を残しているかは分からない。

「そんなことが何度もあったんで、こっちからは連絡を取らないようにしたんです。そうこうしているうちに、あの事件が起きて」

「あんたは、ここの特捜へ詰めることになったよな。家へ帰る暇もなかっただろう」

「ところがあの女、芝浦署まで来たんですよ」石崎が溜息をつく。「家が近いのもあったかもしれないけど、冗談じゃないですよね。いつ上にばれるかもしれないって、びくびくしてました」

「それで殺したのか？」

「たぶん……俺もおかしくなってたんでしょうね。まともな精神状態じゃなかったと思う」

「自分で自分のことを分析できるうちは、正気だと思うけどな」

「正気だったら、人を殺したりしない」刑事特有の発想だった。

「一つ、確認させてくれ」沖田は、人差し指を立てた。「警察を辞めた本当の理由は何なんだ？　会議で叱責《しっせき》されたことが関係ないなら、市田保美が問題だったのか？」

「仰《おっしゃ》る通りですよ」白けた口調で石崎が言った。

「だけど、それは変だ。あんたは、ただ彼女が邪魔なだけだったんじゃないか？　彼女さえ殺せば、煩《わずら》わされることもなく、そのまま今までと同じように警察にいられる——そう考えるのが自然だと思うがな」

「人を殺したまま、警察に居続ける？」石崎が肩をすくめた。「それは変ですよ。まともな神経だったら、そんなことは考えられない。きちんと辞めて、それから邪魔者を排除すればいいんだ」

沖田は、石崎の言動に狂気の気配を感じ取った。殺すために警察を辞める……自分から人生を降りてしまうようなものではないか。この男の思考のずれは、沖田の理解力の外にあった。

「あの女につきまとわれたら、人生が滅茶苦茶《めちゃくちゃ》になる。何とかしなくちゃいけなかったんですよ」

「要するに彼女は、ストーカーだったわけだ」

「どうでもいいです。とにかく俺は、人生をやり直したかった」石崎が一転、真剣な表情になって訴える。「そのためには邪魔者を排除して、警察も辞めて……今は、人生を立て直す途中だったんです」

「せっかく入った警察を辞めるのは、もったいないと思わなかったのか。親父《おやじ》さんから二代続いているんだろう」そもそも、女につきまとわれたぐらいで……自分たちが知らないだけで、保美の性格は石崎を追いこむほどしつこかったのだろうか。両親の話を聴いている限り、そうは思えないのだが。

「関係ないですよ」石崎が耳の後ろを掻《か》いた。「別に、特別警察官になりたかったわけじゃないし。親父がどうしてもっていうから、試験を受けただけです。どんどん忙しくなって、刑事になってからは特に……たぶん俺、ずっと辞めるチャンスを狙《ねら》ってたんだと思いますよ」

こいつには、刑事としてのプライドはないのか。沖田は腹の底から湧《わ》き出す怒りをはっきり感じていた。しかし、誰もが誇りを持って仕事をしているわけではないのだと思い直す。金のため、家族のため、やりたくもない仕事をやっている人間は大勢いる。

「あの、一つ聞いていいすかね」石崎がさりげない口調で切り出した。

「何で俺だって分かったんですか」

「お前が警察を辞めたからだ」

「はい?」訳が分からないとでも言いたげに、石崎が眉《まゆ》をひそめる。

「それは、俺が説明しよう」

背後で控えていた西川が立ち上がる。自分が傷つけた男の姿を見ても、石崎は何とも思っていないようだった。

「俺たちは、二つの現場に目をつけた。ほとんど同じ……特捜が、同一犯人による連続犯行と見るのも当然だったと思う。ただし、一つだけ違っていた。被害者のバッグだ」

「バッグ……」力ない声で、石崎が繰り返す。

「そう、バッグ」うなずいて西川が続ける。「最初の事件では、バッグの中が血で染まっていた。これは、先にバッグを開けて、中の物を漁《あさ》ってから喉を掻き切った状況を示唆している。ところが二番目の事件では、バッグの中に血痕《けっこん》はほとんど見つからなかった。バッグが開いていたにもかかわらず、だ。つまり、最初に喉を切ってから、バッグに手をつけたんだよ。実際、バッグの外側は血塗《ちまみ》れだった。小さな順番の違いだけど、これは決定的だ。本当に連続殺人犯だとしたら、同じ順番で犯行を繰り返すのが自然だからな。それに気づくのとほぼ同時に、俺たちは調書の異常にも気づいた。最初の事件の現場の調書が、ファイルフォルダから無理に外されてコピーされていた形跡があったんだよ。よほど慌てていたんだと思うけど、ファイルを綴《と》じこむ穴が、少し破けていた。他のページは何でもないのに、そこだけが、だぞ。誰かが、現場の様子を詳しく知りたくて、そこを無理に外してコピーしていった、ように見えた」西川が唇を結んで、息継ぎをする。「二つの事件現場の様子は、マスコミにも詳しくは発表されなかった。だから、模倣犯がいるとしたら、内部の人間である可能性が出てきたんだ。その時点で、お前の名前が浮かんだ。何しろ、第二の事件が起きる直前まで特捜にいたんだからな。手口を完全に真似《まね》るために、調書のコピーまで取って準備をしたんだろう。それが分かってから、俺たちは市田保美の交友関係をもう一度調べ直した。そこでも、お前の名前が出てきたんだよ。とんでもないやり方だな」

「そうかなあ」石崎が他人事《ひとごと》のように言った。「こっちとしてはよく考えたつもりだったんだけど。実際、特捜は半年も混乱してたでしょう？　一度方針が固まってしまうと、別の方向に向けるのは大変ですからね。それは経験的に分かってました」

「いい気分か？」

「はい？」西川の質問に、石崎が顔を歪める。

「特捜を混乱させて、いい気分だったかって聴いてるんだよ」

「いや、別に」

「逃げたかっただけか」

「まあ、そうです」

「一つ、聴かせてくれ」西川は顔の前で人差し指を立てた。「被害者の靴、どうした？」

「靴？」石崎が眉根《まゆね》に皺《しわ》を寄せる。

「現場から十メートルも離れた場所に落ちていたんだ。お前が何かしたんじゃないのか？」

「ああ」石崎が、ぼうっとした表情でうなずく。「脱げたから、蹴飛ばしたんじゃないかな。そんなことをしたような記憶もある」

「はっきり思い出せ！」納得できない様子で西川が怒鳴った。

「西川、その辺にしておけ。こいつの言う通りかもしれない」沖田は、徐々に熱を帯びる西川の尋問を遮った。

不満気な表情を浮かべ、西川がゆっくりと椅子に戻る。その後に生まれた沈黙を、沖田はしばらく石崎に味わわせた。

「確かに、特捜は半年も、間違った方向を追っていた」

「そりゃそうですよね。警察が、意外と頭が固いのはよく知ってます」その事実を指摘して自慢するというより、淡々と事実を告げている口調だった。

「絶対にばれないと思ってたのか？」

「そうじゃなければ、東京を離れてますよ。当たり前じゃないですか」

「少し、用心が足りなかったんじゃないか？　いくら偽装工作をしても、事件が起きた場所のすぐ近くにいたんじゃ、いつかは気づかれる」

「そうかもしれませんね」相変わらず平然としている。「簡単には計算できないですよ」

沖田はかすかな恐怖を感じ始めていた。何なのだろう……狂気だ。まったく平然と、理路整然と自分の考えと行動について話す石崎からは、薄っすらと狂気の気配が立ち上がってくる。ただしそれは、公判で責任能力の欠如として問題になるようなことではないだろう。これだけきちんと話せる人間に関して、精神鑑定が必要になるとは思わない。だいたい保美を殺した動機自体は、かなり強引かつ自分勝手なものだが、理解できないでもない。おかしいのは、その犯行を偽装するための行動だ。警察内部にいてこそ手に入る情報を利用し、捜査をかく乱する……絶対に失敗しないと考えていたなら、甘い。

「本気で死のうと思ったのか」

「あの時は、ね」石崎がうなずく。「俺は、そんなに諦めの悪い人間じゃないですよ。駄目な時は駄目な時で、すぐに諦めます」

「お前、それは……」沖田は悪寒さえ感じた。

「理屈、合ってるでしょう？」石崎が妙に爽《さわ》やかな笑みを浮かべた。「このまま調書に落としますか？　もう少しちゃんと話しますか？」

「もしかしたら、これを全部、ゲームだと思ってるんじゃないか？」

「まさか」石崎が声を上げて笑った。「犯罪はゲームじゃないですよ。命がけです。でも、勝ち負けはありますから。俺は負けた、それだけのことです」

沖田は次第に、鈍い頭痛を感じ始めていた。頭を摑まれ、揺さぶられている感覚。目の前の石崎が急に巨大になり、大きな壁になって立ちはだかったように見える。

「覚悟してるのか」

「元刑事ですから。これから自分がどうなるかぐらいは分かります」

「それで何とも思わないのか？」

「何でそんなことを聴くんですか？」石崎が、心底不思議そうに言った。「終わりは終わりですよ。そんな無駄話をしてる暇があったら、さっさとちゃんとした調べを始めて下さい。長引くのは面倒なんで」

「……これで終わります」

沖田は静かに言って立ち上がった。さやかと石崎が、同時に沖田に視線を向ける。さやかが非難、石崎は困惑の表情だった。西川だけは、沖田の気持ちを簡単に察したようで、立ち上がってドアを開ける。沖田は彼にうなずきかけると、肩を怒らせながら廊下へ出た。どうしてこんなに怒りが募り、肩に力が入るのか、自分でも理解できない。

気づくと、西川が隣に並んでいた。ちらりと見ると、同じように肩を怒らせ、怒りの気配を発散させながら、何も言わずに歩き続ける。二人の歩調はぴたりと合っていた。たぶん、心の中も同じだろうと沖田は思った。それがいいことかどうかはともかく。

「一つだけ間違いないのは、石崎は捜査会議での叱責が原因で警察を辞めたんじゃない、ということです」阿部の前で「休め」の姿勢を取ったまま、沖田は報告した。「女性関係のもつれ。そのせいで、精神的にぎりぎりまで追い詰められた結果、それまでの生活を全て放棄しただけです。女性関係については、曖昧《あいまい》ですが家族の証言も取れていますし、本人も認めていますから、間違いありません」

「そうか……」

阿部が腹の上で手を組んで、ゆっくりとうなずいた。安堵《あんど》感が大きな波のように、沖田の方へ押し寄せる。座ったまま沖田を見上げ、「ご苦労だったな」と告げる。この男らしからぬねぎらいの言葉を、沖田はどこか白けた感じで受け止めた。

「それでですね……我々は基本的に、これで手を引こうと思います」

阿部の眉毛がくいっと上がった。こいつら馬鹿じゃないか、何を考えてるんだ、という本音が透けて見える。手柄を放棄するつもりなのか？

「ここまでやれば、追跡捜査係としての仕事は十分なんです。後は特捜にお任せします。最初の事件からの流れもありますし」

「そうか……で、どう報告するつもりだ？」探るように阿部が言った。黒い手帳のことを心配しているのは明らかだった。

「まだ何も考えていません」沖田は首を振った。「もう少し、事件の全体像が見えてきてから考えます」

「ま、一つ、お手柔らかにな」

阿部の猫撫で声に、沖田は寒気を感じた。結局この男は、自分の立場を守ることに汲々《きゅうきゅう》としているわけか……何とか病気から立ち直り、出世街道に戻って来た男としては、これ以上道を踏み外すことは我慢ならないのだろう。だがこちらは、冷静に判断して報告書を書かなければならない。

こんな馬鹿らしいトリックに気づかず、半年も間違った捜査を続けてきた罪は、軽くはない。しかも最初の事件に関しても、偶然によって解決しただけなのだ。阿部は何もしていない。むしろ事態を悪化させただけだ。

「では、後はお任せしました」

「ああ」

阿部に背を向け、特捜本部を出る。西川は終始無言だった。特に怒りも感じられない。あてがわれた部屋に戻ると、沖田は大きく伸びをしてから椅子に腰かけた。西川は音もたてず、静かに席に着いた。こんなに忙しい日だというのに、いつもと同じようにコーヒーを用意してきているのだ。魔法瓶の内側のカップに沖田の分を注ぎ、手を伸ばして近くまで押しやった。沖田は一口啜《すす》って、短く嘆息を漏らした。

「美味《うま》いな」

「ああ」西川もコーヒーを口に含んだ。ゆっくりと口腔《こうこう》を湿らせてから飲み下す。沖田の顔をさっと見て、「何で抜けた？」と訊《たず》ねる。

「俺の手には負えない」沖田が低い声で答えた。

「へえ」

「あいつの目……見たか？」

「見たし、話を聴いてれば、芯《しん》がずれてるのは分かるよ。裁判で問題になるようなことはないと思うけど、一般には理解不能だ」

「俺は、そういう人間を相手にしたくないんだ。特捜に任せるよ……連中への罰として」

「それは、相当ひどい罰だぞ」西川が顔をしかめる。

「失敗した人間には、それ相応の罰が必要だろうが」

「ひどい男だな」

「何とでも言え」沖田は肩をすくめた。「それよりお前、今回はいったいどうしちまったんだ。そんな怪我するまで頑張るなんて、本当にどうかしてるぜ」

「言わない」西川が首を振った。

「何で」

「馬鹿にされるからな」

「意味分かんねえな」沖田は煙草を取り出し、掌の上で転がした。「いつも通りにやってくれないと、こっちは調子が出ないんだよ」

「分かってる」西川が唇を尖《とが》らせた。「笑われたくないんだ」

「俺がいつ、お前を笑った？」

「いつでも」

沖田は思わず噴き出してしまった。確かに、互いをからかうのは、二人にとって日常茶飯事である。

「女房に言われたんだよ」意を決したように顔を上げ、西川が打ち明ける。

「一生懸命仕事をしてないとか？」

「そうじゃないけど……いや、似たような感じかな。『スイッチが入る時って、一生に一度ぐらいしかない』って言われてさ」

「ああ」何となく意味が分かって、沖田はうなずいた。

「仕事に対する情熱の持ち方って、人によって違うよな。俺は、お前みたいにはなれないし、お前も俺とは違う。だけど、俺たちの警察官人生も、もう半分まできてるんだぞ？　今までと同じように、淡々と仕事をしていていいのかって思ったんだ。たぶん、女房もそんなに深い意味があって言ったんじゃないと思うけど、何だか染みたんだよ。ちょっと今までの自分を反省したりしてな」

「案外単純な男なんだな、お前」

「複雑な人間なんて、そんなにいないもんだぜ」西川が肩をすくめる。「お前なんか、単純タイプの典型だ」

「分かった、分かった」沖田は苦笑した。「とにかく、こういうのはもうやめにしてくれよ。調子が狂うから」

「こっちも同じだ。熱くなり過ぎて怪我するなんて、ごめんだよ」

「お前はお前にしかなれない」

「お互い様だな」西川がにやりと笑った。

とはいえ、悪くはなかったかもしれない。西川が熱くなることによって、自分は逆に、冷静な一面に気づいたのだから。結局、二人揃《そろ》って何となくバランスが取れていればいいんじゃないか？

「しかしお前も、嫁さんには頭が上がらないんだな」

「煩いな」西川がそっぽを向いた。「まだ結婚もできないお前に言われたくない」

「それとこれとは話が違うだろう」

日常が帰ってきた、と感じる。それは、石崎という怪物と向き合うのを避けたやましさを、少しだけ忘れさせてくれた。

本書はハルキ文庫の書き下ろしです。
本作品はフィクションであり、登場する人物、団体名など
架空のものであり、現実のものとは関係ありません。

ハルキ文庫

と 5-3

謀略《ぼうりゃく》 警視庁《けいしちょう》追跡《ついせき》捜査係《そうさがかり》

著者 堂場《どうば》瞬一《しゅんいち》

2012年1月18日第一刷発行

発行者 角川春樹

発行所 株式会社角川春樹事務所
〒102-0074 東京都千代田区九段南2-1-30 イタリア文化会館

電話 03(3263)5247(編集)
03(3263)5881(営業)

印刷・製本 中央精版印刷株式会社

フォーマット・デザイン 芦澤泰偉
表紙イラストレーション 門坂 流

ISBN978-4-7584-3628-1 C0193
http://www.kadokawaharuki.co.jp/ [営業]
fanmail@kadokawaharuki.co.jp [編集] ご意見・ご感想をお寄せください。